Horst Laube

Doppelgänger auf Borneo

Horst Laube

Doppelgänger auf Borneo

Auf den Spuren
von Almayers Wahn

Rotbuch Verlag

Die Deutsche Bibliothek – CIP-Einheitsaufnahme

Laube, Horst:
Doppelgänger auf Borneo : auf den Spuren von Almayers Wahn /
Horst Laube. – Hamburg : Rotbuch Verlag, 1998
ISBN 3-88022-660-1

Erstausgabe unter dem Titel »Zwischen den Flüssen« bei Syndikat
Autoren- und Verlagsgesellschaft, Frankfurt am Main 1982
Umschlaggestaltung: Groothuis+Malsy, Bremen
Herstellung: Das Herstellungsbüro, Hamburg
Satz: Greiner & Reichel, Köln
Druck und Bindung: Clausen & Bosse GmbH, Leck
Printed in Germany

ISBN 3-88022-660-1

EINS

I

Insgeheim hatte ich diese Reise angetreten, um eine bestimmte Stelle tief im Herzen Borneos zu erreichen. Einen langgehegten, in den letzten Jahren im Gestrüpp des Gewöhnlichen verlorenen Wunsch wollte ich mir erfüllen, den ich – und das empfand ich als außerordentlich günstig – im offiziellen Anlaß der Reise verstecken konnte.

In Wirklichkeit läßt mich der Anblick von Palmen ebenso gleichgültig wie der von Buchen oder Ebereschen, und die bloße Vorstellung, dort auf Schritt und Tritt in Horden bettelnder Menschen zu stecken, gewürzt vom Geruch von Elend und Krankheit, ließ mich vor Schreck erstarren. Dagegen lagen natürliche Hindernisse, wie sie extreme Temperaturen, katastrophale Regengüsse oder schlechte Wegstrekken darstellen, durchaus im Bereich meiner Wünsche.

Die unbestimmte Gier nach Authentizität forderte Bewährung, und die Überwindung einer Reihe unglückseliger Zufälle, von denen eine Rückgratoperation besonders lästig war, hatten mich schon Wochen vor der Abreise in eine Festtagslaune versetzt, die freilich im Moment, in dem das Riesenflugzeug von der Frankfurter Piste abhob, dem Verdacht wich, daß im Start schon die ganze Reise beschlossen ist, und von nun an die Sehnsucht in den Ereignissen eingesperrt bleiben würde. Es schien mir, als falle ein trauter Wahn unter mir zurück, angeklebt am deutschen Boden und unausrottbar mit ihm verquickt.

Oder sollte es mir auf dieser Reise gelingen, die Unzahl der Paravents, die mit immer neuen, aber immer gleichen

Kopien des Lebens bemalt waren, zu durchstoßen und ein Stück von der wirklichen Wirklichkeit zu ergattern?

Die Stelle auf Borneo ist der Ort Tanjungredeb, gelegen auf der Landspitze, die der Zusammenfluß von Kelai und Segah gebildet hat. Vor hundert Jahren war dort, ein paar Kilometer nördlich des Äquators, der Ankerplatz des Dampfbootes »Vidar«, auf dem Joseph Conrad als Erster Steuermann Dienst tat. Dort sah er im aufsteigenden Morgennebel der Flüsse zum ersten Mal Kaspar Almayer. Der Mann in seinem geblümten Pyjama war eine unpassende Erscheinung in dieser abgelegenen Dschungelgegend, und das Pony, das die »Vidar« ihm aus Singapur anlieferte, war es auch.

Die Begegnung mit Almayer hat den polnischen Seemann Korzeniowski zum Schriftsteller Joseph Conrad gemacht. »Eine sonderbare Vorstellung hatte von Almayers Hirn Besitz ergriffen, das von diesem neuen Mißgeschick verwirrt worden war. Es kam ihm vor, als sei er Jahre hindurch in eine tiefe Schlucht gefallen, Tag um Tag, Monat um Monat, Jahr um Jahr war er gestürzt; in einen glatten, runden, schwarzen Schacht, und die rundlichen Wände waren mit atemberaubender Geschwindigkeit an ihm vorbei in die Höhe gerast. Das geschah mit ungeheurem Getöse, und er glaubte, es immer noch zu hören; nun aber war er mit einem schrecklichen Aufprall auf dem Grunde angekommen und siehe! er lebte und war unversehrt …«

Das fliegende Monstrum, das mich fortschaffte, schraubte sich höher und höher. Die Entzündung durch Almayer hatte sich, als ich in den ersten Dreißigern war, an der Gestalt ihres Entdeckers gezeigt, an jenem ernsten Mann mit der ordentlich abenteuerlichen Biographie, die mir damals in meinen Nöten als Einheit aus Suchen und Verfluchen erschien. Welcher Satz lohnte die Niederschrift, wenn ihn nicht insgesamt eine Tapferkeit, ja sogar eine Tugend beflügelte?, pflegte ich mich in dieser Lebenszeit zu fragen. Und das Bild des Joseph

Conrad, wie er auf der Kommandobrücke seines Schiffes steht, den Spitzbart in den Wind gereckt, mit dem kurzen Nacken im weißen, kantigen Kragen, der ihm den Ruf des elegantesten Seemanns der Südsee einbrachte, dieses Bild begleitete mich all die folgenden Jahre, als es schwieriger wurde mit dem Einschlafen und den eingeübten Beschwichtigungen vor der Nacht.

Almayers Haus wurde von den Malaien »Der Wahn« genannt. »Almayer's Folly«. Ein Haus, so sicher wie ein Wahn. Das Flugzeug mit dem Namen eines Elefanten wußte wohin. Wo es landete, wartete ein gekühltes Institut mit dem Namen Goethes auf meinen Vortrag über das Drama in den beiden Deutschlands. Von dort ein paar Flugstunden entfernt, so stellte es sich meinen kartographischen Kenntnissen dar, war es nicht mehr weit zur Stelle auf Borneo, an der gerade, während ich seiner Sonne entgegenflog, der besondere Mann aufwachte: »Almayer, der gerade seiner Hängematte entstiegen war, starrte verschlafen auf dieses für Sambir ungewöhnliche Bild und staunte dumpf über den Mangel an Leben.« Behüte mich, liebliche Stewardeß mit dem Bubikopf, hilf meinem Rückgrat mit einem Extrakissen! Aber sie kurbelte eine Leinwand herab und zwang alle Passagiere, einen Film anzuschauen, in dem sich verschiedene Automarken unablässig verfolgten.

Nach dem fünften Whisky erhaschte ich einen Einschlaftraum, der mich in einem Konzertsaal an einem Flügel vorführte, umtobt von applaudierenden Massen, die mich begeistert feierten, weil ich nach langer, schwerer Krankheit wieder in die Tasten hieb.

Die Morgendämmerung kam bei einer Zwischenlandung in Kalkutta. Die Reisenden um mich her hatten Schlafbrillen aufgesetzt, so daß es im trüben Licht aussah, als seien ihnen die Augen ausgestochen worden. Indische Soldaten, dürr und frierend in viel zu weiten Uniformmänteln, hatten das Flugzeug umstellt, während der Kot der Nacht entladen und neue Nahrung an Bord genommen wurde. Dann ging es weiter der Sonne entgegen. Ungeduldig erwartete ich den Anblick der südlichen See. Und endlich sah ich beim Anflug auf Bangkok den Golf von Siam, den Conrad mit seiner »Otago« befahren hatte. Wie ein fein ziselierter Silberteller lag das Meer da, rein und glänzend.

Gestank und Hitze trafen mich wie ein Keulenschlag, als ich in Bangkok das Flugzeug verließ, und zerstörten das Luftbild des Meeres. Während meines Aufenthaltes quälte mich ständig Ekel.

Die Innenflächen meiner Hände rochen süß wie Pfannkuchen. Immer war ich in panischer Angst vor verseuchtem Leitungswasser. Die Schlepper der Bordelle irritierten mich, und die winzigen Staturen der Prostituierten, die mich reizten, ohne daß ich ihnen einen einzigen Schritt entgegenzusetzen wagte, erzeugten am Abend im Hotelzimmer des »Erewan« vor dem Fernsehapparat mit der amerikanischen Familienserie Übelkeitsgefühle.

Während des Abendessens – zu teerschwarz gegrillten Hummerschwänzen hatte ich einen bitteren Schweizer Wein getrunken – hörte ich einem Gespräch zu, das am Nebentisch ein Amerikaner mit einer Thai-Hure führte. Es ging um einen deutschen Kunden, für dessen sexuelles Verhalten sich der Amerikaner gierig interessierte. Aber es gelang ihm nicht, das Mädchen Obszönitäten aussprechen zu lassen.

Der Amerikaner warf einen Geldschein auf den Tisch, nahm das Mädchen an der Hand und ging mit ihr zum Ausgang, selbstsicher wie ein Mann, dem die Welt wie ein Handschuh paßt. Ich hatte bisher nur ein paar Schritte auf die Straße gewagt und war vor dem Getümmel dort gleich wieder ins Hotel geflüchtet. Jetzt wollte ich dem Paar folgen, um auf diese Weise tiefer in die Fremde vorzudringen.

Sie würden mir den Weg bahnen. Ich zahlte auch und ging hinaus auf die Gaysorn Road.

Heiße südliche Feuchtigkeit drang mir in den Mund. Überall Geschrei. Ich sprang den hohen Bordstein hinunter, daß meine Wirbelsäule aufstöhnte, und rannte über die Straße. Aber ich sah nur noch, wie das Paar in einem dunklen Hauseingang verschwand, über dem goldene und grüne Glühbirnen einen Halbkreis aus Sternen bildeten. Es war, als seien die beiden vom Loch eines riesigen Spielautomaten verschluckt worden. »It is more fun to complete«, dachte ich und ging ins Hotel zurück. Mein dunkler Doppelgänger, die Furcht, hielt sich dicht an meiner Seite.

Am Swimming-pool spülte ich die Malaria-Pille mit einem doppelten Scotch hinunter. Aus dem Bassin stieg eine schöne, grüne Kühle auf. Über den Generator des Hotels beugten sich zerrupfte Palmwedel, und über ihnen schien der Sternhaufen der Plejaden in ständiger Bewegung zu sein, fort in den Weltraum und näher zur Erde zurück. Wie ein Moskito-Schwarm: Alyone, Kelaino, Elektra, Atlas, Maja, Merope, Pleione und Taygete.

Ich holte mein Notizbuch hervor, um ein paar Auffälligkeiten des zu Ende gehenden Tages einzutragen: Etwas über die schöne aggressive Chinesin, die meinen Vortrag in der Chulalongkorn-Universität über das deutsche Drama oberflächlich und einseitig genannt hatte, etwas über die Schattenlinie, die ich auf der Reise zu Conrad in meine Biographie zu ziehen hoffte, etwas über die dreigesichtige Statue an der Ecke Gaysorn Road/Rajadamri Road und über die kleinen Mädchen, die in Pluderhosen, unter spitzen Pagodenhüten das Heiligtum umtanzten, die Finger spreizten und mit den Füßen trippelten, bis sie plötzlich das Ritual abbrachen, die Hüte in eine Ecke warfen und sich schnatternd über ein Comic-Heft mit dem Seemann Popeye beugten, der Riesenkräfte bekommt, wenn er Spinat gegessen hat.

Als ich aufblickte, sah ich den Amerikaner. Er stand groß und hager, das Boris-Karloff-Kinn vorgestreckt, auf der anderen Seite des Swimming-pools und wedelte mit den Armen wie ein Matrose, der Signale gibt. Er meinte mich. In seinem bunten Batikhemd glich er einem Tukan-Vogel.

»Hello, stranger, die Welt ist schön!« Er konnte tatsächlich deutsch. Dann kam er, wobei er die Beine nach vorn warf, als wolle er sie abschütteln, auf mich zu. Er hockte sich auf die Fersen. »So erlebst du nichts, wenn du nicht auf die Menschheit zugehst.«

Der Kellner kam und strahlte ihn an, und Arthur Stanley Rosenbach bestellte zwei doppelte Scotch. Seine Visitenkarte wies ihn als Schiffsbau-Ingenieur, in Denver zu Hause, aus.

»Ich spreche Ihre Sprache, weil meine Frau Deutsche ist. Nahm einen schwarzen GI in Mannheim. Der ließ sie sitzen, da nahm ich Doris.« Arthur Stanley hatte eine jubelnde Art zu sprechen. »First time in Asia?« »First time«, antwortete ich.

»Ich habe Sie im Restaurant gesehen. Haben Sie Angst?«

»Ich habe keine Angst«, sagte ich.

»Doch, doch. Die Serviette ist Ihnen runtergefallen. Und wie Sie nach dem Kellner gerufen haben. So – wie sagt man? – dünn.«

»Sie kennen sich aus, was?«

»Hier brauchen Sie keine Angst zu haben, hier sind Sie the king.«

»Ich will nach Borneo«, sagte ich, »an den Äquator. Haben Sie schon einmal etwas von der Stadt Samarinda gehört? Nördlich von ihr gibt es einen Ort. Da will ich hin.«

Meine Eröffnung machte auf ihn keinen besonderen Eindruck.

»Noch nie gehört. Wird Ihnen hier auch niemand sagen können. Das ist so, als wenn Sie jemanden in New York fragen, wie man zu einem Ort in der Nähe von Dallas kommt. Und in Texas gibt es inzwischen sogar ein paar Straßen.«

»Ich habe diesen Ort auf einer Karte gesehen«, sagte ich. »Sind hier alle falsch.«

Arthur Stanley schwieg und starrte in den Swimmingpool. Wahrscheinlich dachte er, daß ich mein Ziel auf Borneo nur erfunden hatte, um als wagemutiger Mann zu erscheinen. An dieser Vermutung wäre auch etwas Wahres gewesen, denn ich wußte zwar, daß es diesen Ort gab, und auch der Plan, ihn mit eigenen Augen zu sehen, existierte, aber ein dringendes, alle Hindernisse überwindendes Bedürfnis, daß aus dem Plan eine wirkliche Reise würde, hatte ich nicht.

»Wie war das Mädchen?« fragte ich Arthur Stanley.

»Ganz gut«, sagte er. »Die sind hier alle ziemlich gut, sind sehr geschickt, wie die Blumen. Sie hat mir von einem Deutschen erzählt, der hat im ›Oriental‹ ein Mädchen mit aufs Zimmer genommen. Ganz schön frech. Ausgerechnet ins ›Oriental‹.«

»Aber man hat mir erzählt, daß in Bangkok alle Hotels Bordelle sind.«

»Der hat in Author's Lounge gewohnt. Dort bleibt es sauber. Haben früher lauter berühmte Dichter drin übernachtet.« Arthur Stanley nahm die Eiswürfel aus seinem Whisky und warf sie in den Pool. »Die darfst du hier nicht essen, stranger«, sagte er.

Was hatte dieser Mann im alten Teil des Hotels zu suchen, von dem ich wußte, daß Joseph Conrad dort gewohnt hatte, wenn er in Bangkok an Land ging? Aber auch Somerset Maugham pflegte in diesen Räumen zu residieren und später Noel Coward und John Le Carré. Ich mußte es mir abgewöhnen, überall Zusammenhänge zu wittern, denn das war auch nur ein Zeichen von Angst.

»Was ist das für ein Mann?«

»Ich habe ihn nicht gesehen, aber ich kenne diesen Typ. Achtzig Kilo schwer, schütteres Haar und spricht zu laut. Er soll Franz heißen.«

Ich nahm mir vor, am nächsten Tag ins »Oriental« zu gehen, um auf den gelben Fluß mit den Augen Conrads zu schauen, der ihn in der »Schattenlinie« beschrieben hat. Arthur Stanley ließ sich noch lange über die Ölpreise und den Dritten Weltkrieg aus.

II

Am nächsten Morgen hatte ich einen schweren, verwirrten Kopf. Ich trödelte herum, schwamm im Pool und wechselte ein paar bedeutungsvolle Blicke mit einer hageren Blondine, bis ihr Mann mit dem Samsonite-Koffer kam.

Ich besuchte die Tempel. Wie hingesegelt sahen die Paläste des Wat Phra Kaeo aus, als könnten sie nicht mehr weiterfliegen, weil sie am Boden mit zu schwerem Schmuck beladen worden waren.

Die Sonnenscheibe zerfloß tomatenrot hinter dichtem Dunst. Es war notwendig, den Weg zur Universität zu Fuß zu schaffen. Es war eine Aufgabe. Es ist sogar deine Pflicht, hämmerte es in meinem schweißtriefenden Kopf, daß du diesen Weg zu Fuß schaffst, es ist dein erster Fußweg durch Asien. Durch die Pahurat Road ging es noch ganz gut. In der Yawarat Road kaufte ich bei einem Straßenhändler einen kalten Tee und schaffte, den Becher in der Hand, zweihundert Meter.

Schrecklich sind die schwanzlosen Katzen in Siam. Aus dem dunstigen, hellen Loch im violetten Himmel sausten die heißen Strahlen herab. Vorbei an einer langen Kette von Läden mit Goldschmuck. Auch das Gold schien zu glühen und Hitze auszusenden. Meine Wirbelsäule bockte bei jedem Schritt. In die Augen rann von der Stirn der Schweiß. It's more fun to complete. »Do you like boys or girls?« Der Schlepper eines Bordells riß mich am Ärmel. »Hau ab, du Schwein!« schrie ich auf deutsch.

Da erschien im heißen Loch, hinter dem irgendwo die Sonne sein mußte, der kühle, ernste Kopf Joseph Conrads, tatsächlich meinte ich dieses Gesicht – eine Mischung aus Don Quichote und Sigmund Freud – mit den tiefen Polenaugen, dem spitzen abweisenden Kinnbart, dem ein wenig eitel gezwirbelten Oberlippenbart zu sehen. Der Kopf steckt eingesunken zwischen den Schultern, die von den schönen Ohrmuscheln fast berührt wurden. Jedes Detail dieses Schädels atmete die Würde der Einsamkeit.

Er hatte hier keine Freunde. In der Bar des »Oriental« saß er und hörte den Erzählungen der Seeleute von Piraten, Taifunen und Untiefen zu, ungeduldig wartend, endlich sein erstes Kommando auf der »Otago« anzutreten, deren Mannschaft krank war, und für die es noch eine Ladung zu ordern galt. Conrad hatte seine Bestallung in Singapur erhalten, und als er den Fluß hinauffuhr, sah er Bangkoks Tempel »zerbröckelnd unter dem senkrechten Sonnenlicht, diesem schrecklichen, überwältigenden, beinahe greifbaren Licht, das einem förmlich mit jedem Atemzug in die Brust zu strömen und durch jede Pore der Haut in die Glieder zu dringen schien«. Das Schiff, auf dem er ankam, hieß »Melita«. Er befand sich in der »Zwielichtzone zwischen Jugend und Reife«.

Nicht weit vom »Oriental« lag die »Otago« am Flußufer, eine eiserne Barke von 35 Tonnen. 1869 von Alexander Stephen & Sons, Glasgow, gebaut, im Besitz von Henry Simpson & Sons, Port Adelaide. Conrads Vorgänger, Kapitän John Snadden, aus Kirkcaldy, Schottland, wohnhaft in Wallaroo, Australien, war im Alter von 50 Jahren am 8. Dezember

1867 an Bord gestorben, als sich die »Otago« vor dem Eingang des Golfs von Siam auf 9 Grad 20' nördlicher Breite befand. Conrad übernahm das Schiff am 24. Januar 1888.

Am 9. Februar stach er mit einer Ladung Teakholz für Australien in See. Weil die Mannschaft an Ruhr und Cholera litt, mußte er Kurs auf Singapur nehmen, wo er am 2. März 1888 eintraf. Außer dem herzleidenden 46 Jahre alten Koch F. Veilvom aus Amsterdam, der in Singapur abmusterte, kam die gesamte Mannschaft ins Krankenhaus. Mit sechs neu angeheuerten Seeleuten stach die »Otago« am 9. März von Singapur aus in See, passierte am 15. März die Sunda-Straße und kam am 7. Mai in Sydney an. Erster Steuermann Charles Born, 33, aus Deutschland, Zweiter Steuermann Isaac Jackson, 23, aus England, Vollmatrosen: Daniel Watson, 31, aus Schottland, R. Firth, 31, aus Deutschland, H. Green, 33, aus Liverpool, Thomas Smith, 27, aus Schweden, James Jensen, 22, aus Dänemark, Richard Green, 48, aus St. John, New Brunswick, Thomas Humphrey, 22, aus England.

Conrad war 14 Monate Kapitän der »Otago«. Am 26. März 1889 legte er in Port Adelaide das Kommando nieder. Im April schiffte er sich als Passagier auf einem Dampfer nach London ein, wo er im Juni eintraf.

Wie oft habe ich diese nichtssagenden Angaben in Jerry Allens Buch gelesen! Gierig, als stecke irgendein Geheimnis dahinter.

Die »Otago« wurde 1900 an die australische Reederei Huddart Parker Ltd. verkauft, abgetakelt und als Kohlenhulk in Sydney und in Hobart, Tasmanien, verwendet. 1931 erwarb sie der Abwracker Doge aus Hobart für fünf Pfund. Er setzte sie am Ufer des Derwent auf Strand. 1960 wurden ihre Stahlplatten als Schrott nach Japan verkauft. Das Steuerrad der »Otago« ist heute in der auf der Themse vertäuten »Wellington«, dem Sitz der »Ehrenwerten Gesellschaft der Handelskapitäne«, zu sehen.

Die Chulalongkorn-Universität liegt in einem ausgedehnten schattigen Bezirk. Die hohen, getäfelten Räume dämmern im Halbdunkel, Ventilatoren surren und wenden sich in alle Himmelsrichtungen. Ich beschloß, meine These von gestern etwas zu variieren. Ich würde sagen: Im aktuellen Drama sei deshalb nichts los, weil in der Welt auch nichts los sei, außer der Vorbereitung ihres Untergangs.

Wieder war Frau Tschan da, die hirnbenebelnd schöne Chinesin, die mir schon gestern kein Wort geglaubt und mich mit der Brillanz ihres Englisch lächerlich gemacht hatte.

Als Conrad sein Schiff zum ersten Mal sah, fühlte er »einen dumpfen Schlag in der Brust – nur einen einzigen –, dann war mir, als hätte mein Herz ganz aufgehört zu schlagen«.

Ich sagte, daß im heutigen Drama nicht viel los sei, weil in der Welt auch nicht viel los sei, außer der Vorbereitung ihres Unterganges, und fügte, um Frau Tschan zu ärgern, hinzu, daß natürlich auch das Gegenteil zutreffe, um welches Gegenteil es sich auch handeln mochte.

»Wenn Sie wollen, bringe ich Sie mit meinem Auto zum Hotel«, sagte der freundliche Lehrer vom Deutschen Akademischen Auslandsdienst.

»Gewöhnt man sich an den Linksverkehr?«

»Das geht schnell. Warum wohnen Sie eigentlich im ›Erewan‹ und nicht im ›Oriental‹?«

»Ich weiß es nicht.«

»Der Blick von der Terrasse auf den Fluß ist das schönste, was Bangkok zu bieten hat.«

»Ich habe davon gehört«, sagte ich.

»Haben Sie heute abend schon etwas vor?«

»Nichts Bestimmtes.«

»Wollen Sie mit mir ins ›Oriental‹ kommen? Ich hole Sie ab.«

»Das wäre vielleicht angenehm. Danke.«

»Um halb acht?«

»Danke.«

Bis halb acht war ich voller Ungeduld und spürte ein unbestimmbares Gefühl unter dem Solarplexus wachsen. Ich war viel zu früh in der Halle, und der Lehrer kam eine Viertelstunde zu spät, entschuldigte sich, daß er seine Freundin noch zur Vernissage eines thailändischen Malers habe fahren müssen. Anscheinend kämpfte er gegen irgendeine Verdrossenheit.

Das »Oriental« ist ein riesiger Kasten im heute üblichen Maschinenstil. Ein Stück altes Haus hat man wie eine Reliquie modern umbaut. The Authors' Wing. Das ist nun wahrhaft ein Ort der Verzückung, aus kühlem, glattem Stein gemacht, helle Korbmöbel im Innenhof ächzen und flüstern von schlecht überstandenen Malariaanfällen und von Falk, der ausplauderte, daß auf einem Schiff Matrosen Menschenfleisch gegessen hatten.

Das Licht fiel grün durch die sich wölbenden Palmen. Zwei leichte Treppen führen hinauf zu den Zimmern, die Joseph-Conrad-Suite und Somerset-Maugham-Suite heißen. In Messinglettern leuchten die Initialen der beiden Autoren auf Schleiflacktüren.

Den Lehrer enttäuschte meine gespiele Gleichgültigkeit. »Ja, ja«, sagte ich, »mag sein, daß Conrad hier saß.« Ich hatte keine Lust, meine Vorliebe für berühmte Orte zu verraten, weil ich fand, daß sie meinem Status als reisender Dozent schlecht anstand.

»Neulich hat ein Deutscher in der Conrad-Suite gewohnt«, sagte der Lehrer, »dem hat man die Tür gewiesen, weil er sich daneben benahm.«

»Ich habe von ihm gehört.«

Hatte dieser Franz doch etwas mit Conrad im Sinn? Ich würde die erste Gelegenheit benutzen, um an der Rezeption Näheres über ihn in Erfahrung zu bringen. War da jemand dabei, einen Wunsch, den ich sogar vor mir selbst verheimlichte, zu stehlen, indem er einfach etwas tat, was sich aus meiner Reise wie zufällig ergeben sollte?

»Trinken wir etwas, und schauen wir auf den Chao Phya«, sagte der Lehrer. Der Fluß kroch breit und träge dahin. Dagegen wirkte die huschende Schnelligkeit der überdachten Fährboote kurios, während die langen Ketten der Lastkähne, die am Haken der Schlepper flußabwärts schwammen, mit der Geschwindigkeit des gelben Wassers dahinzufließen schienen. Der Mond war eine Sichel, die auf dem Rücken lag. Die Luft füllte den Mund wie süße Watte. Aus verborgenen Lautsprechern summten Melodien aus »The King an I«.

Der Lehrer war maulfaul geworden. Übelkeit lag als dikker Kloß in meinem Magen. Die Freundin des Lehrers kam und schimpfte die Bilder, die sie gerade gesehen hatte, »einen Scheißdreck und einzige Wichserei«. Als sich dann die Unterhaltung auf besonders ausgefallene chinesische Speisen verlegte, wurde mir bei der Erwähnung von gekochter Schweinehaut zum Speien.

Als ich danach durch die kühle, weite Halle zurückging, fand ich in einem Aufatmen den Mut, zur Rezeption zu gehen und unbefangen nach einem deutschen Gast mit dem Vornamen Franz zu fragen.

Sogleich verschlossen sich dort die höflichen Mienen. Mister Nehoda sei abgereist, wohin, das wisse man nicht. Nähere Auskunft könne nur der Direktor geben, der sich jedoch gerade in Singapur aufhalte.

»Ist dieser Komiker ein Freund von Ihnen?«

Der sich da im Hamburger Dialekt einmischte, war ein »Schreibautomaten-Repräsentant aus Fuhlsbüttel auf der Rückreise von Jakarta«, um in Bangkok »ein paar Schluck Liebe zur Brust zu nehmen«. Ein massiger Typ, das Gesicht ein Wirrwarr geplatzter Äderchen. Die aggressiv vorgeschobene Wamme steckte in einem indonesischen Batikhemd mit einem Muster aus ineinander verschlungenen Drachen. Mein Blick glitt hilflos nach unten; dunkelblaue Hosen mit Nadelstreifen, hellblaue Basketballschuhe.

Ich sei keineswegs ein Freund dieses Herrn Nehoda – immerhin hatte ich den Nachnamen! –, ich hätte nur von ihm gehört, sagte ich und murmelte noch einen Rest hinterher, in den der Repräsentant aber gleich hineinsprach: »Das war ein Randalierer, kann ich Ihnen sagen. Den ganzen Tag war er mit der Geschäftsführung zugange. Das sei keine Art, einen Dichter zu ehren. Die haben hier so einen nostalgischen Teil, wo sie die Zimmer nach irgendwelchen Dichtern nennen. Dieser Kitsch habe mit dem Typ, von dem er wohl ein Fan war, nichts zu tun …«

»Mit Joseph Conrad«, sagte ich.

»…, ja, so ähnlich. Mit dem habe das nichts zu tun. Das sei alles bloß Scheiß für Touristen. Jeden Abend in der Bar hat er sich mit Bier und Whisky, Whisky und Bier vollgetrunken. Wenn sie ihm Eis in den Whisky reinmachten, hat er's dem Kellner nachgeschmissen. Einmal ist ein Japaner drauf ausgerutscht und auf seine Schnauze gefallen. Dieser Typ, dieser Dichter, von dem er ständig faselte, war wohl ein Russe oder ein Jugoslawe.«

»Ein Pole«, sagte ich.

»… oder ein Pole. Jedenfalls ist der hier durch die Meere geschippert, bevor er sich aufs Schreiben verlegt hat. Und der sei der letzte Ehrenmann gewesen, schrie er jedem ins Gesicht.

Der habe den Kampf mit der Natur aufgenommen und so weiter und so fort. Einmal nahm er eine Nutte mit aufs Zimmer. Das war ein Fehler. Die Thais haben ihm die Hausordnung vor die Nase gehalten, dann flog er raus. Aber wie er durch die Halle hinausging, das war Klasse. Hocherhobenen Hauptes, kann ich Ihnen sagen, kerzengerade, den

Arm um die kleine Nutte gelegt. Hier. Nehmen Sie meine Karte.«

»Wissen Sie, wo er hinwollte?«

»Nach Borneo, glaube ich. Ganz schön verrückt. Da gibt's doch bloß Dschungel, Dschungel, Dschungel und ein paar Öltürme. Wo wollen Sie hin?«

»Nach Surabaya«, sagte ich.

»Ein Dreckloch«, grunzte der Repräsentant und wieselte mit den kurzen Schritten der dicken Männer zum Ausgang.

III

Sogar in die zehntausend Meter Höhe meines Fluges über Jakarta nach Surabaya spiegelte das Meer das ganz andere, Fremde und Unüberwindliche herauf. In der Java-See schwammen Inseln, vom gleißenden Ring der Brandung gesäumt. Manche sahen aus wie Krähenfüße, andere wie Pantoffeln, wieder andere wie Weinblätter, die im Meer trieben. Ich fühlte mich getröstet, ohne Ahnung von einem Kummer zu haben.

Singapur glich einem Bündel Wolkenkratzer, das, aus der Vogelperspektive betrachtet, auseinanderzufallen drohte. Aus allen Windrichtungen näherten sich der Stadt Riesentanker, wie Wanzen auf einer Glasplatte. Gut, dachte ich, daß du nicht dorthin geflogen bist, um in »Raffles Hotel« deiner Sucht nach Conrad nachzugeben.

Sicher läuft dieser Nehoda jetzt in Singapur herum auf der Suche nach Spuren im Hotel, dachte ich, nach Spuren des Allgemeinen Krankenhauses, in dem Conrad lag, um die Rückenverletzung, die ihm eine Spiere auf der »Highland Forest« während eines Sturms am Kap der Guten Hoffnung beigebracht hatte, auszukurieren.

Die Fenster waren zum Hafen hin weit geöffnet. Conrad lag in der farblosen Zeitlosigkeit. Manchmal wehte eine Brise vom Meer herein. »Sie waren von Wohlgerüchen erfüllt, der Verführungskraft unendlicher Ruhe, dem Geschenk unaufhörlicher Träume.«

Was für ein unerfreuliches Bild! Es zeigt Nehoda, wie er durch den Hafen von Singapur hastet, verrückt nach der Stelle, von der sein Idol mit der »Vidar« Richtung Borneo ablegte, gierig danach, denselben Weg zu machen, wütend auf die Besitzer der Taxi-Boote, die an ihm zerren, um ihn zu irgendeiner Insel vor der Küste zu fahren, fluchend über die Absperrungen, Fotografierverbot und Verbauungen des Hafens.

Womöglich würde er danach die Hotelgäste vom »Raffles« überfallen, eine Flasche chinesisches Lagerbier in der einen und einen Roman von J. C. in der anderen Hand, hitzig wie vom Herzen gerissene Zitate umherschleudernd.

So abstoßend mich die Vorstellung dieses Mannes mit seinem vorwurfsvollen Pathos, das er sich noch dazu aus der Literatur gestohlen hatte, berührte, so sehr beschäftigten diese Manie und die Vernarrtheit ins Authentische meine Gedanken. Wie mochte der Mann aussehen? Ich wies das Bild eines hageren Mittvierzigers im schlotternden Leinenanzug zurück, denn es lag auf der Hand. Welche Umstände hatten ihn in Europa zu dem Plan verführt, sich im Archipelago in die hundert Jahre alte Biographie eines Seemanns einzuschleichen, dessen Dichtung längst eine glanzvolle, die mühseligen Geschicke abweisende Wortwelt geworden ist? Sicher hat er sich, seitdem er hier auf der Suche ist, nicht mehr rasiert, dachte ich.

Die Küste von Java kroch die Erdkrümmung herauf. Beim Niedersinken des Flugzeugs entfalteten die Gevierte der Reisfelder ihre Grüntöne zwischen den Farben der stehenden Gewässer. Hütten unter Kokospalmen, dicht umstellt von Bananenstauden, geschmückt von den rotglühenden Kronen der Ramputan-Bäume. Swinging country, dachte ich. Diese in weißem Licht zitternde Fülle. Mein Rückgrat lag wohlig entspannt vom reichlich verschenkten Remy Martin im Sitz. Immer wieder pendelten die Thai-Stewardessen mit vollen Flaschen zwischen den Passagieren, Orchideen im Haar, und mich überkam die Lust, den ganzen Überfluß auszutrinken.

Die Zwischenlandung in Jakarta verkürzte ein befriedigendes Vorkommnis. Die dicke Zöllnerin konfiszierte trotz meiner schwächlichen Einwendung die Video-Kassetten mit Aufzeichnungen deutscher Theateraufführungen, weil sie den Verdacht hatte, daß ich Porno-Filme aus Bangkok ins saubere Indonesien schmuggeln wollte. Ich war rasch damit einverstanden, daß der höchste Zensor die Kassetten prüfen müsse, danach könne ich sie wiederhaben. Sie machte runde Augen, als ich auf deutsch sagte: »Sie können sie gern behalten«, und glücklich aufatmete wie ein Ballon, der Ballast verliert und höher steigt. Immerhin hatte ich mit den Lehrmitteln ein paar Beweise verloren und war nun als Dozent schlechter identifizierbar. Ich richtete mich auf eine neue Rolle ein. Auch die Kompromißlosigkeit des Eingriffs gefiel mir. Prinzipiell befürworte ich strenge Sitten.

Die Fahrt mit dem Taxi vom Halim-Flughafen zum Kemayoran-Flughafen, von dem aus die Flüge ins Land gehen, führte zuerst an den gestaltlosen Fassaden der Staatsmacht vorbei, aber dann zeigten sich an den Kanälen der Dreck und der Ruin, aus denen die Hütten an den verkoteten Gewässern erbaut schienen. Als sei er Stoff vom Stoff seiner Behausung, lebt da der Mensch in Höhlen der Verwesung. Die Armut hat dort einen grindigen Glanz von atemberaubendem Gestank.

Auf dem Flug nach Surabaya wurde der Gedanke stärker: Es geht voran, denn einiges liegt hinter dir. Glücklich memorierte ich eine Lektion Joseph Conrad, indem ich Nehoda die Gedanken der Mrs. Travers über Tom Lingard aus dem Roman »Die Rettung« als eine Art Nachruf widmete: »Es war ein Schauspiel, das sie die Fragen, um die es sich eigentlich handelte, vergessen ließ. Es war aber kein Schauspiel wie auf der Bühne; und doch ertappte sie sich dabei, wie sie ihm angehaltenen Atems wie einem großen Schauspieler zusah, der auf verdunkelter Szene ein schlichtes und gewaltiges Drama aufführt. Er erregte ihr tiefes Verständnis, da sie die Mächte erkannte, die seinen redlichen Verstand, seine arglose Seele zu zerreißen schienen. Er erschütterte sie mit seinen Kämpfen, er überwältigte sie mit seinen Empfindungen und beherrschte sie mit seiner Persönlichkeit, als sei ihre Tragödie das einzige in der Welt, was in dieser Angelegenheit zu bedenken war. Und doch, was hatte sie mit all diesen dunklen und barbarischen Dingen zu schaffen? Augenscheinlich nichts.«

Surabaya, was für einen Klang hat dieser Name! Ohne Vorbehalt würde ich mich der Stadt überlassen. Was hatte ich mit Nehoda zu schaffen? Der Gedanke plagte mich, daß meine Wünsche sich auf diesen Mann hätten richten können, wie sich das Begehren der Mrs. Travers auf Conrads geliebten Kapitän Lingard gerichtet hatte. In der Angst vor der Fremdheit deiner ersten Tage in Asien wärest du fast einer Scharade verfallen, dachte ich, und: Surabaya wird ein neuer Anfang deiner Reise sein. Und eine arglose Seele hatte der bestimmt nicht. Schluß mit Nehoda. Schließlich hatte ich hier einen Auftrag »zur Pflege der deutschen Sprache im Ausland und zur Förderung der internationalen Zusammenarbeit«. Morgen würde ich die Sache mit dem Drama intensiver darstellen, ohne Video-Bänder, angefangen bei Null.

Während der Landung flackerte ein Wetterleuchten über den Abendhimmel von Surabaya. Der tägliche Monsun-

Regen war niedergegangen. Die Straßen lagen unter Wasser und dampften. Weit ausgedehnt liegt die Stadt der Insel Madura gegenüber. Aber sie ist merkwürdig still. Rudel von Becak-Fahrern trampelten ihre Gefährte durch die hoch aufschießenden Pfützen. Von den Palmen tropfte die Regenlast von Blatt zu Blatt. Ein gleichförmiger Teppich aus kurzen Tönen. Die zum Meer ziehenden Wolkenmassen türmten sich gewaltig auf, und jedes Leuchten zeigte eine neue, abstrusere Seite ihrer Bildung.

Das Hotel überraschte mich seiner dunklen, fast bedrückenden Stille wegen. Anrührend ärmlich bestückt waren die Kühlschränke auf den Zimmern, zu denen milchig beleuchtete Gänge führten. »Diese Stadt nennt überhaupt keine Sehenswürdigkeiten ihr eigen«, hatte mir der Leiter des hiesigen Instituts geschrieben. Mir war es recht, fühlte ich mich doch gleich frei und beweglich. Auch meiner Bitte um ein Brett ins zu weiche Bett wurde sofort nachgekommen.

Geduscht, in frischem Hemd und frischer Hose hatte ich in der Hotelbar wieder das starke Gefühl einer Tröstung, dem sich eine allgemeine, völlig diffuse Menschenliebe beimischte. Selbst die Tatsache, daß der Barmann das Bier aus einer richtigen Zapfsäule zapfte, wenn es auch sein falscher Ehrgeiz war, das volle Glas ohne die Spur einer Schaumflocke vor den Gast zu stellen, selbst dieses Ritual rührte dankbare Empfindungen in mir auf. Als ich entdeckte, daß die kleine Kellnersfrau ein Etikett über dem winzigen festen Busen trug, auf dem der Name »Sundarsih« zu lesen stand, schwammen meine Augen vor Glück.

Ein Mädchen sang, auf einem Hocker hinter der Bar in sich zusammengefallen, das Mikrophon weich in der Hand, »When autumn leaves«. Sie sang das Lied rauh, kehlig und wie in schweren Sorgen. Sie blickte nicht auf, fuhr mit dem Nagel des Zeigefingers die Rillen ihrer Cordhose nach, wischte Speicheltropfen aus ihren Mundwinkeln und warf Erdnüsse nach einem Chinesen, der zu laut redete.

Zwischen zwei Liedern richtete sie an mich die Frage, die mich von nun an wochenlang begleiten sollte:

»Hey, mistärr, where you are come from?«

»I am from Germany.«

»Heil Hitler«, sagte das Mädchen.

Vor dem Einschlafen notierte ich meine Befriedigung über einige Details und fügte hinzu: Ich brauche nur diese Siebensachen, Nehoda braucht wahrscheinlich mehr.

IV

Als ich am anderen Morgen die Augen aufschlug, sah ich blutverschmierte Papierschwalben am Fenster vorbeisegeln. Ich konnte mich nicht gleich entschließen, die Ursache dieser Erscheinung zu erforschen. Gerne hätte ich sie in ihrem Dunkel gelassen, aber schließlich erwies sich die alte Neugier als stärker, und ich ging zum Fenster. Auf einem Balkon über mir faltete ein kleiner Japanerjunge, der aus seiner Nase blutete, Papiervögel und warf sie hinab. Diese einfachen Erklärungen.

Erst das Frühstück mit der dicken süßen Sahne und der Hälfte einer gewaltigen Papaya-Frucht, die wie eine Fleischwunde auf einem Silberteller lag, festigten mein Gemüt, daß ich mich duschen, anziehen und hinausgehen konnte in die überfüllte, lärmende, stinkende Stadt. Nur am Hafen verfiel ich einmal dem Leiden des gerichteten Blicks, als ich dort einen Dampfer sah, der eine pechschwarze Wolke hinter sich herschleppte und in Richtung offenes Meer abdrehte, während ich wieder an Conrad denken mußte, der hier einmal den kranken Matrosen Hendriksen hatte an Land bringen lassen.

Wehmut blieb, als dieses Schiff dem abgesperrten, mit Fotografierverbot belegten Hafen entglitt, an Deck eine dunkle Menschenmenge, die entführt zu werden schien. So ein Dampfer hatte kürzlich vor Celebes Schiffbruch erlitten. Bei schwerer See war im Laderaum der »Tampomas II« Feuer ausgebrochen, sie sank und nahm Passagiere zu Hunderten mit sich. Vierzehn Tage später fand man zufällig fünfzig Überlebende auf der Donga-Donga-Insel. Bald würde das Seegericht zusammentreten.

Sehnsucht nach so einem Gericht, nach so einer Fahrt nach Celebes oder nach Borneo oder nach Berau, das heute den Namen Tanjungredeb trägt, dorthin, wo Almayer sein Leben wütend und verzweifelt ablebte, so ein Sehnen erfaßte mich, als der Dampfer mit verwehender Rauchfahne das Hafenbecken verließ.

Ich war im schneeweißen Volkswagen-Bus, der den Namen Goethes trug, durch die Enge, die Menschenüberfülle, die schäumende Armut Surabayas gefahren. Wieder faszinierte mich die Menschlichkeit des Schmutzes, und später im Hotel erfaßte mich ein pathetisches Hochgefühl. Ich machte diese Eintragung in mein Notizbuch: »Allmählich überkam mich in der Flut der Einzelheiten Gewißheit über die Lebensarmut des perspektivischen Blicks und über die unmittelbare Zusammengehörigkeit der Säfte, Dünste und anderen Ausscheidungen mit den Gestellen, den geschäftigen Aktivitäten und Tagesplänen, Gewißheit über die Schläue der Biologie, die der menschlichen Spezies Nester aus Schleim baut. Das uralte Dörfliche zerstört hier die Stadt. Die heitere Menschenlaus befördert kraft ihres Stoffwechsels das Städtische zurück in die Welt der Waben. Entschiedene Regression in die kindliche Koteswärme. Der Reichtum zügelt sogar seine Rückstände, den Dreck, so daß er seine Irrenhauskühle nicht stört, während die Armut im Müll täglich ihre körperfreundlichen Bunker baut.«

Die These von der Welt und dem Drama gelang mir nicht besser als in Bangkok, obwohl ich mich anstrengte. Doch die paar freundlichen Chinesen-Damen waren vielmehr daran interessiert, ihre Deutschkenntnisse zu üben. Manche hatten die Bundesrepublik besucht, und als ich fragte, was sie denn dort am meisten beeindruckt hatte, sagte eine: »Der Snee, der Snee, der viele Snee«, und eine andere: »Die vielen bunten Blätter im Herbst.« Das ist ja auch etwas Schönes, dachte ich, aber gleich auch daran, daß ich einen vertraulichen Brief der Botschaft in der Tasche hatte, der mich aufforderte, nicht vom Drama in der BRD und in der DDR zu sprechen, sondern vom Drama in Deutschland.

Auf der Rückfahrt zum Hotel der tägliche Monsunregen. Es war wie ein Einsturz. Als habe sich über der kochenden Stadt eine Kuppel aus Wasser gespannt, die plötzlich in sich zusammenfiel. Bis die Hitze zurückkam, wurde eine neue, dampfende Welt sichtbar, aber die Hitze kam schnell zurück, und nur die Kinder, die in den überschwemmten Straßen prustend und schreiend lagen, hielten die Flut noch eine Weile fest.

Bis es Abend wurde, las ich auf meinem Zimmer aufs neue die Seiten in Conrads »Über mich selbst«, auf denen er seine Ankunft an der Mole von Berau schildert: Wie er in den Häfen von Singapur bis Donggala von dem holländischen Händler Almayer gehört hatte, um ihn dann im Morgennebel selbst zu sehen. »Er trat nahe an das Schiff heran und zeigte sein gehetztes, rundes, flaches Gesicht, und sein Blick war leidend.«

In der Bar übertrug der Fernsehapparat das Fußballspiel zwischen Uruguay Nacional und Nottingham Forest mit dem britischen Kommentar. Die trockene Lakonik ihres Ausdrucks hat die Engländer zum Kolonialismus befähigt, dachte ich und verfolgte das Spiel mit Genuß. Eine ziemlich ausgeglichene Sache, obwohl die Spieler aus Uruguay den

Platz phantasievoller nutzten als die Kraftprotze aus Nottingham, die das Spielfeld niederzupflügen schienen.

Am rechten Rand meines Blickfeldes saß ein Mädchen, das gestern noch nicht da war. Es sah älter aus als die anderen Prostituierten, die sich schon mit der jeweiligen Kundschaft – zwei Japanern, zwei Franzosen und einem Chinesen – an Tischen und an der Bar zum üblichen Getuschel plaziert hatten. Sie war allein. Ihr Gesicht glich viel mehr dem eines Äffchens als den puppigen Gemmengesichtern ihrer Kolleginnen. Mit starker Schminke hatte sie versucht, ihren Schädel weicher wirken zu lassen. Auch das fließende Seidenkleid mit dem kurzen Bolero über dem zu engen Oberteil sollte diesen Eindruck unterstützen. Sie rauchte ununterbrochen und sah, mehr als es bei Huren gewöhnlich ist, verlassen aus.

Warum fängst du ängstlicher Katholik nichts mit einer Hure an, so etwas gehört schließlich zu so einer Reise, sagte ich mir, da saß sie schon an meiner Seite. Nun gibt es in diesem stramm regierten Staat behördlich keine Huren, und deshalb sind alle Huren Sprachstudentinnen, die ihre Kenntnisse bei Ausländern erwerben. So entwickelte sich unsere Unterhaltung als wunderliches Kauderwelsch, dessen erster Satz »My name is Elsyie« der korrekteste war.

Was ich hier zu tun habe, woher, wohin, wie lange schon in Surabaya? Diese Fragen eben und die passenden Antworten. Sie war überhaupt nicht beleidigt, als ich zu ihr sagte, daß ich nicht hier sei, um mich mit Huren zu unterhalten, sondern um das Fußballspiel zu sehen. Still saß sie bis zum Ende des Spiels an meiner Seite und betrachtete den Bildschirm.

»Bist du ein perverser Mann?« fragte sie, als sie sicher war, daß mich der Fernsehapparat nicht mehr interessierte.

»Vielleicht«, antwortete ich und fühlte mich souverän. Deshalb sagte ich gleich noch: »Jedenfalls mag ich es nicht, wenn zwei Menschen für einen bestimmten Preis aneinander herummachen.«

»Warum bist du zornig?!«

»Heil Hitler«, rief die langsamste Sängerin Südostasiens herüber.

»Sie ist meine Freundin«, sagte Elsyie.

»Aber gestern warst du nicht hier.« Meine Verdrossenheit wirkte lächerlich.

»Gestern hatte ich einen Freund, der heute abgereist ist. Er war ein Deutscher so wie du.«

»Heil Hitler«, rief die Sängerin mitten in dem Lied »I'm beginning to see the light«.

»Wie hieß er?« Meine Stirnhaut kribbelte.

»Franz«, sagte Elsyie.

Der Gedanke blitzte durch mein Hirn, daß ich im Schoß dieser Hure eine intime Begegnung mit Nehoda haben würde.

Was für eine lächerliche und gemeine Vorstellung! Wie lächerlich, gemein und kolonialistisch, dachte ich und hing dennoch an diesem Gedanken. Aber warum war ich so sicher, daß es sich um den Mann aus Bangkok handelte, der etwas auf Borneo suchen sollte, das nur Almayers Dorf sein konnte?

»Was wollte dein Freund in Surabaya?« fragte ich Elsyie.

»Er wollte auf dem Peneleh-Friedhof das Grab eines holländischen Verwandten besuchen«, antwortete sie und war auf Ausschau nach einem anderen Kunden.

»Hieß der Verwandte vielleicht Charles Olmeyer?«

»Weiß nicht.«

»Wohin ist dieser Franz abgereist?«

»Vielleicht nach Ujung Pandang, vielleicht nach Donggala, vielleicht nach Balikpapan. Weiß nicht.«

»Wie sah er aus?«

»Wie ihr alle. Groß, viel Fleisch im Gesicht, viele Haare auf dem Bauch.«

»Ist dir sonst etwas an ihm aufgefallen?«

»Weiß nicht. Danach hat er geweint.«

Die Sache ging glanzlos aus. Ich bestellte Elsyie einen Hennessy. Sie nahm das Glas und ging hinter die Bar zu ihrer Freundin, der Sängerin. Leise redeten die beiden miteinander und lachten oft. Das Lachen galt natürlich mir. Ich bemühte mich, unwirsch zu wirken, als ich die Bar verließ.

Er hat also geweint, dachte ich. Wahrscheinlich weiß das Mädchen mehr von ihm.

V

Der nächste Tag schleppte sich träge dahin. Irgendwie war ich immer noch nicht angekommen. Ich spürte mein Rückgrat, als sei es durchgesessen. Barhocker ohne Lehne waren Gift für mein Kreuz. Der Swimming-pool war vollgestopft mit kleinen Chinesenmädchen. Ein Malaie kraulte unentwegt an den vier Seiten entlang, alles wegstoßend, was ihm in den Weg kam. Gute zwanzig Minuten war er bereits unterwegs, ohne Anzeichen von Ermüdung. Wie Jaffir in »Die Rettung« kam er mir vor, und gleich waren auch die Gedanken an Franz Nehoda wieder da und die Scham über die obszöne Idee, die ich gestern hatte.

Warum fuhr ich nicht zusammen mit Nehoda nach Borneo? Allein auf diesen Fahrten durch die Städte, allein auf den Fahrten durchs Land, vorbei an Reisfeldern, Palmenhainen, aufragenden Vulkanen, umgeben von exotischer Armut und wuchernder Flora und Pomona, allein sah ich nichts, was mir nicht wie das Abziehbild eines schon häufig Gesehenen vorkam. Warum sollte ich meinen Blick nicht richten, ihm einen Leitfaden geben, der ihn mit dieser Fiktion Nehoda verband, von dem ich nichts wußte, außer daß er behaart war und nach dem Beischlaf geweint hatte? Schließlich bedeutete Joseph Conrad für mich mindestens ebensoviel wie für ihn, und es gehörte zu meiner Vorstellung vom Glück, einmal zwischen den Flüssen Kelai und Segah auf der Landspitze mit dem javanischen Schattenbaum an der Mole von Tanjungredeb zu stehen und wie Almayer hinüber nach Gunung Tabor zu blicken, wo Babalatchi seinem Sultan Grammophon vorgespielt hatte. Und vielleicht würde ich in einer Nacht mit Elsyie mehr von diesem Mann erfahren, der bisher nur ein blasses Gespenst vom Hörensagen für mich war. Die Idee nistete und blieb. It's more fun to complete.

Wie von einer Hemmung befreit, erlebte ich den Nachmittag und den Abend hochgestimmt. Der Institutsleiter von Surabaya hatte in dem chinesischen Restaurant »Oriental« ein Essen mit ein paar Intellektuellen der Stadt arrangiert. Ich genoß den Anblick der langen, mit steifem weißem Leinen bedeckten Tische und der gewaltigen Kuppel über dem hallenartigen Gästeraum, den die Propeller riesiger Ventilatoren erfrischten. Gatot Kusumo war ein schwerer, jovialer Mann, dessen faltiges Gesicht immer wieder von den Zukkungen eines Nervenleidens, das er sich während des indonesischen Befreiungskrieges gegen die Japaner zugezogen hatte, geplagt wurde. Von Beruf Banker, schrieb er ein Buch, das seine Zeit in einem Studenten-Bataillon schildern sollte. Er bezeichnete sich als einen marxistischen Nihilisten.

Und wieder, wie schon nach der Beschlagnahme der Video-Filme aus Sittlichkeit und der Begegnung mit der selbstverständlichsten Prostitution, erfuhr ich etwas von der tiefen Kluft zwischen dem offiziellen und dem wirklichen Staatsleben Indonesiens. Wie Kusumo, der mit seinem Buch an die Zeit der Gemeinsamkeit zwischen Nationalisten und Kommunisten erinnern wollte, war auch der Journalist und Regisseur Basoeki Rachmat häufig den Pressionen der Zensur ausgesetzt.

Der Staat hat hohe wirtschaftliche Zuwachsraten. Er unterhält diplomatische Beziehungen zur Sowjetunion, obwohl kommunistische Intellektuelle höchstens hinter vorgehaltener Hand sprechen dürfen. Es gibt offiziell auch keine Probleme zwischen den verschiedenen Bevölkerungsgruppen, obwohl die Chinesen, denen ähnlich wie den Juden im Mittelalter nur Geldgeschäfte erlaubt sind, verhaßt und immer wieder von aufflammenden Pogromen in der Provinz bedroht sind, die sich in Wirklichkeit gegen die Regierung richten, von der man weiß, daß sie ihre Geldgeschäfte mit den Chinesen abwickelt.

Dieser Staat aus Meer und Inseln wurde in den Jahrhunderten immer wieder von wechselnden Besatzungen überwältigt, bis Sukarno und Hatta 1945 die Unabhängigkeit erklärten, obwohl es noch eine kommunistische Rebellion unter Muso Amir Sjarifudin und bis 1950 Versuche der Holländer abzuwehren galt, mit Hilfe der separatistischen Molukken ihre alte Kolonialmacht zurückzugewinnen. Jetzt spielt dieser Staat großes Staatstheater, das von wenigen reichen Familien und einer Funktionärskaste inszeniert wird, der sogar ein hoher Regierungsbeamter empfahl, nicht mit den teuersten Luxuslimousinen umherzufahren.

Rachmat probiert gerade mit einer Schar Amateurschauspielern Brechts »Der gute Mensch von Sezuan«. Er ist ein kleiner dunkler Mann, der ohne Unterbrechung die betäubend süßen, knatternden Zimtzigarren der Marke »Garam« raucht. 1979 hatte er einen großen Erfolg mit einer Aufführung von Brechts »Der kaukasische Kreidekreis«. Ich fragte ihn, wie er es denn mit den drei von Brecht lächerlich gemachten Göttern halte, da doch die Verhöhnung der Religion unter Strafe stünde. Er antwortete mir mit einem Blick von schräg unten, er beziehe sich auf das alte Ramayana-Epos, in dem auch dumme Götter vorkämen. Höflich sprach er die Einladung zu einer Probe auf den Abend aus, und ich nahm froh, Elsyie und den Gedanken an Nehoda zu entgehen, an.

Nach dem Essen führte mich der Institutsleiter von Surabaya zum Kulturzentrum der Provinz. In einer weiträumigen, nach allen Seiten offenen Halle zeigten Hunderte von Kindern – winzige und fast erwachsene – den Scharen von Verwandten, was sie an balinesischen Tanzfiguren gelernt hatten. Im schwarzen Trikot unterschied sie nur der bunte, um die Hüfte geschlungene Schal, dessen Enden sie abgezirkelt bewegten, von westlichen Ballettschülerinnen. Doch dieser gemessen auf und ab, hin und her wogenden Menge Menschenkinder wohnte ein unvergleichbarer Ernst inne, ein konzentrierter Verzicht auf Ausdruck. Das Auge des Europäers war darauf aus, kleine Verschiebungen, Patzer und hie und da einen ängstlichen Blick ins stolze Gesicht der Mutter zu entdecken. Gleich schämte ich mich dieser Sucht nach Fehlern und schämte mich auch meiner Scham. Irgendwann mußt du mal aufhören, dich ständig bei irgend etwas ertappt zu fühlen, sonst wäre es besser, du führest wieder nach Hause, dachte ich.

Der Plattenspieler war nicht von der neuesten Art, und kein zusätzlicher Lautsprecher verstärkte ihn, aber das störte die ernste Gesellschaft nicht, war doch ein Klang unter ihnen, der ihre Gesten bestimmte und aus ihnen zu kommen schien. Der übliche Nachmittagsregen überfiel uns, und sein Rauschen vermischte sich mit dem Ping und Pang der Tanzmusik. Ob auch Elsyie einmal so die Füße gekreuzt, die Finger gespreizt, den Hüftschal geschwungen hatte?

Auf dem dunklen Pfad, der eng und von stinkenden Rinnsalen durchzogen zwischen Hütten zum Probenraum von Rachmats Truppe führte, stieß plötzlich etwas heftig gegen meinen Kopf. Erschreckt vermutete ich einen großen Nachtvogel oder eine Fledermaus, aber es war nur ein Vogelkäfig aus dünnem Bambusrohr, der da im Licht meines

Feuerzeugs baumelte und einen weißen, den Kopf unterm Flügel schlafenden Papagei als Insassen hatte. Kinderhorden kreischten vor Vergnügen über meinen Unfall. Aus einer türlosen Hausöffnung wies trübes Neonlicht den Rest des Wegs.

Kahler Boden in der hohlen Halle. Auf Bastmatten, die im Geviert ausgelegt waren, saßen etwa vierzig junge Leute im Schneidersitz, getippte Textbücher vor sich, die sie ernst und streng studierten, während ihre Freunde in der Mitte eine Szene übten. Leptosome mit Erdnußgesichtern, bleiche Araber, dunkle Madonnen, Kraftprotze und zarte Mädchen wie Arabesken. Rachmat saß an der Stirnseite des Raums, seine stille, schwere Frau neben ihm.

Unter den Spielern tänzelte von allen akzeptiert ein Transvestit. Ein Kirschmündchen hatte er sich ins breite Malaiengesicht geschminkt. Unter der weißen, durchsichtigen Bluse war ein winziger, spitzenbesetzter Büstenhalter zu sehen, in dem die kleinen Speckbrüste steckten. Seine Stimme klang nervös, verhaucht, hin und wieder girrend. Trotz seiner Seligkeit, anerkannt zu sein, schien er unter großem Druck zu spielen, als sei alle Phantasie in der täglichen Mühe, eine Frau zu sein, verbraucht. Immer wieder zupfte er seine Bluse straff, damit die wichtigen Merkmale seiner Weiblichkeit nicht vollends in den Falten verschwanden.

Shen Te wurde von einem jungen Mann gegeben, dem Star der Truppe. Es ärgerte mich, daß er mit der Zigarette in der Hand probierte, wie ein abgefeimter Mime den Mittelpunkt suchte und seine Mitspieler anwies. Nach der Probe zahlte ich ihm dieses Gehabe mit einer Unverschämtheit heim, indem ich ihm verriet, als er sich für mein »Toi toi toi« artig bedankte, daß man das nicht dürfe, sonst habe man bei der Premiere Unglück. Panischer Schrecken schoß in seine Augen.

Sie übten die ersten Szenen. Die drei Götter trippelten,

als würden sie schwirren, durch den Raum. Unbeschwert stießen sie Worte guttural hervor, und Brechts Theater hatte plötzlich ursprüngliche Kraft in dieser feuchten Nachthitze. Auf die Songs wurde verzichtet, statt dessen bramabarsierte ein Dalang, Erzähler, Spieler und Kommentator aus dem Schattenspiel, dem Wayang-Kulit, die Zusammenhänge und rhythmisierte seine hochtrabende Redeweise, indem er mit einer Cremetube auf eine kleine Holzkiste schlug.

Die Kinder drängten durch die schmalen Türöffnungen herein und schütteten sich über die heftigen Versteller aus vor Lachen. Eine der Schauspielerinnen löste plötzlich ihr Haar, daß es ihr schwer und weich hinab zu den Kniekehlen fiel. Gleich kam mir Elsyie in den Sinn, die nun sicher schon einen Kunden für die Nacht gefunden hatte. Und als im Augenblick, in dem der Polizist Shen Te heftig grimassierend zur Heirat überreden will, ein alter Sundanese mit kurzen Watschelschritten, um die Schwingungen der Bambusstange, an deren Enden Körbe voller Steine hingen, auszugleichen, als dieser asiatische Prototyp für Mühsal, Last und Unterwerfung den Raum durchquerte, war ich sicher, daß dies alles nur für mich inszeniert wurde, um mich zum Glauben an irgend etwas Unbekanntes zu bekehren, an dem ich zweifelte, ohne zu wissen, was es war.

Gegen zehn Uhr betrat ich wieder die Hotelbar. Ich hatte Darmbeschwerden vorgeschützt und unter vielen Verbeugungen die Probe verlassen. Elsyie war nicht da. Die Sängerin kaute Erdnüsse und grüßte mit dem Hitlergruß.

»You love Elsyie?«

Dann sang sie »Sentimental Journey«. Dabei suchte sie etwas in ihrem Ohr und warf mit Nüssen nach mir. Da kam ganz in Weiß Elsyie. Glänzende, enge Hosen, silbrige Sandalen und ein T-Shirt mit der Aufschrift »Panca Sila«. (So heißt ein Monument in Jakarta, das 1965 zur Erinnerung an sechs indonesische Generäle errichtet wurde, die nach der offiziellen Version von Kommunisten niedergemetzelt und in eine ausgetrocknete Quelle gesteckt worden waren.)

In ihrem im Nacken zusammengerafften Haar leuchtete eine Blüte der Vanille. Gleich setzte sie sich neben mich. Also doch noch kein Kunde heute abend, oder das erste Geschäft war bereits abgewickelt. Sie entschuldigte sich, daß sie gestern unhöflich gewesen sei. Ich kam mir lächerlich vor, weil ich mich sofort getröstet fühlte, und bestellte ihr bei Sundarsih einen doppelten Hennessy, mir einen Whisky »ohne alles« und eine große Flasche chinesisches Lagerbier der Marke »Bintang«.

»Wo warst du so lange? Ich habe dich gesucht«, sagte Elsyie.

Ich sei einigen offiziellen Verpflichtungen nachgekommen, sagte ich.

»Bist du traurig?« sagte sie und legte ihre kleine Affenhand auf meine Schulter. Wahrscheinlich dachte sie, daß alle Deutschen immer nahe daran sind, in Tränen auszubrechen.

Nein, ich sei froh, sie getroffen zu haben, antwortete ich. Das Mädchen sang in seiner schleppenden Art »I'm gonna sit right down and write myself a letter«, begleitet von einem kleinen, alten Pianisten mit einer bläulichen Haut, die auf den Wangenknochen und über den Fingerknöcheln spannte und schimmerte. Die Akkorde, die er aus dem Klavier hervorwühlte, erinnerten an Bela Bartok.

»Er stammt aus Manado. Genau wie ich. Er ist ein Christ wie ich. Wo ich herkomme, gibt es nur Christen.« Um Hure zu werden, muß man zuerst Christin sein, dachte ich, weil man dann ein intimes Verhältnis zur Schuld hat.

»Ich bin auch katholisch«, sagte ich.

»Manado liegt ganz oben auf Sulawesi. Da ist es viel schöner als hier«, fuhr Elsyie fort, ohne auf unsere Glaubensgemeinschaft einzugehen. Vier Barhocker weiter saß ein betrunkener Japaner. Immer wieder einschlafend, floß er wie ein Klumpen Honig vom Hocker herab, fing sich jedoch jedes Mal, kurz bevor er den Boden erreicht hatte.

»Das ist ein armer, einsamer Mann, ein Freund von mir«, sagte Elsyie und rief dem Betrunkenen etwas zu. Aha, dachte ich, auch ein Kunde, wahrscheinlich war sie mit ihm verabredet, hat sich aber an dich gehängt, als sie sah, daß mit dem Japaner nichts mehr anzufangen war.

»Ich bin geschieden wie Franz«, sagte sie plötzlich.

»Woher weißt du, daß er geschieden ist? Gestern hast du gesagt, daß du nichts von ihm weißt.« Elsyie redete einfach weiter: »Jetzt bin ich achtundzwanzig und lerne Englisch und Französisch, in einem halben Jahr fahre ich zu meiner Schwester nach Enschede.«

»Warum hast du gestern nichts über Franz erzählen wollen?«

»Gestern habe ich ihn noch geliebt, heute ist er schon weit weg.«

»Also wirst du mir heute von ihm erzählen. Nicht wahr?« Ich umklammerte wie blöde geworden ihren Arm.

»Was willst du von Franz?«

»Wo will er hin?«

Elsyie erzählte, mühsam durchs Englische stolpernd, was Franz ihr erzählt hatte, wobei sie jede Berührung mit mir vermied.

»Er stammt aus einem Dorf, aus einem Kampong, weißt du, wo es viel Staub und viel Sonne gibt. Da war er klein. Vor dem Haus vom Bupati …«

»Vom Bürgermeister«, sagte ich.

»Right«, sagte Elsyie, »da stand ein Niwatakawaca aus Stein, hat ein Schwert und eine Uhr in der Hand …«

»Was stand da?«

»Wie sagt ihr zu den Kaurawas?«

»Ein Dämon.« Wahrscheinlich hatte Nehoda ein Denkmal gemeint.

»Wo war das, Elsyie?«

»Weiß nicht, wo die Kommunisten sind.«

»Where the communists are?« Elsyie betrachtete traurig eine Bierlache auf dem Tisch und rührte mit dem Zeigefinger darin herum. Sie spürte, daß ich ihr nichts glaubte.

»Er hat eine Tochter. Die heißt Nina. Er weiß nicht, wo sie ist. Nina heißt bei uns kleines Mädchen, weißt du?«

»Wo will er denn hin, dein Niwatakawaca?«

»Weiß nicht. Nach Borneo, wo zwei Flüsse sind und zwei Berge. Ganz weit weg.« Aus der Bierlache war unter Elsyies Finger ein feucht schimmernder Stern geworden.

»Wie will er denn dorthin kommen?«

»Da war vor langer Zeit ein berühmter Kapitän, hat er gesagt.«

»Mit dem Flugzeug? Mit dem Schiff?«

»Weiß nicht, da kommt er nicht hin, weil man da nicht hinkommt.«

Sie sagte, daß sie sich nun betrinken wolle, da ich ja doch nicht mit ihr ins Bett ginge. »You perverse man.« Die Sängerin zankte mit dem alten Pianisten, und der Japaner sank zäh vom Barhocker, ohne zu fallen. Ich gab auf. Es war ohnehin klar, wohin Nehoda wollte. Die christliche Hure trank ihren Hennessy wie kleine Mädchen Kakao.

Als ich sie fragte, ob sie Schwierigkeiten mit dem Hotelpersonal bekomme, wenn sie mich in meinem Zimmer besuchen würde, schaute sie mich mit ihren runden Sulawesi-Augen an, als hätte ich gerade meinen Austritt aus der römisch-katholischen Kirche erklärt. »No, no«, sagte sie dann, »go into your room. I will come five minutes later.« »Heil Hitler«, rief die Sängerin hinter mir her, als ich zum Lift ging. Und Sundarsih sagte leise: »Terima kassih«, was soviel wie »Danke schön« heißt. Ob Elsyie jemals nach Enschede kommen würde?

Danach war es ihr ganz gleichgültig, wieviel ich zahlte.

Inwendig schlug ich mir ins Gesicht, als ich meine Gedanken beim Knausern ertappte. Ich ging ins Badezimmer, legte das Geld auf das Waschbecken und sah Elsyie, wie sie winzig in der Wanne hockte und Wasser Glas um Glas über ihr Geschlecht goß. Mitten im Weißen wirkte sie fast schwarz. Mit der verschmierten Schminke hatte ihr Gesicht erst recht die Züge einer Äffin.

Wir hatten uns für den nächsten Abend, meinem letzten in dieser Stadt, wieder in der Bar verabredet. Sie kam sehr spät. Ein schwerer britischer Glatzkopf hielt ihre Hand. Sie übersah mich in meiner Ecke, saß an der Bar und lehnte ihren Kopf gegen die Brückenkopfschulter des Mannes. Dann entdeckte sie mich, gerade als sich der Satz »Hure bleibt Hure« in meinem Hirn festzuhaken begann.

Sie kam in meine Ecke, entschuldigte sich und versprach, in einer dreiviertel Stunde in mein Zimmer zu kommen. Aber sie kam nicht.

Nicht in einer Stunde, nicht in zweien und auch nicht, als ich gegen Morgen tiefgerührt über meine Verlassenheit einschlief.

VI

Als das Flugzeug zurück nach Jakarta am anderen Morgen von Surabaya aufstieg, sah ich den schönen, hohen Berg Arjuna, an dessen schlanke Spitze der Himmel eine einzelne Wolke geheftet hatte und dessen ruhiges Dastehen in der glitzernden Morgenluft eine Aufforderung zur Würde war. Er hat seinen Namen nach dem Helden Arjuna, dem die Einsamkeit so große Kraft schenkte, daß ihn sogar die Götter in ihrem Kampf gegen die Dämonen um Rat fragen. Arjuna ist ein anderer Parsival, denn er entdeckte das Geheimnis von Ramas Krone, der Lakon Makutamaran, die von den niedrigen Geistern, den Kaurawas, vergeblich gesucht wird, weil sie in ihr nur einen Gegenstand aus Gold und Edelsteinen vermuten. Arjuna aber stieg auf den Berg Maenaka, und dort verriet ihm ein Eremit, daß die Krone die Verkörperung der acht geheimen Tugenden des Helden ist:

Bantala, ein Leben wie die Erde, starken Sinnes und Charakters, das wie die Erde, die alles trägt, was existiert, die Sorgen meistert; Surja, die Verehrung der Sonne, die Licht, Leben und Wärme spendet; Sasangka, Friedfertigkeit; Samodra, Offenherzigkeit und Weite wie das Meer; Agnis, Gerechtigkeit gegen jedermann; Maruta, Weisheit und die Kenntnis aller Sorgen und Probleme der Untertanen, wie der Wind in jedem Winkel des Reiches bläst; Tirta, Hilfsbereitschaft wie das Wasser, das jeden Durstigen erquickt; Kartika, Idealismus wie ein Stern, der über allem leuchtet und Treue und Glauben schützt und bewahrt.

Dann breitete sich die Silbertafel des Meeres unter dem Flugzeug aus, und in ihm blinkte ein Dampfer unendlich verloren. Wie nahe war ich schon der Verfallenheit an einen Wahn! Hatte Almayers Dämon durch dieses Phantom Franz Nehoda und durch die Frau, die Elsyie hieß, auf mich gewirkt? Aber Almayer war eine literarische Fiktion Conrads. Sein wirklicher Name war »das Eigentum der vier Winde«. Ich nahm mir fest vor, mit der Stadt Surabaya alle Spekulationen hinter mir zu lassen und nicht mehr mit den Kaurawas in die Irre zu gehen.

Lärm und Gestank Jakartas schienen zu explodieren, als ich das Flughafengebäude verließ. Horden von Trägern, die sich um die Koffer der Ankommenden streiten, Taxifahrer, die den Reisenden am Ärmel zerren, die säuerlich riechenden Schweißflecken unter meinen Armen und auf dem Rücken, in der Luft der süße Duft der Zimtzigaretten, von dem man meint, daß er sich für immer am Gaumen und in den Nasenlöchern festsetzt, die dümmliche Gewißheit dieser aufgeregten Menschen, ein wichtiges Ziel zu haben, die Polizisten überall, deren scharfe Bügelfalten wie ein Hohn auf den Schmutz und die Unordnung dieser Stadt sind – all das trieb mich aufs neue in die Verstörung.

Da war auch wieder das aggressive Gehabe wildfremder Kerle, die einen am Ärmel packen und irgendwohin zerren wollen. Auf der Fahrt zur Station der Taxilinie 4848, mit der man weit über Land reisen kann, bedeutete mir der Anblick des Mannes, der mit entblößtem Hintern am Kanal hockte und exkrementierte, nichts anderes als ein abstoßender Mensch, der ins Wasser scheißt.

Die Dinge waren so, wie sie sind, fremd, roh und heillos. Wären da nicht noch Reste von Furcht und Ekel gewesen, eine fühllose Depression hätte mich ganz überwältigt, aber diese beiden treuen Begleiter meines Gemüts verschafften mir Durchhaltekraft. Erst als das Taxi, dessen Fahrer wie von Furien gehetzt in Richtung Bandung aufs Gaspedal drückte, Jakarta hinter sich gelassen hatte, löste sich mein starrer Widerwille.

Ich war in einer höhnisch triumphierenden Laune und freute mich über einen bösen Scherz, den der Chauffeur mit den Verkäufern von Durian-Früchten am Straßenrand trieb. Er fuhr auf sie zu, wurde langsamer und machte ihnen Hoffnung, etwas verkaufen zu können. Wenn sie dann wie wild hinter dem Auto herliefen, das anscheinend gleich zu halten schien, trat er im Moment, in dem der Mann abgehetzt am Wagenschlag angekommen war, kreischend vor Vergnügen wieder aufs Gaspedal.

Die Durian-Frucht stammt von einer Kakteenart, wird kopfgroß und ist dicht mit grünen Stacheln besetzt. »Durian stinkt wie die Hölle und schmeckt wie der Himmel«, sagen die Eingeborenen, denn der süße, rahmige Inhalt riecht nach faulen Eiern. Auf Hotelzimmern ist der Verzehr dieser

Früchte verboten, ebenso wie der Aufenthalt von »people of opposite sex«. Da Durian potenzstärkende Wirkung nachgesagt wird, machte ich mir Gedanken über einen Zusammenhang zwischen den beiden Verboten.

Das Taxi hatte die Ebene verlassen und schlich nun eine schmale Straße Dorf um Dorf zum Puncak-Paß hinauf. Es geht wie durch einen nicht enden wollenden Obstmarkt, dessen Fülle und Schönheit wie eine paradiesische Galerie die Straßenränder säumte. Papayas, Mangos, Bananenbüschel, die rostroten Ramputan, weiße Wurzeln, Berge von Ananas waren kunstvoll aufgeschichtet und zu Ornamenten arrangiert. Die Masse der Früchte konnte unmöglich einen Käufer finden, sie glich eher der Präsentation einer ständig zeugenden und gebärenden Natur.

Der Zynismus des elenden Molochs Großstadt mit seinen gierigen, nach Münzen verkrümmten Händen erschien mir angesichts dieses Reichtums in seiner ganzen Ungeheuerlichkeit. Was trieb die Menschen in die Slums, in die kapitale Selbstvernichtung? Warum flohen sie vor dem Glück des Landesinneren?

Nach den Dörfern breiteten sich neue Naturwunder aus: In immer weiteren Wellen schwingen sich die Terrassen der Teeplantagen in dunklem, wächsernem Grün die Berge hinauf, und wie Gewänder fallen sie von den Gipfeln herab.

Aber oben auf dem Paß ist sie schon wieder da, die Erfrischungshölle der Hotels, Pools und Bungalows und mit ihr die Bettler: Das böse Gesicht des Greises, der seine Krallenhand minutenlang ins Auto streckt, das Kind mit dem Wolfsrachen, das wimmernd auf die Kluft in seinem Mund deutet. Auch Prostituierte fehlen nicht, winkend drängen sie sich hinter Schaufensterscheiben.

Der Charakter der Landschaft verändert sich auf der Fahrt abwärts nach Bandung. Die Teestauden der Höhen bleiben zurück, und an ihrer Stelle erscheinen Reisfelder in den verschiedenen Farben ihrer Reife.

Weiter unten dämmerte der Tag grün in den Palmenhainen und unter den lappigen Blättern der Bananenstauden. Im Kessel, in dem vor Zeiten ein riesiger Bergsee gestanden hatte, tauchte strahlend Bandung auf, eine Verheißung.

VII

Nach all dem Geschäum aus Palmen und Büschen erlebte ich diese Stadt wie ein kühles Kontor, noch vom Staub der holländischen Kolonialzeit überzogen, umgeben von violetten Vulkangipfeln, um die vor dem Blau eines deutschen Sommertages Wolken zogen. Nicht die Spur von Empörung überkam mich beim Gedanken an die Grausamkeit der Herren aus Holland, an die Massaker des Generals von Daalen zum Beispiel, die ins Rekordbuch der menschlichen Gemeinheiten gehören. Ja, sagte ich zu mir, dies ist ein schönes Hier. Die bürgerliche Klassizität der Fassaden, die die Exotik dieser Weltgegend einfach übersehen, befriedigte mich. Mit ihnen zusammen fühlte ich mich zum ersten Mal wieder in der Überzahl.

Auch die bayrisch verdrossene Stimme von Dr. Rudolf Gramich, Goethes Mann in Bandung, heimelte mich an, weil in ihr gar nichts vom unterwürfigen Kulturverkäuferschleim zu hören war. Muß eine Art Karl Valentin sein, dachte ich – ohne zu ahnen, daß ich in ihm auch einen aus Almayers Geschlecht kennenlernen sollte.

Das Hochgefühl wurde vom »Homan Savoy« gesteigert, dem ich auf den ersten Blick den Gruß »Da bist du ja, Hotel meines Lebens« zurief. Ein Schritt in die Stille. Das hundert Jahre alte Gebäude vereint holländischen Jugendstil der geometrischen Art mit javanischer Ornamentik in einer ruhigen, strahlenden Weise. In riesigen, ernsten Sälen summen Standuhren pathetisch unter einer ovalen Kuppel. Einfaches Möblement wartet im rechten Winkel auf eine Weltkonferenz toter Handelsherren. Ein Verkäufer von Soto-Suppe machte die Stille auf sich aufmerksam, indem er mit einem Eisenstück auf ein Bambusrohr schlug.

Als mich der von Hopmann/Köln gebaute Fahrstuhl spät in der Nacht sehr langsam zum Hotelzimmer hinaufschleppte, dachte ich, daß hier ein guter Ort sei, um eine langwierige Tropenkrankheit auszukurieren oder eine schwierige Trennung zu vollziehen. Im Rückgrat war kein Schmerz, und der Schlaf kam schnell. Ein Traum, in dem Knochen vorgekommen waren, schreckte mich nach zwei Stunden auf. Im Badezimmer brannte noch das Licht, und als ich hineinging, um ein Glas vom abgekochten Wasser aus der Thermosflasche zu trinken, lief eine daumengroße rote Kakerlake raschelnd über meinen nackten Fuß. Ich zerquetschte das Biest zwischen Tür und Schwelle. Lichtscheues Gesindel.

Weiß der Himmel, welche Assoziation mich auf den Gedanken brachte, Dr. Rudolf Gramich könnte einer vom Schlage Almayers sein, wahrscheinlich, weil dieser gedrungene, scheue Mann auf Java einem Traum folgte, verächtlich gegen jede Norm, zärtlich verliebt in die alte Seele dieser Insel. Seine deutsche Familie hatte er aufgegeben. Die Frau wollte sein Leben in Ostasien nicht teilen. Nun war still und liebevoll Emy, eine Indonesierin aus Sumatra, neben ihm, und über ihm lag Schwermut. Da war aber nichts von Almayers Dünkel, seinem schmächtig gereckten Übermenschentum. Dieser Mann aus München schien eher Illusionen zu folgen, die Joseph Conrad »saving illusions« genannt hat.

Also war ich wieder bei diesem Dichter angelangt, bei seinen Figuren und seinen Landschaften, und ich beschloß, den Wunsch, Almayers Dorf auf Borneo zu erreichen, weiter von mir wegzuschieben, ihm aber, wenn er mächtig genug würde, zu folgen. Genauso eben, wie der Katholik mit seinen Trieben umgeht.

Nach dem üblichen Referat über die Welt und das Drama sah ich javanischen Schauspielschülern bei einer Probe zu. Sie übten im groben, lauten Longser-Stil, in dem die Bauern Theater spielen, ein Stück mit dem Titel »Gerücht«, das von einem Mord handelt, der niemals stattgefunden hat, aber im Geschwätz zu einer immer größeren Sache wird. Das geschieht alles um das kleine Gamelan-Orchester in der Mitte herum und besteht aus gewaltigen Gebärden und Grimassen.

Für den nächsten Tag verlangten die Schüler, ich solle mit ihnen einen »Workshop« abhalten. Der Wunsch erschreckte mich, denn im Bemühen, die Depressionen der vergangenen Tage nicht wieder aufkommen zu lassen, hatte ich die Aufschriften »mitsubishi«, »Amerika« oder »Shell« auf ihren T-Shirts übersehen und wurde nun mit dem toten Wort »Workshop« überfallen. Weil aber die Sundanesen ein kleiner, sanfter Menschenschlag von unaufdringlicher Servilität sind, nahm ich's zum übrigen und sagte zu.

Überhaupt schwanden Angst und Abscheu in der Nähe dieses Mannes Dr. Gramich. In einer Toreinfahrt, in die ich mich allein niemals gewagt hätte, aßen wir zu Abend. Eine Hexenküche. Große Kessel über lodernden Feuern schickten weiße Dampfwolken in die Nacht. Das schöne stille Gesicht von Emy wurde noch dunkler.

Die Augen ihres Mannes blitzten in der Vorfreude auf einen Topf voll heißer Sumpfpflanzen mit Rindfleisch und Wachteleiern, die er als einen besonderen Genuß angekündigt hatte. Das weiße Batistkleid der freundlichen Frau Ciptor, Dr. Gramichs Assistentin, leuchtete wie ein Stück Segel in der Dunkelheit. Bald versetzte das warme Lagerbier den Kopf in einen euphorischen Dämmerzustand, der mir zusammen mit dem Vergnügen an Dr. Gramichs Art, seine Frau liebevoll wie eine Wilde zu necken, das Gefühl verschaffte, in ein angenehmes Fegefeuer geraten zu sein. Er erzählte von Vulkanen, die sie gemeinsam bestiegen hatten, und von Mythen, die sie umgeben. Emy betrachtete ihn mit der Würde eines Mädchens, das seinem Schicksal verziehen hatte, einen Sonderling zu lieben.

Gleich neben unserem rohen Brettertisch residierte ein alter Mann, dessen Beruf es war, den Leuten des Viertels beizustehen, wenn sie irgendein Geschäft mit den Behörden abzuwickeln haben. Gerade erklärte er einem jungen Paar, welche Formulare es für eine ordnungsgemäße Hochzeit ausfüllen müsse. Wie Menschen in einem Film saßen wir da.

Übermorgen, nach dem Tag des »Workshops« – mir war inzwischen eingefallen, die Studenten einige Improvisationen über das Altsein versuchen zu lassen –, wollten wir zu einem der sieben Krater des Vulkans fahren, der Tangkuban Prahu heißt. Das bedeutet »Umgeschlagenes Schiff«. Danach sollte in den heißen Quellen von Ciater gebadet werden, denn ich hatte Dr. Gramich von meiner operierten Wirbelsäule erzählt, und er versprach mir eine große Wirkung durch das vulkanische Wasser.

Bis tief in die Nacht saß ich in der Halle des Hotels und notierte die Geschichte des Vulkans »Umgeschlagenes Schiff«, wie Dr. Gramich sie erzählt hatte. Wieder schob der Verkäufer von Fleischsuppe seinen Karren vorbei. Bevor ich das winzige, baumelnde Licht seiner Petroleumlampe sah, hörte ich schon von weither die Töne des Bambusrohrs, auf das er so regelmäßig schlug, als seien Gestern und Heute eine einzige Nacht gewesen, und die Frösche lärmten, als hätte sie kein Tageslicht vertrieben. Das ist ein guter Ort zum Altwerden, dachte ich.

Der Berg entstand in der Zeit, als die Tiere und die Menschen dieselbe Sprache sprachen. Da lebte in der Gegend, in der heute die Stadt Bandung steht, an einem Königshof das schöne Mädchen Dayang Sumbi. Ihre Mutter war ein kleines Schwein. Beim Weben war ihr das Webschiffchen entglitten, und weil sie müde war und sich nicht bücken wollte, sagte sie: »Wer mir das Webschiffchen zurückbringt, der soll mein Mann werden, ganz gleich ob Mensch oder Tier.« Da kam ein streunender Hund vorbei und hatte das Schiffchen im Maul. Also wurde der Hund ihr Mann.

Das Paar zeugte einen Sohn, dessen ganze Leidenschaft die Jagd war. Er hieß Sangkuriang. Der Hund, von dem Sangkuriang nicht wußte, daß er sein Vater war, begleitete ihn auf allen Streifzügen. Eines Tages trafen die beiden in einem Wald ein Schwein, auf das Sangkuriang den Hund hetzte. Weil es aber dasselbe Schwein war, das Dayang Sumbi zur Welt gebracht hatte, weigerte der Hund sich, es anzugreifen. Sangkuriang wurde darüber so zornig, daß er den Hund erschlug, sein Herz herausriß und es der Mutter als Jagdbeute mitbrachte. Als Dayang Sumbi nach der Mahlzeit erfuhr, wessen Herz sie gegessen hatte, verstieß sie ihren Sohn.

Nach vielen Jahren kehrte Sangkuriang in die Heimat zurück und traf ein schönes Mädchen, das er sehr begehrte und heiraten wollte, ohne zu wissen, daß es seine Mutter Dayang Sumbi war, der die Götter ewige Jugend geschenkt hatten. Dayang Sumbi erkannte ihren Sohn sofort, konnte sich aber nicht offenbaren. Deshalb stellte sie für ihr Jawort eine, wie sie meinte, unerfüllbare Bedingung. Sangkuriang müsse in einer Nacht einen tiefen See graben und ein Schiff bauen, auf dem sie ihre Hochzeitsnacht verbringen würden.

Aber der Sohn schien diese Aufgaben lösen zu können, deshalb rief Dayang Sumbi in ihrer Not den Sonnengott zu Hilfe, der früher als sonst am Himmel erschien und so den

Erfolg von Sangkuriangs Arbeit vereitelte. Wahnsinnig vor Wut, trat der Sohn das Boot mit den Füßen, worauf es sich sogleich in den riesigen Vulkan »Umgeschlagenes Schiff« verwandelte. Sein Grollen kündet heute noch von der Enttäuschung des Liebenden.

Ich weiß nicht, war es das Inzestuöse der Geschichte oder der Zorn des Sangkuriang, der einen Hundvater tötet und mit einem Tritt einen Berg versetzt, was mich wieder an Franz Nehoda denken ließ? War es der Mangel an Furcht, zu dem mir dieses Hotel und die Bekanntschaft mit Dr. Gramich verholfen hatten, daß ich mir wieder vorstellte ins heiße äquatoriale Herz Borneos vorzudringen?

Oder war es die Bemerkung von Frau Ciptor, ihr Mann habe einen Schüler in Samarinda, der einen hohen Posten in der Stadtverwaltung bekleide und mir sicher den Weg nach Tanjungredeb freimachen könne? Jedenfalls murmelte ich, bevor ich einschlief, den Satz: Ich krieg dich, Nehoda, warte nur, ich krieg dich schon.

Der nächste Tag brachte mich Dr. Gramich näher, ohne daß wir ein vertrauliches Wort miteinander sprachen. Er freute sich offensichtlich, daß mir die Sumpfpflanzen geschmeckt hatten und ich nicht über Bauchschmerzen klagte. Frau Ciptor sagte, daß ihr Mann schon an seinen Schüler in Samarinda geschrieben habe. Die Improvisationen über das Altsein gerieten zu einem Fest des Verstellens. Die jungen Leute tapperten, sabberten, greinten und zitterten in der erst halb fertig gebauten Betonhalle herum, als sei in einen Haufen Mumien ein allerletzter Lebensfunke gefallen.

Dr. Gramich umkreiste uns mit dem Fotoapparat stolz wie der Besitzer der Studenten, der Halle und des Gastes Wir lieferten ihm den Beweis, daß die europäische Kultur, in der er nicht mehr zu Hause war, und die javanische, in deren tiefsten Seelenkern er eindringen wollte, so zärtlich miteinander umgehen konnten, wie er mit Emy aus Sumatra.

Frau Ciptors Mann war Dozent an Bandungs »Institute of Technology«. Wenn der einen ehemaligen Schüler um etwas bittet, dachte ich, als ich abends in der Hotelhalle auf die Töne aus dem Bambusrohr des Suppenverkäufers wartete, dann müßte es doch mit dem Teufel zugehen, wenn der Schüler dem alten Lehrer die Bitte nicht erfüllen würde. »Die Leute auf Borneo sind sehr mißtrauisch gegen Fremde«, hatte Frau Ciptor gesagt. Mich belustigte der Gedanke, daß Nehoda auf Borneo überall auf eine Front unhöflichen Schweigens treffen würde, während mir mit Hilfe von Herrn Ciptors Schüler ein freundlicher Empfang sicher schien.

Am anderen Tag war der Himmel trübe. Die Vulkane steckten in dicken Wolken. Lautlos war die Luft, als Dr. Gramich, Emy und ich im weißen Volkswagen-Bus zum Vulkan »Umgeschlagenes Schiff« hinauffuhren. Dr. Gramich gefielen die Kohlfelder nicht, an denen wir vorbeikamen. Solches Gemüse sei den Leuten hier fremd, das sei von den Holländern eingeführt worden. Weiter oben breiteten sich die Teefelder aus. Die Stauden bildeten mit ihrem akkuraten Wachstum einen riesigen Garten im Versailler Stil. Dann glich die Straße einem ausgetrockneten Bachbett, und die Stille wuchs. Kein Tier kreuzte den Weg, kein Vogel flog über die Täler, die unter uns im Wolkengeschiebe lagen. Oben warf der Wind den Verkäufer von Blasrohren gegen unser Auto.

Der Krater schimmerte wie eine Gemme aus goldenen Schwefeltönen und leuchtend blauem Lavagestein. Ich beobachtete Dr. Gramich, wie er in diesen Schlund starrte. Auch Emy stand plötzlich ganz allein. Abseits dachte sie, die Schultern gegen den Wind hochgezogen, etwas in sich hinein. Zerbrochen schien das Paar minutenlang zu sein, als habe sich der Berg auf ihre Seelen gelegt, bis sie unter dem Druck auseinanderweichen mußten.

Die Beklemmung wich erst, als wir in den siedend heißen Quellen von Ciater schwammen. Das waren verschiedene Bassins an der Flanke des Tangkuban Prahu. Dr. Gramich zog es an die niederen Teiche, die die ersten gewesen waren. Familien aus den umliegenden Kampongs badeten dort, darunter alte Frauen mit hageren vornehmen Gesichtern und straffen Mädchenbrüsten, die sie rasch verhüllten, als wir näher kamen.

Die Macht des Berges ließ von uns ab, und an ihrer Stelle breitete sich eine wohlige Benebelung hinter der Stirn aus. Mein Rücken dehnte sich in der schweren Flüssigkeit. Rudolf, wie ich Dr. Gramich im stillen nannte, lag auf dem Rücken in dem dampfenden Tümpel, plätscherte mit den Fingern ein wenig, um sich an der Oberfläche zu halten, die von seinem Münchner Bauch überragt wurde.

Dann saßen wir am Rand des Wassers und sahen Emy zu, wie sie gleichmäßig, von der Erhitzung noch dunkler, im Kreise schwamm, und er erzählte von einer drohenden Versetzung nach Haiderabad, denn die Leiter der Goethe-Institute dürfen nicht zu lang in einem Land bleiben, weil die Zentrale eine zu tiefe Vermengung mit fremder Eigenart fürchtet. Dieses Gesetz lag schwer auf Rudolfs ohnehin schwerem Naturell und schien als dunkle Wolkenwand über dem Tangkuban Prahu leibhaftig aufzuziehen. Die Sonne verschwand, und die alten bastbedeckten Badehütten hinterm Zaun kümmerten unter der Bedrohung des zu erwartenden Sturms so ergeben, als warteten sie nur darauf, hinweggerissen zu werden.

Trommeln und quäkende Flöten lärmten vom nahen Dorf herüber. Sie rissen Rudolf aus seiner Versunkenheit. Wir zogen uns rasch an, um die Musikanten zu entdecken. Vor dem Auto stand ein etwa sechzehnjähriger blinder Junge. Sein Mund war ungewöhnlich klein. Ein größerer Junge schabte ihm das dünne Barthaar.

»Hallo, Andy«, rief Rudolf. Andy strahlte und wandte sein

von der Pubertät narbiges Gesicht in die falsche Richtung, der Wolkenwand zu.

»Schau mal, Emy, da ist Andy«, sagte Rudolf.

Der Blinde tastete nach ihm, Rudolf gab ihm die Hand.

»Wir kennen Andy nämlich schon seit zehn Jahren«, erklärte Emy, als wir wieder im Bus saßen. Irgend etwas an dem Jungen schien die beiden verbittert zu haben.

»Du hättest ihm ein wenig Geld geben sollen«, tadelte Rudolf.

Mitten im Kampong Ciater steht ein mächtiger Waringin-Baum. Er gleicht einem Bündel dünner und dickerer Stämme, das nur vom Gewirr der Luftwurzeln zusammengehalten wird. In ihm wohnten die weißen Geister, und niemals darf er gefällt werden.

Ein bunter Zug bewegte sich über die Dorfstraße. Man feiere ein Beschneidungsfest, sagte Rudolf. Auf Bambusstangen wurden Fabeltiere mit zähnebleckenden Dämonenfratzen getragen, auf denen hoch oben zwei Kinder hockten. Würdevoll nickten ihre Köpfchen im Gleichschritt der Träger. Männer schlugen die Kendang-Trommel, und ältere Frauen, die zu meiner Verwunderung Sonnenbrillen trugen, schwangen grellfarbige Bastbüschel und tanzten ganz außer sich.

Ich verließ den Bus und hielt mich eine Weile mit der größten Selbstverständlichkeit in der Gruppe auf. Aus nächster Nähe wagte ich Fotoaufnahmen und spürte kein Unbehagen beim Anblick dieses fremden Gebarens. Daß diesen Kindern schmerzhaft an den Geschlechtsteilen manipuliert werden würde, schien mir natürlich. Ich hatte es Rudolf zu verdanken, daß ich nun endlich angekommen war.

Am Abend war ich in sein Haus zu einem Gamelan-Konzert und einem deutschen Essen mit Kartoffelsalat, Schinken und Wurst eingeladen. Bis dahin hatte ich noch zwei Stunden Zeit. Also legte ich mich auf das Hotelbett und machte einige gymnastische Übungen. Ich blätterte in »Phantom Afrika« von Michel Leiris und fand unter dem 12. März 1932 die Eintragung: »Mir ist nie eindringlicher die tiefe Menschlichkeit der Bücher von Joseph Conrad aufgegangen.« Ein Wink? Das Buch war meine einzige Reiselektüre. Figurierte ich etwa in einer geheimen Inszenierung?

Herr Ciptor würde am Abend auch da sein. Sicher hatte der Lehrer schon Nachricht aus Samarinda. Vom heißen Wasser der Quellen war ich so müde geworden, daß ich in einen Dämmerschlaf fiel. Darin versuchte ein einäugiger Riese immer wieder, eine Schlange an einen Baumstamm zu fesseln. Aber sie entglitt den Schlingen, die er, um sie nicht zu verletzen, nicht fest genug zuziehen durfte.

VIII

Pünktlich um sieben erschienen die Spieler des Gamelan in Rudolfs Haus, legten die Sandalen an der Schwelle ab und verschwanden im Nebenraum, der vollgestellt war mit den Instrumenten, mit Gambang, Gender, Ketuk, Kendang, Saron, Bonang und dem großen Gong. Kleine alte Herren, ein kräftiger bäurischer Greis, ein schmaler Junge, der schräg unter sich blickte. Auch Herr Ciptor hockte hinter einem Saron.

Rudolf inmitten hatte ein Gambang vor sich, das wie eine mit hölzernen Brettchen bedeckte Wiege aussieht. Der Bauerngreis ließ sich an einem Bonang nieder, das einem Bett gleicht, auf dem Metalltöpfe mit kleinen Kuppeln stehen. An der Wand lehnte im Blickfeld der Spieler eine Tafel mit Zahlenreihen, die in verschiedenen Variationen aus Zahlen von eins bis sechs bestanden.

Rudolf hatte die Instrumente gekauft, aber wie es in den

Dörfern auf Java und Bali üblich ist, gehört das Gamelan den Spielern, die einmal wöchentlich in sein Haus huschen, zwei oder drei Stunden Töne erzeugen und danach mit einer Neigung des Kopfes und dem Aneinanderlegen der Handflächen wieder verschwinden.

Rudolf trug vor: »Ein Spieler führt mit der Trommel die Klänge an. Er bestimmt Intensität und Rhythmus. Wenn beider Kurven absinken, darf er singen, einfach Worte über das Vergehen und Aufblühen der Liebe und von der Natur, die nicht vergeht.«

Aus fünf Tönen entwickele sich die Musik, ein sechster trete hinzu, die auffälligen Einschnitte bezeichne der Gong, der wie ein Absatz in einem Prosatext erklinge, während die anderen Instrumente Komma, Semikolon und Punkte setzten.

Diesen randvollen Kessel Klang umspielen die Gender-Instrumente, Metallophone mit Bambus-Resonatoren, über denen die Metallstäbe schwebend hängen.

Sie sind wie die Rauchfäden einer siedenden Mischung, die niemals brodelt.

Ruhiges Glück der Zahlenreihe, vom Drama nicht zu besiegen, hörbare Ordnung des Geistes, schon bis zur Fünf gediehen, während ich noch an der vertrackten Zwei laborierte!

Emy hatte sich von Rudolf nicht zum Mitspielen bewegen lassen. Wahrscheinlich ahnte sie, daß sie selbst ein Instrument in seinem Gamelan darstellte. Da saß er grimmig und verzweifelt, den schweren Körper im An- und Abschwellen der Klänge wiegend. Er nannte drei dicke Bände voll mit den Zahlenreihen des Gamelan »meinen Schatz« und muckte manchmal auf, wenn die alten Männer eine Reihe anders spielten.

In alter Zeit hatte der Musiker Raden Mas Avia Tondakusuma eins der ältesten Stücke, das nur aus drei Tönen bestehende Gamelan Mungan des Fürsten von Solo auf Java, für seinen Zweck nachgebildet. Bald darauf erblindete er, was man als göttliche Strafe für diese Freveltat ansah. Es mochte sein, daß Radens Erblindung für Rudolf eine Mahnung zur Akkuratesse darstellte, aber das kümmerte seine Mitspieler wenig. Sie ließen ihn murren und spielten ihre Versionen lächelnd und versunken.

Nach einer Stunde wurden meine Vorstellungen von Raum und Zeit weich und fließend. Da war nur der gleichmäßige Regen der Töne, der einmal stärker, einmal sanfter rauschte oder nur tropfte, als sei der Schauer vorbei, und von Blatt zu Blatt fielen nur noch einzelne Tropfen. Diese Musik drückte nichts aus und geschah jenseits des Verhältnisses zwischen den Musizierenden und ihrem Zuhörer. Sie war ein reiner Zustand des Daseins, das sie mit ihren Zahlenreihen ins Gleichgewicht brachte. Ich verstand Rudolfs Liebe zu ihr.

Wieder hatte ich das Gefühl, auch vom Gamelan zu etwas überredet zu werden. Zu was nur?

Abzulassen von Conrad und Franz Nehoda, von meiner Verliebtheit in verschiedene Heilige, von denen ich mir, wenn ich nur ihrem Weg nachfolgen würde, einen Hinweis erhoffte, wie man recht leben kann? Vor der Weisheit des dahinströmenden Klingklang kamen mir meine Camouflagen lächerlich vor, und ich spürte die Kluft zwischen dem kleinen Orchester und meiner tristen Besonderheit. Nach zwei Stunden verschwanden die Spieler rasch und lautlos, wie sie gekommen waren.

Meine Versunkenheit dauerte nicht lang. Sofort sendete der magische Ort Tanjungredeb Blinklichter in mein Hirn, als Herr Ciptor berichtete, sein Schüler habe aus Samarinda angerufen, er kenne den Bupati von Tanjungredeb und könne mir wohl helfen, dorthin zu kommen. Eine beunruhigende Nachricht. Das heiß ersehnte Ziel entwickelte wieder seinen lästigen Sog.

Eben noch hatte mich die Gamelan-Musik davon überzeugt, mich mit der alten Seele Javas zufriedenzugeben, da öffnete sich schon wieder ein Schleichpfad in den Wahn. Ich beschloß, nichts von mir aus in diese Richtung voranzutreiben und, wenn ich mich an diesem Ort auf Borneo vorfinden sollte, an eine Strategie unbekannter Instanzen zu glauben.

Rudolf erzählte ein Erlebnis mit Gamelan-Musik, das ihn tief bewegt hatte. Er hatte es notiert und zusammen mit anderen Geschichten über Bäume, Götter, Vulkane und Schatten im Eigenverlag bei »The Colombo Apothecaries' Co., Ltd.« veröffentlicht. Und weil ein Mann mit einer eigenen Geschichte eine Brücke zwischen Ich und Ich bildet, will ich sie in meiner Geschichte Wort für Wort wiedergeben:

»Es ist Mittag. Die Arbeiter, die die Erde ausschachten für den Neubau oben in Tretes, sitzen auf den Fußsohlen und dösen vor sich hin. Kein Blatt regt sich in der Schwüle. Auch auf das tiefe grüne Tal daneben, in das der Wasserfall springt, drückt es schwer herab.

Die Luft steht auf dem Land wie eine unsichtbare Säule. In Wellen gleitet es in die Ebene hinunter. Dort ist ein grüner Teppich ausgebreitet im Wechsel von Sawah und Kelapawald. Menschliche Siedlungen sieht man nicht; aber es gibt welche dort unten, wie Vogelnester getarnt liegen sie im Wald. Am Horizont geht der schmale Streifen Meer unmerklich in den gleichfarbenen Himmel über. Alles verschwimmt in einem hellen Grau.

Die Straße, die vom Pasar Tretes den Berg hinunterführt, ist ein kurzes Stück geteert. Eine Weile hält sie noch ihre Breite, aber die Häuser kommen näher heran. Es sind schon keine Steinhäuser mehr wie oben, in denen die Städter, meist Chinesen, ihre Ruhetage verbringen. Der Kampong beginnt; am Straßenrand liegt Padi, gelb und locker, säuberlich ausgebreitet zum Trocknen. Bald senkt sich der Hügel steiler hinab, sein anfänglich breiter Rücken wird sehr schmal, dann ist die Straße zu Ende. Sie geht in einen steinigen Fußpfad über, der in Bambusgebüsch hineinführt – und da hört man auch schon den Glockenton des Gamelan. Es ist, als trügen ihn die traummatten Schwingen der Schwüle herauf, eine Musik wie aus dem Halbschlaf erwacht, mitten in einem Land, das noch schläft.

Das Dorf dort unten, das man schon sieht wie ein Bild, von hohem, leicht vornübergeneigtem Bambus gerahmt, scheint auch zu schlafen. Auf den ersten Blick könnte man meinen, es gäbe keine Menschen, so leer erscheint es.

Immer wenn das Gamelan erklingt, zieht es mich hin. Ich weiß nicht recht zu sagen, warum. Sein Klang ist mir nicht fremd, ich bin ihn gewöhnt. Es ist auch nicht die Neugier zu erfahren, wer da wohl spielen mag. Ein bißchen Neugier ist es auch. Was mich vom ersten Ton an gefangennimmt, wird wohl die Stimmung sein, die im Klang des Gamelan mitschwingt, eine Stimmung von Frieden, Geborgenheit und Zeitlosigkeit, von harmonischer Ausgeglichenheit der Menschen, der Natur und beider miteinander, alles, was der tiefsten Sehnsucht der Menschen entspringt. Im Klang des Gamelan liegt dies ohne Traurigkeit verborgen, ohne Sentimentalität, es ist einfach da wie der Wind in den Bäumen oder das Plätschern des Baches.

In der Erwartung, die Dorfbewohner zu einem Fest versammelt zu finden, steige ich den Pfad durch den Bambushang hinunter, denn bei jedem Dorffest spielt ja ein Gamelan-Orchester. Da erklingt dann die viele Jahrhunderte alte friedliche Musik, die Dorfbewohner sitzen im Kreis herum, und manchmal tanzt auch ein Mädchen oder ein Knabe im Kostüm der Wajang-Figuren dazu, mit den Flügeln der Gottheit auf dem Rücken und dem merkurisch gebogenen Spitzhelm. Das beginnt abends und hört nicht auf, eine ganze Nacht hindurch, bis der Morgen graut. Aber selten hört man die Musik am Mittag, wenn das Leben unter der flammenden Glocke des Himmels für eine Weile erstirbt.

Als ich an den ersten Häusern vorbeigehe, merke ich freilich, daß das Dorf nicht schläft. Die Bewohner sind wach, und hinter den offenen Türen sieht man sie irgendeine Tätigkeit verrichten, wohl immer die gleiche. Und das ist doch wieder, als geschähe es im Schlaf. Das Dorf träumt zwischen Wachen und Schlafen.

Aber wenn ein Fest gefeiert wird, warum sind die Leute dann nicht dabei? Ich gehe den Dorfweg entlang, die Gamelan-Glocken führen mich. Sie führen mich vor ein Haus, das sich nicht von den anderen unterscheidet. In der Tür, die auch offensteht, lehnen ein paar Kinder, schmale, ärmlich gekleidete Wesen. Sonst ist niemand da.

Ich trete unter die Tür zu den Kindern. Ein Gamelan-Spieler sieht mich an und sagt freundlich: silahkan masuk, komm nur herein, bitte. Wer zu Fuß kommt, ist immer Gast in den Dörfern.

Das Spiel geht weiter, als sei nichts geschehen.

Der Raum, in den ich eintrete, ist nicht groß. Oben sieht man das Schindeldach, der Boden ist die blanke Erde. In einem alten Schrank stehen ein paar billige Gläser und eine halb gefüllte Wasserflasche. Zwei wacklige Stühle und eine harte Holzpritsche – das ist das ganze Mobiliar. Aber über die Hälfte des Raumes, der im Halbdunkel liegt, nimmt das Gamelan-Orchester ein. Quer durch den Raum hindurch stehen zwei große Instrumente, was sage ich Instrumente, hölzerne Kinderbettstellen, so sehen sie aus; aber der, der sie gemacht hat, hat sie nicht als Betten gemacht, und nie hat ein Kind darin geschlafen. Denn dort, wo man den Rost sucht, auf dem man liegen könnte, sind die großen erzenen Gongs auf dicken Schnüren aufgespannt, zweireihig füllen sie die seltsame Bettstatt aus. Eine kleine Kinderwiege steht daneben, ihre Liegefläche bedecken erzene Plättchen von verschiedener Länge, in der Art eines Xylophons aneinandergereiht. Vor den großen Instrumenten sitzen zwei Männer im Sarong und mit den schön gebatikten Blangkons auf dem Kopf, vor dem kleinen aber sitzt ein Knabe, noch keine zehn Jahre alt. Zusammen mit dem Trommler, der auf der Pritsche sitzt, machen sie die Musik, die in den Bambuswald hinaufsteigt, Glockenklänge am Mittag, weich und monoton, in denen eine seltsame Macht der Verzauberung schwingt.

Niemand hört zu als eine kleine Schar von Kindern. Es gibt auch kein Fest. Sie spielen ganz für sich selber in der hindämmernden Schwüle des Mittags.«

Heureka, Dr. Rudolf Gramich, zärtlicher Liebhaber der Seele Javas, der Du jetzt vielleicht schon im Namen Goethes in Haiderabad bist!

IX

Die Halle des Hotels »Sari Pacific« in Jakarta ist eins dieser domhohen Gebilde, künstlich kalt, kapital ortlos, Aufzüge im Höhenwahn, der Swimming-pool randvoll mit chemisch gelöster Pisse aus aller Herren Länder. Aber meistens sind es Chinesen, die wie wandelnder Fruchtquark aussehen, oder Japaner mit Nußknackerkinnladen. In jeder Ritze dudelt es aus verborgenen Lautsprechern. Der Geigenhonig amerikanischer Musicals.

Die Erinnerung an Bandung schmerzte. Nachricht aus Borneo war noch nicht da.

Beim ersten Schritt vor das Hotel wirkte der Anblick der blicklosen Botschafterresidenzen und drohenden Hotelfestungen wie ein Tritt in die Seele. Sie hing noch an den Tönen des Gamelan. An der Stange vor dem Gebäudeklotz der sowjetischen Botschaft zitterte starr die Fahne, als sei sie aus rot lackiertem Blech.

Der Leiter des Goethe-Instituts und sein Stellvertreter zeigten sich auch hier als freundliche Gastgeber. Der Kampf um die beschlagnahmten Videobänder war eine ermüdende, schweißtreibende Posse. Nach stundenlangem Dauerlauf zwischen lauter nicht zuständigen Zolluniformierten trafen wir plötzlich auf eine freundlich dickliche Zollfrau, die den Mut aufbrachte, uns zu einer abgelegenen Kammer zu führen, in der der höchste Zensor bei Sahnetorte und Kaffee mit devoten Untergebenen saß. Ein Paar Kringel, die er mit dem Kugelschreiber auf das Dokument der Beschlagnahmung machte, brachten mich in den Besitz der Filme.

Nun war ich in meiner Eigenschaft als Referent wieder komplett, und deshalb dachte ich gar nicht daran, meine These vom Drama, in dem nichts los ist, weil in der Welt auch nichts los ist außer der Vorbereitung ihres Untergangs, zu variieren, geschweige sie aufzugeben. Wieder verlangte man »Workshops« von mir, und diese Aussicht zusammen mit dem vertraulichen Schreiben der Botschaft, in dem ich aufgefordert wurde, auf die Bezeichnungen DDR und BRD zu verzichten und statt dessen immer nur Deutschland zu sagen, stürzte mich aufs neue in Depression darüber, daß es auf dieser Welt wohl unmöglich ist, dem Vaterland der Deutschen zu entkommen.

Deshalb nahm ich mir vor, den gekühlten Hotelturm so wenig wie möglich zu verlassen, höchstens zwischen seinen drei Restaurants zu wechseln, täglich zweimal in der Pool-Pisse auf dem Rücken zu schwimmen, ab und zu nach einer Hure zu blinzeln und das Warten auf eine Nachricht aus Borneo für den wichtigsten Zweck meines Aufenthaltes zu nehmen. Daß Franz Nehoda in Jakarta sein könnte, vermutete ich nicht, denn Conrad war in dieser Stadt, die damals Batavia hieß, nie gewesen.

Also verschaffte ich mir Unterhaltung, indem ich einen Hotelmenschen suchte, um ihn zu beobachten. Der blonde Typ mit dem Kolonialschnauzer, dem hüftengen Jackett, der Flanellhose und den kastanienbraunen »Made in Italy«-Schuhen bot sich an. So übertrieben wie er seine Auffassung von Oxford-Englisch demonstrierte, mußte er Deutscher sein. Wenn er seine Ellbogen auf den Tisch stützte, zupfte er die Manschetten hervor, probierte er Wein, schob er den Schluck zu lange mit der Zunge im Mund herum, um glauben zu machen, er sei wirklich an der Qualität des Weins und nicht nur an der Pantomime interessiert. Lachte er, sah er sich um, ob sein Lachen auch wahrgenommen wurde. Sagte er »Aischia« oder »Indonischia«, legte er die Fingerspitzen aneinander. Mußte er rülpsen, unterdrückte er es so deutlich, daß es weltmännisch wirkte. Ein Typ, der alles sorgfältig ausführte, was man von so einem Typ erwartet. Als ich am nächsten Tag erfuhr, daß es der Geschäftsführer des Hotels war, erklärte diese Nachricht alles, und ich war enttäuscht.

Nachmittags am Swimming-pool schlief ich ein. Als ich erwachte, schmerzte die eine Körperseite wie unter tausend Nadelstichen, während die andere kühl und bleich geblieben war, denn sie hatte der Schatten des Sonnenschirms bedeckt. Von meinem Zimmer aus sah ich auf einem Hinterhof Karatekämpfer üben.

Zäh und baufällig vergingen diese Tage. Ich versuchte den Typen, mit deren Beoabachtung ich mir die Zeit vertrieben hatte, auszuweichen, was zur Folge hatte, daß ich ihnen um so häufiger und unvermittelt begegnete. Zum Beispiel dem großen Verkrampften, der sich mehrmals am Tag umzog, der am Swimming-pool den Bauch einzog, der sogar beim Schwimmen »Fascination« pfiff, der aus Scham über seine Glatze stolz auf den schwedischen Kinnbart war, der mit den

Händen nicht wußte wohin, weil er sich gerade im Tragen eines neuen Batikhemdes mit grün flammenden Ornamenten auf schwarzem Grund erprobte.

Auch die philippinische Combo aus lauter alten Männern in der Ecke der Melati-Bar verlor schnell an Reiz und schien mir bald nur noch ein Haufen bunter Abfall zu sein, den man mit abgeschlagenen Köpfen garniert hatte.

Spätabends bot der Fernsehapparat auf dem Zimmer ein wenig Trost, wenn er drittklassige amerikanische Filme sendete, die mir, nach ein paar Flaschen Bintang-Bier, alle Rätsel lösten. Dann rührte mich auch das Pathos des Freiheitsmonuments mit seiner goldenen Flamme, das ich durch mein Fenster weit entfernt leuchten sah.

Voller verschlüsselter Nachrichten schien mir vor allem ein Film zu sein, in dem Richard Basehart als guter und als böser Kapitän in einer Doppelrolle auftritt. Als guter Kapitän ist er Kommandant eines U-Boots und fühlt sich ständig von einer bösartig kichernden Stimme verfolgt. Seine Offiziere lächeln über ihn, bis eines Tages eine zweihundert Jahre alte Brigg im Fadenkreuz des Periskops auftaucht. Sie eröffnet das Feuer aus ihren Bordkanonen und läßt das U-Boot, deren Besatzung sogleich in Trance verfällt, erzittern.

Die Matrosen liegen umher, wie in tiefer Erinnerung an die alte Seefahrt versunken. Nur der gute Kapitän erstarrt nicht. Er ist allein mit dem unheimlichen Kichern, aus dem sich eine Stimme bildet. »Step out under the lights«, sagt die Stimme.

Und dann erscheint Basehart in altertümlichen Kleidern und mit einem verwegenen Bart. Sein Name sei Nelson O'Hara, er habe 1822 vor Singapur mit seinem Schiff, das eine Ladung Tee an Bord hatte, den Tod gefunden. Basehart, der U-Boot-Kommandant, solle ihm in die Gegend der Wunder folgen, wo ihn Unsterblichkeit erwarte. Ihm, Nelson O'Hara, sei es gelungen, den ärgsten Feind des Menschen, die Zeit, zu bezwingen.

Aber der U-Boot-Kommandant weigert sich, Schiff und Mannschaft zu verlassen. Tapfer wendet er sich gegen seinen ertrunkenen Doppelgänger und schreit ihm ins Gesicht, daß er ihm nicht folgen werde, denn das alte Gesetz des Tötens gelte nicht mehr, das neue sei der Treue zum Leben verpflichtet. Der Kapitän der Brigg schnupft Tabak und sagt, bevor er auf dem Bildschirm zu einem weißen Nebel wurde: »Let's meet for another day.«

Ich hatte Basehart zuletzt vor vielen Jahren in Fellinis »La Strada« gesehen und deutete die Begegnung mit ihm in Jakarta als gutes Zeichen. Danach sang ein Mädchenchor die indonesische Nationalhymne zu Bildern des Glücks und des Wohlstands: Arbeiter, die glühendes Eisen schmieden, schreibende Kinder, flinke Krankenschwestern, Frauen, die Reis pflanzen, emsige Verkäufer von Soto-Suppe, die Nationalfahne im Wind. Beruhigt schlief ich ein.

ZWEI

Franz Nehoda saß in der Teestube des »Hotels Indonesia«, jenes Regierungshotels, dessen Ecken vom Schmutz der Jahre bereits angedunkelt sind, saß da und blickte verständnislos auf die hohe Säule, auf deren Spitze eine weibliche und eine männliche Bronzefigur mit zerbrochenen Ketten an den Handgelenken und aufgerissenen Mündern kurz vor dem Schritt ins Leere stehen. Los, geht doch, dachte Nehoda, geht doch los!

Nehoda fühlte sich gescheitert. Alle seine Bemühungen, nach Tanjungredeb, an den Ankerplatz von Conrads »Vidar« zu gelangen, hatten nur vage Ergebnisse gehabt. Vielleicht könnte man mit einem Flugzeug, einer Yacht oder mit einem Dampfer ... Immer nur diese ungefähren Auskünfte. Niemand in diesem Land hatte bisher seinen Wunsch ernst genommen. Auch der in Singapur lebende deutsche Fotograf, von dem man ihm zu Hause erzählt hatte, er sei ein Abenteurer und werde ihn mit seiner Segelyacht nach Borneo bringen, hatte abgewunken. Er arbeite an einem Fotobuch über Frauen auf Bali, Borneo stehe ganz unten auf der Liste seiner Wünsche.

Er hatte auf dieser Reise, die seine »alles entscheidende Reise« werden sollte, viel Ärger gemacht und sich viel Ärger zugezogen. Die ungeduldige Wut, mit der er ans Ziel kommen wollte, war vor der Freundlichkeit der offiziellen Stellen und dem geheuchelten Interesse der verschiedenen Privatpersonen, die er unvermittelt angesprochen hatte, wie ein Rauch vergangen.

So versprach er sich auch nichts mehr von dem schwulen chinesischen Schokoladenkaufmann Cie Liang, den er in der

Bar des Mirama-Hotels in Surabaya kennengelernt hatte und der ihm nun den alten Hafen von Jakarta zeigen wollte.

Vielleicht habe ich Glück, und der schwule Cie macht mich mit einem Dampferkapitän bekannt, der gerade vor einer Fahrt zum Delta des Berau steht, dachte er. Cie Liang hatte Nehoda in Surabaya mit Elsyie bekannt gemacht. Der Gedanke an sie tat ihm weh. Eingesunken in einen Korbsessel sah er, umgeben von strotzenden Orchideen-Arrangements, müde und mutlos aus wie ein Kurgast, der den Glauben an die Heilkraft der Quelle verloren hat.

In Surabaya war Cie Liang einfach auf ihn zugekommen. Ob er Boys oder Girls liebe, hatte er Nehoda in seinem weichen Chinesen-Englisch gefragt, und Nehoda hatte ihm geantwortet, daß er Schwule nicht ausstehen könne, worauf Cie Liang lächelnd bemerkte, daß die Liebe ein großes Geheimnis sei. Dann hatte der kleine dünne Mann den riesigen Deutschen an der Hand zu Elsyie geführt. Der Chinese legte seine Visitenkarte zwischen Nehoda und Elsyie auf den Tisch und verschwand mit dem Satz: »I can help you in every case.«

»Da kannst du lange warten, mein Junge«, hatte Nehoda damals geantwortet. Und jetzt ist er meine letzte Hoffnung, dachte Nehoda zwischen den Orchideen, deren Geruch ihm wie der Geruch von blutendem Fleisch vorkam.

Im Laufschritt eilte Cie Liang auf ihn zu. Hocherfreut. Gleich fragte Nehoda ihn aus, ob er Beziehungen zu Schiffseignern, Dampferkapitänen oder Privatfliegern habe.

»Das läßt sich mit Geld alles machen«, antwortete der Chinese.

»Ich habe nicht mehr viel«, sagte Nehoda.

»Darüber läßt sich reden«, murmelte Cie Liang. Nehoda stutzte, als er diese Andeutung hörte. Sie klang nach Verbrechen in Opiumhöhlen, Schmuggel, Mädchenhandel und Geheimgesellschaften. Einen Kris im Bauch werde ich von der ganzen Geschichte davontragen und sonst gar nichts, dachte er.

Endlich hatte der Chinese seinen zweiten Campari getrunken und lud Nehoda zu einer Fahrt in seinem Auto ein. Dem Deutschen kam der alte Ford zu klapprig und abgeschabt für jemanden vor, der geheime Beziehungen hatte und in der Lage war, einem Wildfremden Geld zu beschaffen. Innen roch das Auto betäubend süß. Der Duft kam von einer kleinen blauen Flasche, die vom Rückspiegel baumelte.

Cie Liang fuhr mitten hinein ins Chinesenviertel. Er parkte unter dem Geschrei der Passanten und den schrillen Pfiffen der Polizisten auf einem Platz, der einem Autofriedhof glich, so verrammelt war er mit allen möglichen Karosserien. Hier war der Chinese ein bekannter Mann. Von überall her wurde ihm zugewunken. Er quittierte die allgemeine Aufmerksamkeit mit gespielter Langeweile.

Sie betraten eine lange hohe Halle, deren Wände flüchtig mit rosaroter Farbe überstrichen waren. An den beiden Längsseiten hatten Händler dicht an dicht Stände aufgeschlagen, an denen es vielerlei Suppen, gebratene Fische, Hühnerteile in Eierteig und Früchte zu kaufen gab. Während sie von zwei schmutzigen Knaben ihre Schuhe putzen ließen, aßen sie Suppe mit kleinen Bällchen aus Fisch und Schweinefleisch. Danach fuhren sie an den Vergnügungsstrand von Ancol.

Das Gespräch erstarb zwischen ihnen. Was gab es auch zu reden? Der Chinese wußte nicht, was der Deutsche in Jakarta wollte, und der interessierte sich nicht für das schmutzige Meer, die zerfetzten Palmen am Strand, die Preise der Huren, die zwischen den Büschen Picknick machten und von Cie Liang wie alte Bekannte begrüßt wurden.

Nehoda wartete auf eine Gelegenheit, die Sprache auf das Geld und die Passage nach Borneo zu bringen. Das irritierte den Chinesen, der geglaubt hatte, sein Gast suche hier wie in Surabaya nach einer Gelegenheit für Liebe. Er war ein splendider Gastgeber, zahlte die Kokosmilch und das Bier, die Suppe und die Sate-Stäbchen.

Sie trotteten an den Schiffsmodellen im alten Hafen vorbei, wo die Häuser der Holländer in musealer Glätte und zu Tode renoviert standen, mürrisch blickte Nehoda auf die älteste Brücke der Stadt, mürrisch ins brackige Wasser des ehemaligen Hafenbeckens. Für den Abend verabredeten sie sich im Night-Club des Hotels.

Den Nachmittag verbrachte er am Swimming-pool. Gedankenlos lag er auf einer der Plastik-Pritschen und nahm stundenlang nichts wahr. Nur einmal erschütterte ihn der Anblick eines kleinen Mädchens, das im Wasser stand und weinte. Es schämte sich wohl seiner Tränen, denn immer fuhr es mit den nassen Händen über sein Gesicht, die Tränen mit dem Badewasser tarnend.

»Wir sind nicht, weil wir noch nicht waren!« schrie Nehoda am Abend, als er vor Cie Liang in der Diskothek des Hotels saß, in dessen verdutztes Porzellangesicht. Zornig war er, denn zuerst hatte man ihn nicht einlassen wollen, weil er unter seinem Jackett ein T-Shirt mit der Aufschrift »Do it!« trug und solche Hemden in Indonesiens besseren Diskotheken strikt verboten sind. Eine geschlagene Stunde hatte es gedauert, bis es Cie Liang fertigbrachte, daß Nehoda in sein Hotelzimmer zurückkehrte und das kragenlose Hemd mit einem weißen mit Punkten wie von Fliegendreck vertauschte.

Am Ende der Debatte war es der vom Chinesen mehrmals wiederholte Satz »Do it for me« gewesen, der ihn bewegte, nach oben zu gehen und sich umzuziehen, während er immer wieder Schimpfkanonaden in den Spiegel spuckte: »Macht nur, ihr Kanakenpack, bis mein letzter Kranz ein Dreck ist und in euerem Hurenstaat zertreten wird, in eurer stinkenden Coca-Cola-Maschine!«

Nehoda schrie also seine Meinung, daß keiner sein kann, wenn er noch nicht war, dem Chinesen mitten ins Gesicht, wobei der Lärm der Diskothek seinem Geschrei die Wut stahl, wie das Wasser des Pools den Tränen des Kindes die Verzweiflung. Nehoda fing an, die Konsequenzen seines Einfalls Cie Liang gefaßt und in der nötigen Lautstärke zu erklären:

»Wenn es uns also noch nicht gibt, dann ist die Wirklichkeit eine Erfindung von Phantomen«, schrie er und fügte auf Deutsch hinzu: »Das Geflüster ahnungsloser Zellen.«

Cie Liang drückte ihm eine Handvoll Nüsse in die Hand und sagte: »Reality is nothing, you must believe in your destination.« Soweit mußte es mit mir kommen, daß ich in einer Diskothek einem schwulen Chinesen mein Geheimstes anvertraue, dachte Nehoda und blieb von nun an stumm.

Farbige Lichtbündel durchzuckten den Raum im Rhythmus der gleichförmigen Tanzmusik. Sie zerlegten die Körper der Tänzer auf der erleuchteten Tanzfläche in einzelne Teile. Schleuderte einer den Arm in die Höhe, sah es aus, als verschwände das Glied abgerissen ins Dunkel, Mädchenhüften schienen Fleischbrocken zu sein, die sich selbständig machen wollten. Nehoda stierte auf die Blumenmuster, die über die Röcke der Mädchen zappelten, und stellte sich das Dämmerlicht zwischen ihren erhitzten Beinen vor.

In großen Zügen fielen ihm die Anfangssätze von Conrads Erzählung »Die Tremolino« ein, und er fand in ihnen sein gegenwärtiges Schicksal: »Abenteuer stellen sich nie auf Verlangen ein. Wer mit dem Vorsatz, Abenteuer zu erleben, auszieht, wird nichts als Enttäuschungen einheimsen, er müßte denn ein Liebling der Götter oder ein großer Held sein, wie der edle Ritter Don Quichote de la Mancha.« Er verwechselte das Wort »Vorsatz« mit dem Wort »Willen« und das Wort »Enttäuschungen« mit dem Wort »Niederlagen« und war befriedigt darüber, daß sich diese Stelle so sicher in seinem Gedächtnis befand.

Franz Nehodas Begeisterung für das Werk Joseph Conrads, die weniger den Büchern als der Person des Autors galt, der ihm in jeder Zeile als ein leibhaftiges Gegenüber erschien, rührte schon von seiner frühen Jugend her. Sie hatte ihn in seinen Jünglingsjahren und in seinem Mannesalter nicht verlassen und steigerte sich noch in den Lebenskrisen, die Nehoda, wie es seine Art war, »die alles entscheidenden« nannte, und von denen es in dem Jahr vor seinem Aufbruch nach Indonesien gleich ein paar gegeben hatte. Ja, es konnte in gewissen Nachtstunden geschehen, daß Nehoda sich mit dem Polen, der von Marseille aus in den malaiischen Archipel gekommen war, vollständig identifizierte.

Auch er war im östlichen Europa, in dem böhmischen Städtchen Arnau, geboren worden, vor dessen Rathaus zwei monumentale Riesen aus Sandstein Wacht hielten, als wollten sie jeden abschrecken, der daran dachte, die große Uhr vom Turm des geduckten Gebäudes zu stehlen. Dachte Nehoda an seine Kindheit, dann sah er den quadratischen Platz, staubbedeckt zu Füßen der Riesen und von schattenspendenden Kolonnaden umsäumt. Ab und zu sah die Mutter aus einem Giebelfenster freundlich lächelnd auf das Kind, das mitten auf dem Platz im Staub saß und mit Zweigen spielte. Nehoda dachte gerührt an das Strohhütchen, das ihn vor der drückenden Last der Sommersonne schützte. Was Arnau vor den umliegenden Gemeinden auszeichnete, war außer den Riesen vor dem Rathaus die Tatsache, daß es dort ein Gymnasium gab, das Franz bis zu seinem zwölften Lebensjahr mit gutem Erfolg vor allem in den musischen Fächern besuchte.

Die Vertreibung der Deutschen aus dem reichsdeutschen Protektorat nach dem Ende des Zweiten Weltkriegs verschlug ihn mit seiner Mutter in das kleine Dorf Nitzahn in der Nähe von Magdeburg. Von diesem Ort war nichts in Nehodas Gedächtnis geblieben, außer dem Bild einer langen

Dorfstraße, die sich in beiden Richtungen zwischen endlosen Feldern verlor, und dem Überfall durch einen Wespenschwarm, der ihm, der schreiend die Dorfstraße hinab zu seiner Mutter rannte, den Kopf zerstach. Und dort war er auch seinem Vater begegnet, der aus der Gefangenschaft zurückkehrte und von seinem Sohn nicht erkannt wurde.

»Ein fremder Mann will zu uns, Mutter!« soll er damals gerufen haben, aber Nehoda mißtraute dieser Anekdote, die ihm sein Vater immer wieder erzählt hatte.

Cie Liang ermunterte Nehoda, sich das schönste Mädchen des Lokals auszusuchen. Er sei mit allen bekannt. Über die Kosten sollte er sich keine Sorgen machen, ihm sei ein toller Coup mit einer Ladung weißer Schokolade aus Singapur gelungen. Aber Nehoda lehnte ab, er habe keine Lust mehr auf Abenteuer dieser Art. Die Affäre in Surabaya sei peinlich genug gewesen. Lichtpunkte flogen über seine Hände und sahen aus wie leuchtende Mückenschwärme. Cie Liang ging in eine Ecke und flüsterte mit einem Weißgekleideten.

In Düsseldorf war Nehoda ins Gymnasium gegangen. Kurz vor dem Abitur erklärte er den erstaunten Eltern, daß seine Ausbildung abgeschlossen sei und er sein Glück als freier Journalist und Schriftsteller versuchen wolle. Es gelang ihm, kurz hintereinander zwei kleine Gedichte in der Wochenendausgabe einer Zeitung im Siegerländischen unterzubringen. Das eine war einem indischen Mädchen gewidmet, das andere dem Regen.

Als sein heftiger Versuch, eine Ehe mit der geschiedenen Frau eines Papiergroßhändlers aus Münster zu führen, gescheitert war, weil er deren Liebe als »mörderisch« empfand, erschien ihm im Halbschlaf ein »alles erklärendes Bild« seiner Kindheit: Er sah sich nackt, an den nackten Schoß seiner Mutter gepreßt, in einer Duschhalle des Auffanglagers Königswusterhausen, in dem die Flüchtlinge desinfiziert werden sollten. Damit sie das Kind in dem Gewühle nicht verlor, hatte es die Mutter nicht in die Halle der Männer gehen lassen, und da stand er nun eingezwängt von den Bäuchen und Schößen der Frauen, zu denen seine Stirn gerade reichte, überströmt vom warmen Duschwasser, das auf die ängstlichen Köpfe der Flüchtlingsfrauen herabschoß und dann über Schultern, Brüste, Bäuche und Schamhaar auf den kleinen Franz floß und ihm zeit seines Lebens die Erinnerung an einen feuchten Dschungel eingab, die ihn jedesmal befiel, wenn er sich einer Frau auf Armeslänge näherte.

»Da war ich tatsächlich im triefenden Mösenwald«, pflegte er nach seinem Debakel mit der Frau des Papiergroßhändlers allen späteren Frauen an den Kopf zu werfen, als wären sie in Königswusterhausen dabeigewesen und ihm zur Wiedergutmachung verpflichtet.

Es war immer diese Bemerkung gewesen, die Symptome wie von einer Allergie bei Nehoda hervorriefen, erkennbar an geschlitzten Fingernägeln, entzündeten Nagelbetten und an der Art, in der er seine trockene Stirnhaut abribbelte, erkennbar aber auch an der Überwältigung durch völlig verschiedene Frauen, die ihm bereits bei der ersten Begegnung widerfuhr, und an dem starken Haß auf sich selbst danach.

Immerhin, so pflegte er sich zu trösten, verdankt dieser Ehe Nina ihr Leben. Er hatte den Kopf auf die Theke gelegt und sprach vor sich hin: »Doch du warst stets ein vom Unglück verfolgter Mensch, Almayer. Nichts war je deiner wert. Was dich mir so wirklich machte, war, daß du diese erhabene Theorie mit solcher Überzeugungskraft und so bewundernswerter Folgerichtigkeit vertreten hast.«

Die Menschen in der Diskothek hatten weit aufgerissene Augen. Sie griffen, rissen und klammerten. Sie tanzten wie die Wilden oder kauerten in dunklen Ecken. Nehoda hatte die Flasche »Old Smuggler« zur Hälfte leer getrunken. Er meinte, daß es Zeit sei, eine Erklärung abzugeben.

»Ich komme aus der Bundesrepublik Deutschland«, schrie er. »Das ist ein geteiltes Land, Gott sei Dank! Ich fahre zu einem Ort, den mein Dichter Patusan genannt hat. Patusan! Wißt ihr, was das malaiische Wort ›putus‹ heißt, ihr Zwerge? Dieses Wort heißt ›geteilt‹. Geteilt! Auch der Ort meines Dichters ist geteilt, aber er liegt im Dschungel zwischen zwei fließenden Flüssen, während mein Land im Eis liegt. Das Eis seiner Leichenschauhäuser hat sich über das ganze Land ausgebreitet. So ist das, meine Damen und Herren!«

Sein Kopf fiel wieder auf die Theke. Er dachte an den Jugoslawen, dessen Bestes er gewollt und ihn damit in den Tod getrieben hatte. »Ich hätte diesen Job an der Zeitung niemals annehmen dürfen, niemals, niemals«, murmelte Nehoda. »Ich bin kein Vertragspartner. Verträge machen die mit Leichen, nicht mit mir. Usque ad finem.« Niemand hörte ihm zu. Man kannte die Europäer und ihre Ausbrüche in der Trunkenheit. Cie Liang kam mit dem Weißgekleideten auf ihn zu.

»His name is Rudy«, sagte er, »he is my best friend. He knows all the nice girls of Jakarta.«

Diese Worte stachelten Nehodas Wut von neuem an. Im Wahn, ganz allein gegen eine hinterhältige und korrupte Welt den Kampf aufnehmen zu müssen, rief er nach den sonderbarsten Nothelfern. Im selben Atemzug schrie er den Hoteldirektor, den Bundeskanzler, Kapitän Lingard und Almayer, den indonesischen Staatspräsidenten und einen gewissen Ivo herbei.

Der Weißgekleidete blieb an seiner Seite und flüsterte ihm ständig den Satz »I have some girls for you« ins Ohr, und Nehoda geriet immer mehr in Rage. Schließlich war er überzeugt, daß der Mann ein Agent sei, den man auf ihn angesetzt hatte, und schlug ihm mit der Faust mitten ins Gesicht. Die Mädchen schrien spitz, versteckten sich unter den Tischen oder flüchteten auf die Toilette.

Drei Kellner, Waldmenschen, die man in Smokings gezwängt hatte, droschen mit harten Handkantenschlägen auf ihn ein, bis er zusammenbrach.

Am anderen Morgen fand Nehoda Flecken seines Blutes auf dem Kopfkissen. Ihm war, als würden in seinem Schädel Kathedralen in sich zusammenstürzen. Da lag er und sah den kreisenden Spiralen auf der Zimmerdecke zu. So unwürdig bist du, Franz, in deinem vierten Jahrzehnt, dachte er. Nehoda mochte sich nicht leiden. Die Reise war nicht »die alles entscheidende« geworden. Lächerlich, wie fern von Joseph Conrad er sich hier befand.

Nicht einmal der Schatten einer Möglichkeit hatte sich gezeigt, die Schauplätze des Abenteuers, des Wahns und der Tapferkeit zu erreichen, die sein geliebter Dichter auf Borneo gefunden hatte. Ihm war es lediglich gelungen, in der Conrad-Suite des »Oriental« zu wohnen, aber das konnte jeder. Außerdem hatte auch dieses bescheidene Abenteuer unwürdig geendet.

Er verabscheute den Gedanken, nach Deutschland zurückzukehren. Der verhaßte Staat erschien ihm als Trümmerlandschaft aus Beton und Eis. Dort gab es seine zerstörte Ehe und seine Tochter Nina mit den ernsten Blicken, dort gab es den Chefredakteur, den er beleidigt und bedroht hatte, weil er Nehodas Reportagen aus den Gerichtssälen als zu emotional und zu subjektiv abgelehnt hatte. Eine gekaufte Kreatur der Justiz, schlimmer als Schomberg in Conrads Roman »Sieg«, von dem es heißt, daß er sich im »Zustand moralischer Schwäche auf krumme Sachen einließ«.

Wieder stürzte eine Kathedrale in sich zusammen.

Was für ein häßliches Land, dieses Deutschland, in dem selbst die Huren in Automaten sitzen, dachte Nehoda. Die Politik der gekauften Kreaturen des Kapitals ist so würdelos, daß selbst der Protest gegen sie entwürdigt.

Kein Stück Schmutz bleibt in diesem gedankenleeren

Staat liegen, jede große Tat verkümmert im allgemeinen Geplärr. Selbst wenn ein Mord geschah, war es nur ein Schauspieler, der seine Geliebte im Rausch mit einem Stuhlbein erschlagen hatte. Ins Krachen der Kathedralen schrillte das Telefon. Diese Chinesen können mich im Mondschein besuchen, dachte Nehoda und rührte sich nicht.

Immerhin hatte der elfjährige Conrad mit seinen Eltern in die Verbannung gehen können. Herrlich erschien Nehoda dieses Polen, in dem es eine Befreiungsbewegung gab, für die man sein Leben riskieren konnte. Er sah sein Idol an der Hand des Vaters ernst und aufrecht das Tor eines Lagers durchschreiten. Der alte Korzeniowski trug in der anderen Hand die halbfertige Übersetzung von Victor Hugos »La Muse française«.

Ich dagegen bin nur ein kümmerlicher Flüchtling, weder verfolgt noch verbannt, und mein Vater war nur ein kleiner Richter, der mit Conrads Vater die Liebe zur Literatur und den Haß auf den Staat gemeinsam hatte, dachte Nehoda. Seine Kopfschmerzen lösten sich allmählich in der Woge von Selbstmitleid, dem er sich genußvoll hingab, und ließen ein angenehmes Gefühl völliger Bewegungsunfähigkeit zurück. Mit Mühe gelang es ihm, den Hörer abzunehmen, als das Telefon wieder klingelte.

Ein Herr erwarte ihn in der Halle, sagte der Portier. »Nein, nein, kein Chinese, ein Mann aus Europa.« Vielleicht bedeutet dieser Mann die Wende, dachte Nehoda und beeilte sich, hinunter zu kommen.

»Leider kann ich Ihnen nicht mitteilen, welche Stelle mich schickt«, sagte der Fremde, der um die fünfzig Jahre alt sein mochte und einen kleinen Koffer aus Aluminium in der Hand hielt.

»Was wollen Sie von mir?« Nehoda witterte Gefahr.

»Sie haben gestern abend Streit angefangen, nicht wahr?«

»Ich wurde von Chinesen bedroht.«

»Wir haben in diesem Land nicht das Recht, Aufsehen zu erregen. Die Leute sind mißtrauisch, und ihr Staat ist noch jung.« Der Fremde sprach im Ton eines Kommuniqués.

»Wollen Sie mich verhaften?«

»Das könnte ich gar nicht. Die Stelle, die mich schickt, wünscht, daß Sie das Land verlassen.«

»Ich habe kein Geld. Wenn ich dieses Hotel bezahlt habe, kann ich mir nicht einmal mehr eine Suppe kaufen.« Der philippinische Klarinettist watschelte zum Mittagskonzert in das Restaurant. Sein Fettsteiß hüpfte bei jedem Schritt. Nehoda sehnte sich plötzlich danach, an einem kalten, nassen Herbsttag in New York auf einer Parkbank zu sitzen. Alleingelassen in der Begegnung mit dem Fremden blieb ihm nur die leuchtend rote Eisentür gegenüber, hinter der sich der Feuerlöscher befand, ein Trost, denn indem er sich mit diesem Ding verbunden fühlte, war er auch mit allen anderen Feuerlöschern auf der Welt verbunden, mit diesem riesigen Netz schaumgefüllter Flaschen, die alle gleich aussehen und geduldig auf eine Katastrophe warten.

»Am Geld soll Ihre Abreise nicht scheitern«, sagte der Fremde und öffnete den Koffer.

»Ich kehre nicht nach Deutschland zurück.«

»Sie lieben unsere Heimat nicht, ich weiß.«

»Deutschland ist nicht meine Heimat.«

»Hier kann eine Untersuchungshaft sehr, sehr lang dauern«, sagte der Fremde. Er bot Nehoda eine Zigarette der Marke Ernte 23 an.

»Ich lasse mich nicht erpressen.«

»Bedauerlicherweise bleibt Ihnen gar nichts anderes übrig. Haben Sie sich heute schon im Spiegel betrachtet?« Nehoda schwieg. »Sie haben keine Wahl.«

Vom Restaurant her ertönte ein langgezogener Triller des philippinischen Klarinettisten. Ich werde das Geld nehmen, dachte Nehoda und grinste.

»Ich habe keine Wahl, was?« sagte er und streckte die Hand aus.

Der Fremde holte ein blaues Kuvert aus dem Aluminiumkoffer. »Da drin finden Sie ein bißchen Taschengeld und ein Flugticket nach Frankfurt.«

Kann man umtauschen, dachte Nehoda und bemühte sich, einen niedergeschlagenen Eindruck zu machen. Er steckte das Kuvert ein.

»Ich werde Sie zum Flughafen begleiten. Packen Sie jetzt Ihre Sachen. Ich warte hier auf Sie.«

Nehoda ging zum Lift und fuhr hinauf zu seinem Zimmer. Er packte seine Reisetasche und schrieb auf einen Zettel: »Mister Nehoda hat sich in seinem Zimmer eingeschlossen. Kommen Sie schnell!« Dann klingelte er nach dem Etagenkellner und bat ihn, den Zettel dem Herrn mit dem Aluminiumkoffer in der Halle zu bringen. Er trat auf den Flur, schloß das Zimmer ab, steckte den Schlüssel ein und wartete, bis die rot aufglühenden Lämpchen des Lifts anzeigten, daß der Fremde unterwegs nach oben war. Dann rannte er die Treppe hinab, schlenderte durch die Halle und stand mit dem Hochgefühl, der Sieger über einen professionellen Agenten zu sein, in der flirrenden Mittagshitze der Jalan Thamrin.

Kurze Zeit später saß er in einer Linienmaschine der indonesischen Gesellschaft »Garuda«, die nach Balikpapan auf Borneo flog. Es war nicht schwer gewesen, den Flug nach Frankfurt in die entgegengesetzte Richtung umzubuchen. Wie dumm sind doch diese Agenten, dachte Nehoda und streichelte glücklich die blutige Kruste auf seinem Nacken, als sei sie eine Trophäe.

Der Wind trieb Scharen kleiner Wellen über das Meer, so daß es von hoch oben aussah, als schwämmen Myriaden blinkender Silbermünzen in der Java-See.

DREI

I

Keine Workshops mehr, überstanden die These vom Drama, in dem nichts los ist, weil auch in der Welt nichts los ist, vorbei die quälende Höflichkeit gelangweilter Zuhörer: Ich hatte meine »offiziellen Termine« hinter mir. Das Warten auf Bupati Armeyns, den höchsten Beamten des Distrikts Berau, blieb übrig. Denn die freundliche Frau Ciptor hatte mir aus Bandung geschrieben, »dieser schwierige und mißtrauische Mann« sei auf dem Weg zu einer Funktionärstagung in Jakarta, und da sei es das beste, wenn ich ihn persönlich aufsuchte, um seine Unterstützung für meinen Besuch in Tanjungredeb zu erbitten. Die Gedanken an Nehoda verblaßten.

Ich hatte keine Erwartungen an die Stadt Jakarta mehr und setzte darauf, daß die Insel Borneo, die ich mir wie einen glühenden, drohenden Schlund mitten im Meer vorstellte, meiner Reise einen Sinn gab. Ich erhoffte mir nur einen einfachen Dreh. Wie man einen Menschen, der unablässig auf eine kahle Wand starrt, sanft bei den Schultern nimmt und umwendet, so daß sein Blick durch ein geöffnetes Fenster in einen Garten voller wilder Obstbäume fällt.

Auf diese Weise fühlte ich mich wohl geordnet und empfand weder Haß noch Ekel, wenn ich auf meinen regelmäßigen Wegen zwischen Hotelzimmer, Frühstücksraum, Swimming-pool, Restaurant und zurück einem dieser blicklosen europäischen Ungeheuer im Batikhemd begegnete.

Täglich einmal versuchte ich, einen Kontakt zu Bupati Armeyns herzustellen, aber wie ich mich auch mit Telefonaten und schriftlichen Botschaften bemühte, ich wurde von Sekretären, die ihm offensichtlich in Scharen zur Verfügung standen, immer auf den nächsten Tag vertröstet. Inzwischen hatte ich es mir jedoch zur Regel gemacht, auf keinen Fall ungeduldig zu werden und aus dem Kleinbeigeben starke Nerven zu gewinnen. Was du nicht unbedingt erreichen willst, fällt dir eines Tages plötzlich zu, sagte ich mir und freute mich auf den Abend, wenn ich ein kahles China-Lokal ein paar Straßen weiter in der Jalan Salim aufsuchen konnte.

Das »Lim Thiam Kie« besteht aus einem schmalen, sehr langen Raum, dessen Wände mit einer hellgrünen Farbe dünn überstrichen sind. Staubige Papiergirlanden schwingen oben von Wand zu Wand. An ihnen baumeln kleine Weihnachtsmänner aus einem verschrumpelten Plastikstoff. Der Ventilator sieht aus wie ein hinter Gittern gefangener Propeller. In regelmäßigen Abständen hängen Glasbilder vom Markusplatz in Venedig, vom Empire State Building New York, von der Siegessäule in Berlin und vom Tower in London, die von innen leuchten und deren Mitte eine Uhr bildet. Alle waren zur selben Zeit stehengeblieben. Wahrscheinlich handelte es sich um Eröffnungsgeschenke anderer chinesischer Restaurantbesitzer.

Der kleine Kellner hatte ein schiefes Maul und zog ein Bein nach. Sein Lächeln wurde noch schiefer, wenn die Kollegen seinen Gang imitierten. Vor der Tür dampften die Sate-Stände im Theaterlicht der Leuchtreklamen.

Tiefe Zufriedenheit erfüllte mich beim Anblick der Froschschenkel in schwarzer Sojasoße und des chinesischen Karpfens mit seinen knusprigen Flossen.

Als draußen ein gewaltiger Abendregen die Straßen unter Wasser setzte, erschien mir der stille Raum wie ein rettendes Gefängnis. Nichts konnte mir geschehen. Sogar mein Rückgrat gab seit ein paar Tagen Ruhe.

Ich hatte nun schon ziemlich lang außer den täglichen

Bitten nichts reden müssen. Die Wissenschaft rühmt Joseph Conrads außerordentliches Erinnerungsvermögen.

Er hat es wohl in den Jahren der Schweigsamkeit auf See erworben, als es galt, auf jedes Mucken des Windes, auf das Befinden des Schiffes, auf Untiefen und Wogenberge zu achten. Als verschwiegen an Deck und redselig in der Kajüte erweist sich das erzählende Ich nur mit seinem Doppelgänger in der Geschichte »Der geheime Teilhaber«, aber auch dieses Gespräch mit dem schönen Mörder Leggat ist nur ein Geflüster.

Wie machtvoll, groß und still ragt die Welt hinter einem seemännischen Befehl und seiner raschen Bestätigung auf! Wie eine Flut muß sie Conrad hinterrücks überfallen haben, als er die Brücke der »Otago« verließ und sich an den Schreibtisch setzte, um ein Dichter zu sein.

Wie friedfertig waren die Dinge unter ihren Etiketten geworden! »Bir Pilsener BINTANG-Perdangan, BARU P. T. Pepusahaan, Bir Indonesia, Surabaya Tangerang Indonesia, Brewed and bottled under the supervision of Holland's leading brewery.« Draußen sprangen Kinder kreischend durch die kleinen Tümpel, die der Regen auf der Straße hinterlassen hatte.

Während der Krieg zwischen Mitsubishi und Telefunken um die Vorherrschaft auf dem Schlachtfeld der Computer-Schallplatte tobt, rinnt die Zeit wie der Sand im Stundenglas hinab, und die Ereignisse sind die Sandkörner. Kein dramatischer Sturm hat je dieses stetige Fallen beirren können, und darüber war ich immer zufrieden und froh gewesen.

Woher rührte also diese neue Sehnsucht nach einer abenteuerlichen Aufregung, die an den ruhigen Gang der Dinge rühren könnte? Warum litt ich plötzlich an einem Todesfrieden, dessen gesichertes Gleichmaß ich zu loben pflegte, wo ich doch Angst vor der kleinsten Wunde hatte und niemals bei Rot die Straße überquerte?

Und dennoch, es mußte sein. Nur ein betäubter

Schwächling hätte von diesem Ort auf Borneo, von rachsüchtigen Sultanen und wahnsinnigen Nachfahren Almayers geträumt, ohne den Wunsch zu haben, dorthin zu fahren. Ich nahm mir vor, am anderen Morgen energisch vor Bupati Armeyns aufzutreten und auf meiner Reiseerlaubnis in den Distrikt Berau zu bestehen.

Aber am anderen Morgen war Armeyns mit seinem Gefolge abgereist. Als ich die freundliche Frau Ciptor in Bandung anrief, um ihr den Fehlschlag mitzuteilen, mußte ich sie trösten, so bekümmert war sie. Nun könne nur noch der Schüler ihres Mannes helfen. Noch zur Stunde würde sie ein Telegramm nach Samarinda schicken. Ob ich wohl noch ein paar Tage Geduld aufbringen könnte?

Die Zeit dehnte sich. Ich lebte wie ein arbeitsloser Angestellter der Stadt Jakarta. Ich hatte eine Niete gezogen, aber vielleicht wäre das Flugzeug ohnehin abgestürzt, mitten hinein in einen Waringinbaum, aufgehängt in alle Ewigkeit als weißer Hexenwahn. Ich gewann meine Gelassenheit zurück und hatte in den folgenden Tagen einige unerwartete Begegnungen.

II

In der Halle des Hotels »Sari Pacific« hängen Kugellampen in Trauben von der Decke, tiefe Teppiche verschlucken die Füße bis zu den Knöcheln, in den gewaltigen Fauteuils versinken die japanischen Handelsherren bis über die Ohren.

Es dauerte einige Zeit, bis ich Brigitte Schneebeli in einem dieser Ungetüme entdeckt hatte. Sie ist eine kleine, schmale Frau mit einer spitzen Nase, die mich gleich an die Nasen von Ballettänzerinnen denken ließ. Überanstrengung hatte dieses Gesicht geprägt. Ihre Augen waren unruhig und aufmerksam zugleich. Ständig hielten sich ihre Finger fest, als müßten sie sich am Davonflattern hindern. Mit der kühlen Würde kleiner Mädchen eröffnete sie mir ihr Anliegen. Sie hatte meinen Aufenthaltsort über das Institut erfahren. Es ging um eine Übersetzung, an der sie arbeitete. Ob ich Pramoedya Ananta Toer kenne?

Natürlich kannte ich den Mann nicht. Sie arbeite am Hauptwerk dieses Dichters, dessen Titel auf deutsch ungefähr »Welt der Menschen« laute und das ein indonesischer Verlag in Deutschland veröffentlichen wolle. Sie bat mich, einen Blick in ihre Übersetzung zu tun und zu prüfen, ob sie auf dem richtigen Weg sei.

Die Bitte kam mir gerade recht, vor allem, weil ich mir von Frau Schneebeli einen besonderen Lebenslauf erhoffte. Wie konnte eine kleine, ängstliche Frau mit dem Wort Schnee im Namen in dieser heißen, lauten Stadt überleben? Wir verabredeten für den nächsten Tag meinen Besuch in ihrer Wohnung. Ich müsse aber mit dem Taxi kommen, denn ihr Mann und sie benutzten nur ein altes Motorrad, auch dürfe ich nicht erschrecken, denn in ihrem Viertel sähe es ganz anders aus als an den Prachtboulevards.

Die Gier auf Verhältnisse, deren Bedingungen nicht zueinander paßten, packte mich und stellte die Lust auf Borneo in den Schatten. Ich hatte mich einfach damit zufriedengegeben, alles, was mir widerfuhr, als Teil eines Plans von der höheren, undurchschaubaren Art anzunehmen. Zwingend von Gesetzen bestimmt wie Gamelan-Musik, die in ihrem bewegenden Wesen geheim bleibt.

Es war Zeit, in die Bar des Hotels zu gehen, das übliche Quantum Lagerbier und Whisky »ohne alles« zu konsumieren und der Sängerin Nunung zuzuhören. Ich hatte mir den täglichen Barbesuch zur Angewohnheit gemacht, ebenso einige sentimentale Gedanken, denen ich dort nachhing. Sie kreisten meistens um mein bedeutungsloses Leben in Europa, um meine Unfähigkeit, eine große Idee zu entwickeln, und um meine Vorliebe für das triviale Vergehen der Tage.

Die »Indonesia Times« berichtete über den ersten Tag des Seegerichtsprozesses gegen den Chef-Navigator der »Tampomas II«. Über vierhundert Menschen waren ertrunken. Das Schiff kam mir wie eine Schwester der »Patna« vor, auf der Jim in einem Augenblick der Furcht einem Schicksal begegnete, das ihn zum Lord Jim machte. Welcher Fehler, wessen Versagen, unter welcher Maske hatte die Angst auf der »Tampomas II« die Katastrophe herbeiführt? In ihr schienen sich die hundert Jahre seit Conrads Aufenthalt im Archipel in einem zeitlosen Gesetz, vor dem kein technisches Gerät Bestand hat, aufzulösen.

Ich zog mich in einen abgelegenen Winkel der Halle zurück. Der Abend gehörte der Lektüre des Zeitungsartikels und den Träumen, die aus ihm aufsteigen würden.

Den Vorsitz des Seegerichts in der Jalan Melawai Kebayoran Baru hatte Kapitän Tarnada Suraharja. Die Beisitzer waren Kapitän Subekti und Kapitän Kosim. Als erster wurde der Navigationsoffizier, Mister Ali Hamzah, vernommen. Der einundvierzig Jahre alte Seemann, geboren in Riau, gab zu Protokoll, daß er an dem Tag, an dem die »Tampomas II« Priok in Richtung Ujung Pandang verließ, seinen vertraglichen Urlaub angetreten hatte. Er wurde nicht durch einen Offizier im selben Rang ersetzt, auch habe er seinem Stellvertreter keine besonderen Anweisungen gegeben. Die Urlaubserlaubnis habe er von Kapitän Abdul Rivai lediglich mündlich erhalten … Hamzah sagte aus, er habe den Urlaub dringend nehmen müssen, weil er übermüdet gewesen sei. Das gesunkene Schiff habe über eine automatische Alarmanlage verfügt, die man im Falle eines Brandes auf Deck und im Maschinenraum hätte hören müssen. Die Anlage sei jedoch nie überprüft worden.

Er fügte hinzu, daß die Mannschaft die Hähne der Löschanlage mit den Händen hätte öffnen müssen, sobald der Brand auf dem Auto-Deck der Dampferfähre ausgebrochen war. Schließlich gab Hamzah zu, daß auf der »Tampona II« der Brandfall nie zusammen mit Passagieren geübt worden sei.

Still gingen die Leute in der kühlen Hotelhalle auf und ab. Nunungs Gesang wehte von fern herüber. Ein livrierter Boy läutete eine kleine Glocke und wies ein Schild her, auf dem »Mr. Grunenberg« stand. Die Szene war gegen jede Katastrophe gefeit. Bald würde Nunung nach Hause zu Kind und Liebhaber gehen können. Einmal, so hatte mir der Geschäftsführer erzählt, sei der Strom ausgefallen, da sei es minutenlang stockdunkel gewesen. Ein paar Frauen in den Fahrstühlen hätten geschrien, ein Holländer habe eine alte Japanerin unsittlich berührt, aber dann sei das Licht über das Notaggregat schnell wieder aufgeflammt. Seit diesem Tag lägen jedoch auf allen Zimmern Kerzen und Streichhölzer bereit.

Das Viertel, in dem Brigitte Schneebeli und ihr Mann Ito wohnen, wird von einem gelben Fluß durchzogen. »Die Rückseite von Jakarta« hatte sie mir versprochen, in der Annahme wahrscheinlich, daß meiner Reise ein Aufenthalt zwischen den schiefen, wellblechbedeckten Holzhütten guttun würde. Der exotische Geruch des Elends gegen die Mausoleumskühle der Hotels. Durch ein Gewirr enger Gassen waren wir an den Fluß gekommen und warteten auf die kleine Fähre, die uns entgegenkam. Ein Flößer trieb, auf einer Kolonne eng verbundener Stämme balancierend, den Fluß herab.

»Wenn er das Holz im Hafen verkauft hat, fährt er mit dem Bus in sein Dorf zurück«, sagte Frau Schneebeli und zerstörte das Bild der Ruhe, der Genügsamkeit und der Hingebung an den trägen Wasserlauf mit dem Hinweis auf den Mann, der, ein paar Rupien in der Tasche, auf dem Trittbrett eines überfüllten Autobusses zurück in sein armes Zuhause fährt. Die Häuser sind gegen den Fluß hin mit Bündeln aus armdicken Bambusstangen abgestützt. Sie scheinen in einem wunderlichen Gleichgewicht aus Nicht-mehr-stehen und Noch-nicht-stürzen zu sein. Dazwischen wuchsen die hohen Kokospalmen wie Mahnmale fürs Durchhalten.

»Wenn sie weiter oben die Schleusen öffnen, dann sind die Häuser hier meterhoch überschwemmt«, sagte Frau Schneebeli. Und wirklich, in ihrem und Itos Haus bedeckt der Schimmel die Wände bis zur Höhe des einzigen Tisches. Das Nachbarhaus wurde gerade von der Polizei vernagelt, weil es ohne Genehmigung gebaut worden war. Hinter einem Fenster sahen wir eine verhungernde Taube.

Ito, viel jünger als seine europäische Frau, malt Bilder, für die man, wie er sagt, in seiner Schule kein Verständnis habe. Dieser freundliche Wuschelkopf mit seinen dunklen romantischen Blicken ist bereits Brigittes zweiter Mann in Indonesien. Auf seinen rechten Unterarm hatte er sich einen Skarabäuskäfer tätowieren lassen. Ito mit dem magischen Symbol auf dem Arm malt schöne Bilder. Auf einem sah ich einen tiefen Sehnsuchtshintergrund mit strahlenden Farbflächen in Knallrot und Bananengelb wie mit Kulissen verstellt. Durch eine Ritze schwappt eine Woge in den Blick, oder eine schlüssellochgroße Öffnung zeigt ein Stück Himmel. Da waren auch Wolkenlandschaften, in die Leitern ragen, auf denen winzige Männer mit der weiß-roten indonesischen Fahne im Arm hinaufklettern.

Die Schneebeli zeigte das dunkle, nur vom Funzellicht einer Petroleumlampe in eine schüttere Dämmerung getauchte Haus mit einer Mischung aus Scham und Stolz darüber, daß sie hier standhielt, weit entfernt von den Bungalows der offiziellen Europäer mit ihren durchlüfteten Hygiene-Weibern. Dünn in der Hitze.

Aus einer Kiste kramte sie Puppen hervor, im chinesischen Stil selbstgemachte, mit denen die beiden an ein wenig Touristengeld herankamen. Ich stand viel zu plump und groß in diesem Haus, gerührt von der zähen Schwäche der Schweizerin.

An diesem Ort konnte ich nichts Wahnhaftes entdecken, unmöglich konnte er auch für die andere, bessere, menschlichere Überlebensmöglichkeit herhalten. Hier war es einfach so, wie es war. Über dem Mangel lag kein Glanz. Zwischen trüben Gewässern, eingenistet unter den geduckten Dächern und einverstanden mit ihrem unbekannten Auftrag, hauste dieses Paar.

Sie wurde als Tochter kleinbürgerlicher Eltern in Zürich geboren. Das Studium der Psychologie brach sie ab, als sie in der Praxis einer Psychiaterin Begegnungen mit Geisteskranken hatte. In Zürich sah sie Theateraufführungen des Ensembles von Peter Stein und nahm daraufhin privaten Schauspielunterricht bei einer Lehrerin, die familiäre Bindungen zu Java hatte. Von ihr erfuhr sie von dieser Weltgegend.

Also machte sie sich mit einem Freund, der ein kleines Auto hatte, auf. Ein Rucksack war ihr einziges Gepäck. Aus Richtung Bangkok kam sie eines Tages auf Sumatra an. Irgendwie ging der Freund verloren. »Und dann?« fragte ich immer wieder, denn ich mochte die heldischen Details dieser Reise nicht hören. Und dann traf sie ihren ersten Mann, einen Puppenspieler. Ihm gebar sie ihre Tochter Sigrid. In einem Kulturzentrum gibt sie Unterricht in europäischem Tanz und muß eine Rivalität mit einer berühmten javanischen Kollegin austragen, die im Gegensatz zur experimentierfreudigen Schneebeli auf der Weitergabe der alten Bolschoi-Tradition beharrt. Geheiratet hatten die beiden in Zürich. »Meine Eltern wären so froh, wenn Ito und ich zu ihnen kämen.«

Ganz klein war sie über diesem Satz geworden, und mich ergriff eine peinigende Trauer über so viel zerrinnende Lebensläufigkeit. Obwohl ihre Geschichte aus allerlei Ungereimtheiten bestand, konnte mich auch mein sonst bereites

Vergnügen an Verhältnissen, deren Umstände nicht zusammenpaßten, nicht trösten. Am Abend des nächsten Tages würde mich die Schneebeli zu dem Dichter Pramoedya führen.

Ito und Brigitte am Zürichsee. Wie sich das Nirgendwo im Wort Zuhause ausdehnt! Vielleicht hatte nur mein Rudolf in Bandung, an der Seite der dunklen Emy, eingesponnen in die Gamelan-Welt, eine Heimat gefunden.

Als ich in das Hotel zurückkam, überreichte mir die schmale Dunkle von der Rezeption eine Nachricht von Frau Ciptor. Razak Rahim, der Schüler ihres Mannes, erwarte mich übermorgen im Rathaus von Samarinda. Außerdem sei ein Herr mit zwei Kindern da. »Am Swimming-pool«, sagte die schmale Dunkle so vornehm und feierlich, als würde sie ein saures Bonbon auf der Zungenspitze balancieren. Also stürzten wieder Ereignisse in die planlose Genügsamkeit meines Aufenthaltes in Jakarta. Samodra, Arjunas vierte Tugend, die der Ausdehnung des Meeres gleicht, hatte ich mir erwerben wollen, doch schon spürte ich wieder die alten, angestrengten Falten auf meiner Stirn, die Verengung des Herzens und die Fuchtel der Kaurawas. Ich ging zum Swimming-pool.

Dort saß ein blonder Herr mit vielen Sommersprossen um die Augen, der sich als einer der Leiter des deutschen Entwicklungshilfeprojektes »Transmigration Area Development« in Samarinda vorstellte. Seine beiden blonden Söhne jagten sich um die vier Ecken des Pools.

»Ich habe im Goethe-Institut von Ihrem Wunsch gehört, Borneo zu besuchen«, sagte der Herr voller Desinteresse. Seine ganze Aufmerksamkeit gehörte den beiden wilden Söhnen.

»Dorthin muß ich unbedingt.« Ich redete mit der Intensität eines Menschen, der eine Generalbeichte ablegen will: »Wissen Sie, da gibt es einen Ort am Zusammenfluß des Kelai und Segah, an dem vor hundert Jahren der englische Schriftsteller Joseph Conrad mehrmals mit dem Dampfschiff ›Vidar‹ ankerte. Dort hat er den holländischen Händler Charles Olmeyer kennengelernt. Der ist dann in seinem ersten Roman der Almayer geworden. Sie wissen schon. Der Mann mit der Tochter Nina und der malaiischen Frau und dem Prinzen Dain …«

»Sie sind aber kein Journalist?«

»Nein, nein.« Ich hatte mit der Heftigkeit des Idioten geredet, der davon überzeugt ist, daß alle Welt in seinen Vorstellungen lebt.

»Ich werde Ihnen ein Schreiben an Dr. May, unseren Projektleiter in Samarinda, mitgeben. Sie können dort in unserem Gästehaus billig wohnen und speisen. Wenn Sie Glück haben, nehmen Sie unsere Leute einmal den Fluß hinauf. Hört jetzt auf mit dem Toben, wir müssen gehen!« rief der blonde Vater seinen Söhnen zu.

»Ihre Einladung grenzt für mich an ein Wunder«, sagte ich und kam mir vom Zufall unterworfen und dumm vor.

»Sie sind nicht der erste Gast dort.«

»Transmigration, was ist das?«

»Wir siedeln Familien aus Java nach Borneo um, das heißt, wir schaffen die Voraussetzungen dafür. Das Geld kommt von der Weltbank.« »Von der Weltbank also.«

»Und Sie sind wirklich kein Journalist?«

»Nein, nein, aber das Wort Umsiedlung gefällt mir nicht. Nach dem Zweiten Weltkrieg –«

»Das kann man nicht vergleichen. Schauen Sie sich die Sache mal an.« Er war nicht zu verunsichern. Einen Sohn an jeder Hand, schritt er hinaus in die Abenddämmerung Jakartas, und ich ging hinüber in die Melati-Bar, um Nunungs Gesang zuzuhören, bis es Zeit war für den chinesischen Karpfen im »Lim Thiam Kie«.

Jetzt hatte ich also gleich zwei Schlüssel zu Borneo. Wo wurden die gegossen, geschmiedet, gestanzt, gefeilt? Wer entschied über ihre Verteilung?

III

Die Schneebeli hatte mir erzählt, daß Pramoedya mehrmals im Gefängnis gewesen war: unter den Holländern ebenso wie nach der siegreichen indonesischen Revolution, für die er gestritten hatte, aber bald linksverdächtig wurde. Außerdem hatte er ein Buch veröffentlicht, das für die Chinesen Partei ergriff. Um so mehr staunte ich über die gerahmten Fotos an den Wänden seines kleinen Hauses, das wir, im Dunkeln durch enge Gassen tappend, erreicht hatten. Sie zeigten den Dichter in herzlicher Umarmung mit dem Vizepräsidenten Malik. Ein gelbliches Licht stand in dem Raum.

Das muß eine nationale Eigenart der hiesigen Intellektuellen sein, daß sie ihren Staat nicht hassen, auch wenn er sie verfolgt, dachte ich. Immerhin war Pramoedya auf den Molukken gefoltert worden. Seine Fußsohlen seien voller Brandnarben von glühenden Zigaretten, hatte mir die Schneebeli erzählt.

Wie ging das zu? Kam da vielleicht Freund Malik und sagte: »Hör mal, mein lieber Pramoedya, wir haben da gewisse Schwierigkeiten beim Aufbau unseres Staates. Wärest du böse, wenn du wieder ein bißchen ins Gefängnis gehen müßtest? Es geht nicht gegen dich persönlich, weißt du.«

Und der Dichter hatte geantwortet: »Weißt du, Malik, ihr könnt gegen die Wahrheit nichts ausrichten, aber ich werde gehen. Übrigens nehme ich es dir persönlich nicht übel.«

Das Buch, das die Schneebeli übersetzte, handelt von dem Javanerjungen Minke, der während der holländischen Okkupationszeit zu sich selbst kommt, während sein Volk in den gleichen Atemzügen seine nationale Identität findet. Die ersten Seiten ließen ein weises, bescheidenes und heiteres Buch vermuten.

»Auf den Molukken sind seine Mithäftlinge von Kopfjägern getötet worden«, flüsterte die Schneebeli gerade, als er, klein, welk, lächelnd und auf eine märchenhafte Art durchsichtig, auf uns zukam.

Da nahm ich diesen Raum erst wahr, seinen Fußboden aus Stein, die dünne, grüne Farbe auf den Wänden, die Familienfotografien, die Durchblicke in den angrenzenden Raum ganz hinten, in dem wohl seine Frau und seine Töchter vor dem Fernsehapparat saßen, den Durchblick linkerhand in ein Zimmer voller Bücherregale. Da sah ich auch, daß die Schneebeli ihre Haare zu Zöpfen geflochten, Rouge auf Mund und Wangen und roten Lack auf Fuß- und Fingernägeln aufgetragen hatte. So ein angehaltener Augenblick, in dem der Dichter von gelbem Licht umflossen erschien, ohne zu wissen, was ihm die Begegnung mit der dünnen Schweizerin und dem bleichen Deutschen bringen würde.

Die übliche Scham über meine Hand, die sich zum Schütteln ausstreckte. Eine stille Tochter von dem Typ, der mit beiden Beinen auf der Erde einsam stehen muß, während der Vater in der Verbannung Sand schaufelt, servierte süßen Eistee. Pramoedya holte aus dem Zimmer mit den Bücherregalen ein rechteckiges, schweinsledernschwarzes Buch, in das ich Namen, Heimatadresse, Profession und die Adresse in Jakarta eintragen sollte. Die Schneebeli übersetzte wieselflink in die jeweils andere Sprache.

Dann verschwand der alte Mann in seinem geblümten Sarong aufs neue mit den Bastsandalen an seinen komisch runden Füßen und der schwarzen geflochtenen Moslemkappe.

»Sie kennen sich aber schon gut aus hier, daß Sie den Tee nicht trinken, bevor Sie der Gastgeber dazu aufgefordert hat«, flüsterte die Schneebeli, und ich dachte ein paar Hirnsekunden darüber nach, ob sie sich wohl für mich oder für ihn geschönt hatte.

Dann kam er zurück mit einem Bündel kleiner grüner Bananen, setzte sich nah zu uns und drehte eine Zigarette, die er am Mundende spitz zusammenzwirbelte, wahrscheinlich um eine Art Filter herzustellen. Das sind Fertigkeiten aus dem Knast, dachte ich und versuchte, eine Frage hervorzuwühlen, die meinen Besuch rechtfertigte. Aber es fiel mir nur Bantala, Arjunas erste Tugend, ein, die so stark ist wie die Erde, die alles trägt, was auf ihr existiert.

Auch der Dichter schien zufrieden zu sein, daß kein Wort fiel. Beschäftigt mit seiner Gefängniszigarette, wartete er auf das Ende des Besuches. Jede Frage nach seiner Zeit in der Verbannung hatte mir die Schneebeli verboten.

Was war zu tun? Hatten ihm etwa seine Behörden das Sprechen verboten? Sicher diente das lederne Buch der Überwachung. Mit ihm konnte die Polizei seinen Umgang kontrollieren. Ich wurde immer gieriger auf ein Gespräch mit diesem verwelkten Dichterhäuptling. Aber es waren immer nur die alten Fragen, die mir in den Sinn kamen. Wie soll man leben? Welches Recht ist dem Nächsten einzuräumen? Was ist zu sagen, was zu verschweigen? Die alten Fragen des Touristen an den schiefen Turm von Pisa eben. Da sagte Pramoedya etwas, was die Schneebeli mit einem Seufzer der Erleichterung übersetzte: »Trinken wir einen Willkommensschluck.«

Während ich das süße Getränk hinuntergoß, sagte die Schneebeli noch einmal: »Sie kennen sich aber schon gut aus in den javanischen Sitten, daß Sie nicht vor dem Gastgeber trinken«, und dann sagte sie noch etwas auf javanisch zum Dichter, was mir ein freundliches, dürres Lächeln einbrachte.

Dann stieß er einen heftigen Satz hervor, den er mit dringlichen Handbewegungen unterstrich. »Sie sollen eine Banane essen«, übersetzte die Schneebeli. Die kleinen grünen Früchte schmeckten klebrig wie Pralinen. Ich verschlang gleich vier oder fünf hintereinander, und er wollte ein neues Bündel holen; es gelang uns, ihn am Tisch zu halten.

Das war nicht die Begegnung mit einem javanischen Dichter, wie ich sie mir vorgestellt hatte. Doch auf einmal begann Pramoedya, langsam und gleichmäßig wie ein Vortragsredner zu sprechen, und die Schneebeli übersetzte:

»Er kennt nicht viel von der deutschen Literatur. Er hat Heinrich Heine, Anna Seghers und Hans Habe gelesen. Aber Hans Habe ist ein obszöner Schriftsteller. Die Botschaft der Deutschen Demokratischen Republik hat ihn im Gefängnis mit diesen Büchern versorgt. Er möchte gern einmal nach Deutschland eingeladen werden.«

Gleich redete ich etwas von Beziehungen daher, mit denen es mir gelingen könnte, ihm eine Einladung in die Bundesrepublik zu verschaffen. Das sei ihm egal, Bundesrepublik oder Deutsche Demokratische Republik.

Er hält dich wahrscheinlich für einen politischen Typ, dachte ich und begann, über Joseph Conrad zu sprechen, der die Auseinandersetzung mit der äußeren Natur gesucht habe, um der mit seiner inneren Natur zu entgehen. Ich erwähnte die Lebenswunde, die eines seiner zentralen Themen gewesen sei, und wies auch auf die moralische Integrität dieses Mannes und seine Einsamkeit hin.

Das befürchtete Schweigen, da war es. Das blaßgrüne Zimmer schien eng wie eine Zelle zu werden. Die Schneebeli versuchte, einen Knoten in ihren linken Zeigefinger zu machen. Der alte Mann betrachtete das Blumenmuster seines Sarong, als würde er es zum ersten Mal sehen, und ich starrte auf seine nackten, gefolterten Füße. In meinem Schrecken klammerte ich mich an den Gedanken, später im Hotel eine Skizze von diesen Füßen anzufertigen.

Ein Seufzer, dann redete er wieder, und die Schneebeli riß an ihren Fingergelenken, daß es knackte: »Er sagt, daß ihm Conrad völlig gleichgültig ist. Er ist ein Weißer gewesen, der nur ein exotisches Interesse am Archipel hatte. Er will wissen, was Sie meinen, wenn Sie Natur sagen.«

»Ich weiß, daß es hier lächerlich klingt, wo all diese Bäume und Büsche das ganze Jahr über grünen und die vielen Blüten und Früchte.« Ich sprach zu schnell, um glaubwürdig zu klingen. Die Schneebeli konnte mein Tempo nicht halten und verschluckte sich. Ich ging aufs Ganze: »In Europa, wissen Sie, da wird das bißchen Natur aufgefressen von den Gestellen der Menschen.« Ich gebrauchte tatsächlich das Wort »Gestelle«, und Ramayana mag wissen, was für ein Wort die Schneebeli in der anderen Sprache dafür fand. Es war klar, daß mir der Zusammenhang des Naturthemas mit meinem Idol abhanden gekommen war, und deshalb ließ ich noch ein paar Sätze folgen, in denen es darum ging, daß der Mensch, wenn ihm die Natur keinen Widerstand mehr bietet, seine Identität nicht finden kann, während Joseph Conrad in den Flauten und Untiefen der Südsee auf eine Herausforderung gestoßen sei.

Pramoedya unterbrach mich. Ich solle mich nicht aufregen. Er sei sicher, daß die Natur auch in Europa das Übermaß an Technik bald wieder ausgleichen werde. Das sei nun einmal so.

Diese Feststellung war das Fazit unserer Begegnung. Der Dichter rief einen Enkel herbei. Er sollte uns durch das Gewirr der Gassen bis zur Hauptstraße führen. An der Tür legte Pramoedya seine Hand auf meinen Arm und ließ sie dort. Er flüsterte und konnte plötzlich Englisch: »What you have said about Joseph Conrad and nature, that was a thesis, but not yet a story.«

Nein, eine Geschichte ist das noch nicht, dachte ich, während ich hinter der Schweizerin und dem Knaben herstolperte.

Und ich spürte den dringenden Wunsch, auf der Hauptstraße ein Taxi zu nehmen, an einen abgelegenen Ort zu fahren, wo ich geduldig arbeiten wollte, bis aus der These eine Geschichte geworden war.

Am anderen Morgen beim Frühstück kam ich mir vor wie ein Soldat, den man vom Heimaturlaub überraschend an die Front zurückbeordert hat. Lange Zeit würde ich nicht mehr den herrlich bitteren Kaffee dieses Hotels trinken und lange Zeit nicht mehr diese mageren Stewardessen-Hintern betrachten können, wenn sie sich zwischen zwei Interkontinentalflügen am Pool in die Sonne reckten. Vorbei die Zeit des Wartens auf einen alles entscheidenden Telefonanruf oder eine erlösende Zettelnachricht. Der Mann von TAD hatte mir den Schlüssel zu Borneo in den Schoß geworfen, und wenn der nichts taugen sollte, blieb mir noch Razak Rahim, der Schüler von Herrn Ciptor. Der nächste Schritt in dieser Geschichte mußte getan werden.

Aber die Furcht, zu Taten verführt zu werden, die nur Ablenkungen von dem sein könnten, was wirklich geschieht, erzeugte aufs neue ein Körpergefühl, das ich im Selbstgespräch schon »Die javanische Lähmung« zu nennen pflegte.

Plötzlich geriet ich in Panik, weil ich noch nichts von der Stadt Jakarta wahrgenommen hatte. Sie war bloß der Warteplatz für eine Nachricht gewesen. Keinem Tip des freundlichen zweiten Mannes im Institut war ich gefolgt, hatte nicht das Aquarium gesehen, in dem Fische von unausdenkbaren Formen schwimmen sollen, hatte auch keins der sauberen, gesundheitssicheren Bordelle besucht, war nicht zum »Panca Sila«-Monument gefahren, dessen Namen Elsyie auf ihrem T-Shirt trug.

Noch einmal wollte ich den knusprigen chinesischen Karpfen im »Lim Thiam Kie« essen. Unmöglich schien es mir, das Ludruk-Theater einer Transvestiten-Gruppe im sechsten Stock des Sarinah-Hochhauses zu verpassen. Dringend wollte ich noch Professor Johan Resink treffen, der zu den anerkannten Autoren über Joseph Conrad und den malaiischen Archipel zählt.

Frau Suprahitno vom Institut wollte mir ein Treffen mit ihm vermitteln, ich war, weil von der javanischen Lähmung ergriffen, nicht auf das Angebot eingegangen. Nun jedoch schien mir mein Aufbruch nach Borneo ohne ein Gespräch mit dem Professor ganz bodenlos. Ich setzte also den Abflug nach Balikpanan erst für den übernächsten Morgen fest.

Vielleicht, so dachte ich, während ich an meinem Frühstückstablett wie festgenagelt war, kehrt Olmeyers Besessenheit, mit der er an Gold an den Quellen der Flüsse Kelai und Segah glaubte, in meiner Sehnsucht, den Platz von »Almayer's Folly« im Inneren Borneos zu betreten, wieder. »Almayers Gedanken beschäftigten sich unaufhörlich mit Gold, mit Gold, das ihm nicht gelungen war, sich zu verschaffen; mit Gold, das andere sich verschafft hatten – auf unehrenhafte Weise natürlich –, und mit Gold, das er sich noch zu verschaffen gedachte.« So steht es in Conrads erstem Roman. Aber Olmeyer starb 1900, ohne seinen trügerischen Schatz gefunden zu haben, und wurde auf dem Peneleh-Friedhof in Surabaya begraben, während mich leichtfertig beschworene Umstände dazu zwangen, ans Ziel meiner Reise zu gelangen.

Ich bestellte noch eine Kanne vom bitteren Kaffee, prüfte an der Stuhllehne den Zustand meines Rückgrats und stellte fest, daß es jedem Aufbruch standhalten würde.

Sollte Nehoda doch in seinem Wahn dem Phantom Authentizität nachjagen, während ich mich in Jakarta mit dem räsonierenden Teil der Geschichte zufriedengab und ruhigen Gewissens vor dem »Panca Sila«-Monument stehen blieb, beeindruckt von der Tatsache, daß entschlossene Revolutionäre gleich sechs Generäle in ein Loch stecken konnten, wozu weder die Begeisterung für Arjunas Tugenden, noch der Zweifel an der Authentizität ihrer Lebensläufe nötig war.

Ich rief Frau Suprahitno an, und sie versprach, daß ich Professor Resink am nächsten Morgen um elf Uhr im Tee-Raum des »Indonesia« treffen würde. Er habe schon nach mir gefragt. Danach telefonierte ich mit Frau Ciptor in Bandung und versicherte ihr, daß ich, obwohl mir die TAD-Leute ebenfalls helfen würden, in Samarinda sofort den Schüler ihres Mannes aufsuchen wollte.

Den Rest des Tages verbummelte ich trinkend und schwimmend. Am Abend hatte ich das Monument der Generäle vergessen. Nunung, die Sängerin, war schon zwei Tage lang nicht mehr aufgetreten, an ihrer Stelle produzierte sich ein fetter Koreaner in Parodien auf Louis Armstrong, Bing Crosby und Paul McCartney. Die Nacht erwartete ich am Fenster meines Hotelzimmers. Ich betrachtete die gleißende Stadt.

Als ich Professor Resink in der Halle des »Indonesia« sah, wie er klein, zart und besorgt mit großen Samtaugen nach dem Deutschen Ausschau hielt, glaubte ich einen Moment an die Auferstehung meines Vaters. So ein vorsichtig die Füße auf die Erde setzender Mensch war auch er gewesen. Ich winkte, da kam er strahlend so schnell auf mich zu, daß ich ihm kaum drei Schritte entgegengehen konnte. Er sagte, daß er Kaffee wegen eines Herzleidens nicht mehr trinken dürfe. Ob ich über den »Tampomas«-Prozeß gelesen hätte und ob das nicht ein Fall sei, der nach einem Autor vom Schlage Joseph Conrads geradezu rufen würde. »Passen Sie auf«, rief er vergnügt aus, »da wird das Gericht noch auf ein schreckliches menschliches Versagen stoßen!«

»Da war irgend etwas mit der automatischen Alarmanlage«, sagte ich, als sei der Hinweis wichtig, daß es zu Conrads Zeiten noch keine automatischen Alarmanlagen gab und mit ihrer Erfindung das Drama des versagenden Menschen verschwunden ist. »Was interessiert Sie denn an ihm?« wollte Resink wissen.

Sofort hatte ich das Gefühl, die entscheidende Antwort geben zu müssen, um in eine imaginäre Conrad-Gemeinde aufgenommen zu werden: »Mein Interesse ist ein wenig pauschal, vielleicht sogar sentimental. Für Sie als Conrad-Forscher klingt es wahrscheinlich lächerlich, daß es mich faszinierte, als ich irgendwo las, Conrad sei der eleganteste Seemann des ganzen Archipels gewesen. Ein perfekt angezogener Mann, der sich weniger in Stürmen als in Flauten bewähren muß, erschien mir wie eine Symbolfigur für den modernen Intellektuellen überhaupt.«

Resink lächelte. »Ich bin kein Conrad-Forscher. Ich bin nur wie Sie ein begeisterter Leser. Eigentlich war ich Professor für internationales Recht. Sie haben Pramoedya besucht. Ich bin seit dem Krieg mit ihm befreundet. Haben Sie das Motto zu ›Welt des Menschen‹ gelesen? Nein? Es ist an mich gerichtet. ›Alle Wege sind beschritten, nun müssen sie beschrieben werden.‹«

Ich sagte leichthin: »Ich fliege morgen nach Samarinda und versuche von dort nach Tanjungredeb zu kommen.«

»Nach Sambir, Sie wollen nach Sambir!« Der zarte Professor war außer sich vor Freude. »Sie werden die Landspitze mit dem Schattenbaum sehen! Die Flüsse, über die Babalatchi gerudert ist!« Die Freude ergriff ihn wie ein Kind, wenn es einen Ball gefangen hat. »Wissen Sie, welche Stelle in ›Almayers Wahn‹ ich besonders liebe? Wenn Babalatchi dem Sultan Lakamba auf der Drehorgel Melodien aus dem ›Troubadour‹ vorspielen muß. Erinnern Sie sich an die Stelle? ›Durch den offenen Fensterladen schwebten die Töne von Verdis Musik hinaus in das große Schweigen über Wald und Fluß.‹«

»Kurz vorher hat er Almayers Tod beschlossen«, sagte ich.

»Ja, Conrad und die Musik«, fuhr er fort und schien ganz eingefangen von der sachten Bewegung der Palmen und der Verdi-Melodien. »Haben Sie die Erzählung ›Il Conde‹ gelesen? Das ist reine Musik. Übrigens hat es damals auch die Damenkapelle gegeben, aus der in dem Roman ›Sieg‹ Heyst seine Lena entführt. Es gibt Berichte, nach denen das Streichquartett von Debussy in Singapur von vier Damen gespielt wurde, dieses unvergleichliche Musikstück. Vier Damen in Weiß. Ist das nicht komisch?«

»Auch so ein übertragenes Verhältnis zwischen einem Vater und einer Tochter, das zwischen Heyst und Lena. Wie in ›Almayer‹ oder in ›Freya von den sieben Inseln‹«, sagte ich.

»Es gibt Interpretationen, die versuchen mit den Mitteln Freuds Licht in diese Vater-Tochter-Beziehung zu bringen.« Resink erwähnte diese Möglichkeit ein wenig widerwillig, gleichsam nur der Ordnung halber. »Danach hat der junge Conrad seine Vaterbeziehung nicht richtig ausagieren können. Wissen Sie, was ich von den Schilderungen dieser wunderbar zarten Töchter denke? Conrad konnte über sie seine Begeisterung für deren Liebhaber ausdrücken. Lesen Sie einmal nach, wie er den buginesischen Prinzen in ›Almayers Wahn‹ anhimmelt. Er ist erotisch fasziniert.«

Die Theorie kam mir recht. Widerspruchslos und animiert stimmte ich ein: »Und das Verhältnis zwischen dem Erzähler und seinem Doppelgänger in ›Der geheime Teilhaber‹ ist ja von einer geradezu obszönen Intimität. Dazu paßt auch, daß er, nachdem er den Seemannsberuf aufgegeben hatte und Schriftsteller geworden war, eine ganz unzarte, schwere Frau heiratete. Auf den Fotografien sieht sie aus wie ein Muttertier.«

»Das sagen Sie etwas grob.« Resink war indigniert.

»Wie erklären Sie sich die Nervenkatastrophen, denen Conrad während des Schreibens immer wieder ausgesetzt war?« Ich gab nicht auf, wollte ihn zu einer These verlokken, die meine These stützen sollte. Resink schwieg. Wir blickten auf das Denkmal der Befreiung, draußen auf dem Platz, um das die Blechhorde der Autos kreiste. Das Menschenpaar aus Erz mit seinen aufgerissenen Mündern und den zerbrochenen Ketten an den Handgelenken schien sich auf uns herabstürzen zu wollen. Unendlich weit von hier floß der schweigsame Berau. Vielleicht war Nehoda ihm schon viel näher gekommen, als ich es ihm zutraute. Morgen um elf Uhr würde ich die Maschine nach Balikpapan nehmen und eine Stunde später ein kleineres Flugzeug von dort nach Samarinda.

»Es stimmt schon«, sagte Resink endlich, »die Anspannung der Nerven hat etwas mit der Grundspannung dieses Mannes zu tun, die er nur in der literarischen Produktion lösen konnte, etwas mit der Auseinandersetzung mit der übermächtigen äußeren Natur, der der einsame Seemann standhalten mußte. Conrad hatte während seiner Zeit hier im Archipel keinen einzigen Freund. Seine Wandlung zum Schriftsteller bedeutete dann die Verwandlung dieses Konflikts in einen zwischen seinen inneren, übermächtigen Naturkräften und seinem ständig zweifelnden, ständig reflektierenden Intellekt. Ich muß jetzt meine Nachmittagsruhe haben. Dort, wo Sie hinwollen, war ich übrigens noch nie.«

Er sah müde aus wie das welke Hibiskusblatt, das ein Wind auf unseren Tisch geweht hatte. Beim Abschied schenkte er mir die Fotokopien seiner beiden Aufsätze »Axel Heyst and the Second King of the Islands« und »The Eastern Archipelago Under Joseph Conrad's Western Eyes«.

Ich begleitete ihn ein Stück in die Richtung seiner Wohnung und versprach einen Besuch nach meiner Rückkehr aus Tanjungredeb, um zu erzählen, wie es dort aussah. Weil er mich dringend vor den hohen Bordsteinen, weggeworfenen Obstschalen und wilden Motorradfahrern warnte, schien es mir, als hätte ich noch nie so behutsam die Erde betreten. Der Tod war nur durch eine dünne Pergamentwand von uns getrennt. Eine unbedachte Bewegung hätte sie durchstoßen.

Als ich abends gegen neun das Hotel verließ, um im »Lim Thiam Kie« zum letzten Mal einen chinesischen Karpfen zu essen, hatte die Polizei die Jalan Kebonsirih gesperrt. Wie eine Brücke aus Beton und Glas spannte sich der »Nirwana-Night-Club« vom »Sari Pacific Hotel« über die Straße hinüber zum »Sarinah«-Hochhaus und schien nun hinabstürzen zu wollen. Hinter der Absperrung drängten sich Japaner in weißen Dinnerjackets, die diese, einmal voller Stolz konstruierte und nun zwischen dem »W« und dem »A« eingeknickte Architektur, fotografierten.

Sie wollten den Augenblick des Zusammenbruchs nicht verpassen, während die Polizisten dem zwischen Nichtmehr und Noch-nicht erstarrten Moment den Rücken zukehrten und im Blaulicht ihrer Katastrophenautos einen tragischen Eindruck machten, als müßten sie ein Beispiel für die Durchhaltekraft des Staates in Gefahr und Not geben.

Ich ging durch das Sarinah-Gebäude und gelangte auf die andere Seite der Absperrung. Wie jeden Abend verfolgte mich die ältliche Prostituierte ein Stück. »I am cheap, very, very cheap!« Wie jeden Abend vertrieb ich sie mit dem Satz: »I am from the opposite sex.« Ich drängte mich durch eine erregte Gruppe von Clubgästen, die sich aus dem absinkenden Lokal auf die Straße gerettet hatten. Unter dem zweiten A von »Nirwana« stand ein Mann in einem gelben Overall und maß mit einer langen Holzlatte den langsamen Fortschritt des Unglücks.

Das »Lim Thiam Kie« war leer. Ich bestellte den Karpfen in Sojasauce und las in Professor Resinks Aufsätzen. »Yet even once that had happened the undertow of their own autonomous life would continue: as late as 1920 Conrad maintained that the inhabitants of the archipelago, however subjugated, have kept to this day their love of liberty … And that Eastern Archipelago so inspired him, so obsessed him, that no other part of the world is the setting of so many of Conrad's works as the ›country of land and water‹ which is the ›tanah air‹ of Indonesians.«

Draußen Geschrei und Lärm der Trillerpfeifen. Die Vorstellung des auf dem Pflaster zerschmetterten Night-Clubs und des Abhebens vom Kemayoran-Flughafen am nächsten Morgen versetzten mich in eine überschwengliche Laune. Noch nie hatte ich so virtuos mit den Eßstäbchen hantiert. Die Worte »zwischen den Leuchttürmen der Moral und der unbezähmbaren Java-See« nisteten sich in meinen Gedanken ein, als sei in ihnen ein Geheimnis verborgen.

Auf dem Rückweg ins »Sari Pacific« erwischte mich der abendliche Wolkenbruch mit einer Gewalt, die ich in Indonesien noch nicht erlebt hatte. Sofort war ich naß wie ein Schwamm. Knöcheltief watete ich über die Straße, die in wenigen Minuten einem schlammigen Reisfeld glich. Dieser Regensturz wird der Ruine den Rest geben, dachte ich.

Im Hotelzimmer hängte ich Jacke und Hose an das Gitter der Air-condition. Das Gitter fiel herab. Ich versteckte es unter dem Bett. Im Fernsehen lief »Hoggans Heroes«, eine amerikanische Serie mit komischen Nazis. Sie zeigte, daß Deutsche sogar zum Bösesein zu dumm sind.

Morgen würde ich in feuchten Kleidern nach Borneo aufbrechen. Ich versuchte zu schlafen, aber in meinem flachen Traum gingen Orang-Utans hinter KZ-Wächtern her, brannten Flugzeuge in Dschungelbäumen, und eine Krankenschwester beugte sich über mich, die das zerstörte Gesicht der Prostitution vom Sarinah-Hochhaus hatte. Endlich weckte mich das Reißen, Splittern und Krachen des Night-Clubs. Sein dumpfer Aufprall erschütterte das Hotel. Ich drehte mich auf die andere Seite und schlief sofort ein.

VIER

I

Nehoda murmelte, um eine Schwäche zu vertreiben, immer wieder den Satz, den Joseph Conrad an Marguerite Poradowska geschrieben hatte: »Ich bin Borneo leidenschaftlich zugetan.« Aber die Schwäche glitt unaufhaltsam vom Kopf in die Brust. Was Nehoda in Europa wie ein Klirren der Herzkranzgefäße empfunden hatte, kündigte sich wieder an: Zwei Schläge schien das Herz ins Leere zu schlagen, und der Körper schien in einen Watteberg zu sinken, aber dann war da wieder das vertraute Kribbeln der Kopfhaut, und Nehoda fühlte sich bereit, allen Herausforderungen aufs neue entgegenzutreten.

Als tief unten die Küste Borneos auftauchte, hatte er seinen Unmut endgültig überwunden. Das Meer schmiegte sich mit feinen Rillen in die Buchten, in die sich das Wasser der gelben Flüsse ergoß, wo es seine Lehmfarbe allmählich verlor und schließlich von der glänzenden Metallplatte der See zugedeckt wurde.

Das Flugplatzgebäude von Balikpapan war ein langgezogener Schuppen. Nehoda kümmerte sich nicht um die schreienden Taxifahrer, die ihn in ihr Auto zerren wollten. Er ging von Wagen zu Wagen und prüfte die Reifen. Seine wiedergewonnene Selbstsicherheit hatte auch das Benehmen eines Mannes erneuert, der erfahren und unbeirrt seinen Weg zum Äquator nimmt.

»Not too quick to Samarinda«, sagte Nehoda und versank in den ächzenden Federn des Rücksitzes. Nach einer halben Stunde Fahrt, als die Wellblechschuppen von Balikpapans

Vororten hinter ihm lagen, war Nehoda endlich im Dschungel angekommen. Kein Laut drang aus ihm, kein Vogel ließ sich blicken. Es war, als sei die Schöpfung nur bis zur Errichtung der allerhöchsten Bäume gediehen und habe dann ihr Werk eingestellt.

Auf Lichtungen, umgeben von verkohlten Baumstrünken, standen Hütten, verloren und gräßlich allein. Das seien Sulawesen, die mit dem Boot aus Celebes herüberkämen und den Urwald »heiß« rodeten, erklärte der Taxifahrer. »A big problem.«

Nach zweieinhalb Stunden Fahrt senkte sich die Straße in engen Windungen hinab in das Tal des Mahakam. Kleine Häuser tauchten auf, fast unsichtbar zwischen den eng stehenden Bananenstauden. Die Straße lief nun parallel zum Ufer des großen Flusses bis zur Anlegestelle der Fähre, an der bereits eine lange Reihe Autos aufs Übersetzen wartete.

Der Fahrer sagte, nun müsse er aussteigen und auf der anderen Seite ein anderes Taxi nach Samarinda nehmen. Er steige erst in Samarinda aus, sagte Nehoda, vorher würde er nichts bezahlen. Der Preis sei zwanzigtausend Rupien, schrie der Fahrer, gerechnet bis zur Fähre über den Mahakam. Nehoda antwortete ihm nicht, blieb sitzen und blickte starr geradeaus. Der Mann stieg aus, ging um den Wagen herum, öffnete den Schlag auf Nehodas Seite, zerrte an seinem Arm und schrie: »Get out, get out, pay the price!« Jetzt schrie auch Nehoda: »Laß meinen Arm los, verdammter Hurensohn!«

Die anderen Autofahrer verließen ihre Autos und kamen langsam näher. Kinder, die Büschel der roten Ramputan-Frucht verkauften, standen am Wagenschlag und betrachteten ernst den ein Meter neunzig großen Deutschen, dem der Schweiß über Stirn, Nase und Kinn auf die nasse, haarige Brust floß.

Der Taxifahrer erklärte seinen Landsleuten den Fall. Die

Szene war bedrohlich. Ein Weißer kam auf Nehoda zu und sagte:

»Steigen Sie in unseren Jeep da vorne um, wir nehmen Sie mit nach Samarinda.« Er sprach den weichen, singenden Dialekt des Ruhrgebiets. Nehoda dachte gar nicht daran, so schnell aufzugeben. »Woher wissen Sie, daß ich Deutscher bin?«

»Man kriegt hier einen Blick für Leute«, sagte der Mann, der noch ein paar Zentimeter größer war als Nehoda. »Kommen Sie mit, die Fähre legt in ein paar Minuten ab.«

»Aber ich habe das Taxi bis Samarinda gekauft. Ich lasse mich von diesen Eingeborenen nicht übers Ohr hauen.« Nehoda hockte wie der leibhaftige Trotz auf dem Rücksitz und umklammerte seine Reisetasche.

»Dann hätten Sie ihm in Balikpapan sagen müssen, daß Sie über den Fluß wollen.«

»Woher sollte ich wissen, daß man über einen Fluß muß.«

»Auf Borneo muß man alle paar Kilometer über einen Fluß. Aber wenn Sie sich nicht helfen lassen wollen, dann bleiben Sie eben sitzen«, sagte der andere Deutsche und wendete sich ab.

»Warten Sie, ich komme mit Ihnen! Was bleibt mir anderes übrig?« Nehoda warf das Geld auf den Vordersitz, schrie dem Fahrer auf deutsch die Worte »verlogenes Gesindel« ins Gesicht und folgte seinem Landsmann zu einem weißen Jeep, der ganz vorn in der Reihe stand.

»Ist das der Mann, der Randale gemacht hat?« fragte ein gedrungener Bärtiger, der am Steuer saß.

»Da haben Sie Glück gehabt, Herr, daß Erwin Sie gerettet hat. Das war einer aus Sumatra, die sind gefährlich«, sagte mit dem grollenden Akzent der Griechen ein schmaler Großäugiger, der hinter dem Bärtigen auf dem Rücksitz lag.

»Es ist mir egal, ob er aus Sumatra ist oder sonstwoher. Ich lasse mich nicht mehr hintergehen, ich bin in diesem Land oft genug hintergangen worden.« Nehoda war nicht dankbar für seine Rettung.

Erwin aus Essen, Richard aus Solothurn, der schon zwölf Jahre in Dortmund lebte, und Lefti, der Grieche mit Wohnsitz Neuwied, waren Ingenieure, die ihre Dortmunder Firma nach Borneo geschickt hatte, damit sie für ein deutsches Entwicklungshilfsprojekt eine Straße durch den Urwald bauten. Sie kamen aus Balikpapan zurück, wo sie Zeitungen und Zigaretten gekauft hatten. Drei außerordentlich glorreiche Männer, die bereits in Kenia, im Iran und in Ägypten Berge versetzt, Meeresbuchten vermessen und Straßen über tiefe Täler geführt hatten und sich deshalb nichts vormachen ließen. Sie schienen sich für Nehoda nicht besonders zu interessieren, und der schwieg gerne.

Die riesige stählerne Fähre legte, zentimeterdicht vollgestellt mit Autos, vom südlichen Ufer des Mahakam ab und stieß schwerfällig wie ein bunter Schrotthaufen in den Fluß. Nehoda stand an der Reeling und sah einem Dampfer nach, der flußaufwärts ins späte Nachmittagslicht fuhr. Bald war er nur noch eine schattige Masse, über der lichte Sonnensegel in der Abendbrise flatterten.

So sicher und selbstverständlich, wie der Dampfer nun hinter einer Biegung des Flusses verschwand, schien er etwas zu wissen von den Geheimnissen seines Oberlaufs, von Dämonen, Gold und wahnsinnigen Weißen im Dschungel. Genauso muß Conrads »Vidar« den Fluß Berau hinaufgefahren sein, sehnsüchtig erwartet von Almayer, dachte Nehoda.

»Wissen Sie schon, wo Sie in Samarinda wohnen werden?« Richard war neben Nehoda getreten und blickte mit ihm den Fluß hinauf. Der Dampfer war verschwunden.

»Ich war da noch nie«, antwortete Nehoda.

»Gehen Sie ins ›Ramayana‹! Nette Mädchen und gutes Essen.«

»Ein Bordell?«

»Halb und halb.«

Die Fähre legte am anderen Ufer an. Sie fuhren mit dem Jeep – Nehoda neben Lefti, der ununterbrochen auf die »beschissenen indonesischen Straßenbauer« schimpfte – hinunter nach Samarinda. Die Straße war eine Geröllhalde mit zwei tief eingegrabenen Spuren.

Das »Hotel-Restaurant Ramayana« stand mitten im Marktviertel, in einer dröhnenden Gegend, wo die seltsamsten Waren angeboten wurden. Daß es auf der Welt so viele verschiedene Sorten Schrauben gab! Am meisten faszinierten Nehoda die Aufkäufer von Gold, die hinter kleinen Vitrinen hockten, auf denen zierliche Waagen standen.

Vor dem Eingang des Hotels saß auf einem Küchenstuhl ein Einäugiger, der ein Potenzmittel verkaufte. Er demonstrierte die Wirkung des Produkts, indem er aus einer kleinen Flasche Gas in ein Präservativ strömen ließ, so daß es sich prall aufrichtete, begleitet von den anerkennenden Pfiffen der Männer, die fast erstickten vor Lachen, wenn der Verkäufer das Gas abließ und das Ding in sich zusammenfiel.

Nehoda bewunderte die Art der drei Männer, mit der sie bettelnde Kinder fortschoben und junge Burschen umstießen, bis sie am Eingang des Hotels angekommen waren.

»Im deutschen Gästehaus wird heute abend ein Faschingsfest gefeiert«, sagte Erwin. »Wir holen Sie um neun Uhr ab.«

Sie schauten Nehoda, als sie ihm einer nach dem anderen die Hand schüttelten, fest in die Augen. Dann gingen sie, indem sie sich wieder unbeirrt Platz für drei große deutsche Kerle schafften, zum Jeep und fuhren davon.

Nehoda dachte an Elsyie in Surabaya, als er die schmale Treppe des Hotels hinaufstieg. Einmal hatte sie auch in so einer Absteige angefangen, und so mußte ihr jetzt das Leben in den Bars der großen javanischen Stadt wie ein Glück vorkommen.

Er kam in einen dunklen, langgestreckten Raum, in dem alles – ein Bartresen, ein paar flache Tische, ein erloschener Kronleuchter – von weinroter Farbe war. Hinter der Bar standen fünf kichernde Mädchen. Harter Rock schepperte aus einem Lautsprecher. Nehoda war der einzige Gast.

Als er mit einem der Mädchen – einer drüsenkranken Malaiin – die Treppe zu den Zimmern hinaufstieg, hörte er das schrille Kichern der anderen in seinem Rücken. Die Malaiin öffnete eine Tür, auf die mit Kreide eine Acht gemalt war. Nehoda trat ein. Ein Eisenbett, zwei Ledersessel, ein Tisch mit einem riesigen Aschenbecher, der für Bintang-Bier Reklame machte, ein klappernder Air-condition-Kasten über dem schmalen Fenster und ein ovaler mannshoher Spiegel, der, wo es nur ging, mit vertrockneten Blumen drapiert worden war, bildeten die Einrichtung.

»Do you want anything more?« fragte das Mädchen.

»Terima kasih. I'm tired«, antwortete Nehoda und ließ sich rücklings aufs Bett fallen. Das Mädchen schloß leise die Tür.

Er blieb allein mit dem Druck auf dem Herzen. Die Sehnsucht nach der Freiheit von den Bedingungen entspricht der Sehnsucht nach dem paradoxen Ganzen, das hatte er einmal in der Zeit, als er Gerichtsreporter war, irgendwo gelesen. Damals las er fast täglich ein Buch, in all den Jahren danach nicht einmal fünf.

Nehoda roch sich. Es war nicht unangenehm. Der Schweiß seines Körpers hatte sich mit etwas, das in der schweren Luft lag, vermengt. Es kam ihm der Gedanke, daß in seiner Generation sich so viel Gutes und Schlechtes unentwirrbar verknäult hatte und es ihm deshalb so viel Mühe kostete, mit dem vollen Wind im Rücken auf der glatten See seiner Wünsche und Taten dahinzusegeln. Das gleichmäßige Klappern der Air-condition, die an- und abschwellenden Rufe der Menschenmenge draußen und das gedämpfte

Schlagen der Gitarren unter ihm hatten ihn schwach und schläfrig gemacht.

Es war Nehoda, als trüge seine Stirn ein riesiges Zyklopenauge, durch das von links oben nach rechts unten Figuren wie Bilder rannen. Die meisten kannte er nicht. Aber auch Lefti mit seinem feinen Hellenenschädel, der Fremde im glänzenden Anzug und Elsyie in einem Mantel aus vertrockneten Blumen waren unter ihnen. Wenn die Gestalten das Auge verlassen hatten, versammelten sie sich leise miteinander redend auf seinem Nasenrücken, und Nehoda konnte sie aus der Entfernung nur noch verschwommen sehen. »Katarameni Chora«, knurrte Lefti immer wieder, während er scheinbar unbeteiligt über den schmalen Platz schlenderte, der überfüllt war von Helden, Halbmenschen und Repräsentanten. Nehoda suchte seine Tochter Nina in der Menge, konnte sie aber nicht finden. Plötzlich berührte eine Hand seine linke Schulter. Er drehte sich um und sah, daß er in einem Boot saß, das einen trägen Fluß abwärts trieb. Ninas Hand hatte ihn berührt. Sie kauerte im Boot, und ihre ernsten Augen lachten. Sie wies auf Nehodas dicht unterm Kinn abgeschlagenen Kopf, dessen Mund angestrengt verzogen war, als wollte er ein schwieriges Wort formen. Er lagen zwischen ihnen. Im dichten Buschwerk der Ufer kreischten Affen. Nehoda erwachte wimmernd.

Er stand auf, trat vor den Spiegel und sah ein unrasiertes Tränengesicht zwischen vertrockneten Blumen. Da war Wasser in einem Krug und eine Blechschüssel. Nehoda rasierte sich sorgfältig und wusch seinen Oberkörper.

Das kommt eben davon, dachte Nehoda, während er Toilette machte, daß man zu wenig erlebt hatte oder immer alles nur wie beim Kreuzen gegen den Wind und nie mit einer vollen Brise im Rücken. Dann wendet man die paar Erlebnisse um und um, bis sie wie feucht zerknautschte, zu häufig benutzte Schnupftücher sind.

Der Krieg, das war das Brummen der Bomber, die auf die Raffinerien der entfernten Großstadt zuflogen. Über die Erinnerung an die Nächte im Luftschutzkeller schoben sich immer wieder die Bilder des kleinen spielenden Jungen auf dem Marktplatz von Arnau und des Siebenjährigen im riesigen Duschsaal von Königswusterhausen. Die Kindheit, das waren die Nachmittage im Wald, wenn der ältere Bruder aus Verzweiflung und Wut über etwas Ungewußtes den Kopf des kleinen Franz in den Waldboden drückte und ihn zwang, die schwarze Erde zu essen. Danach dehnte sich in seiner Erinnerung eine wesenlose Lücke bis zu den wenigen Jahren aus, als er dem Reporterberuf in den Gerichtssälen nachging. Sie hatten sich wegen der Serie voraussehbarer Niederlagen gegen den Chefredakteur, der ihn von ganzem Herzen haßte, ins Gedächtnis gegraben. Einmal wurde er vor der ganzen Redaktion lächerlich gemacht, weil er in einem Artikel das Wort »evozieren« verwendet hatte, ein andermal erhielt er einen schriftlichen Verweis, weil er die Art eines Gerichtsvorsitzenden im Umgang mit dem Angeklagten mit der Freislers verglichen hatte. Und dann war diese Klitsche auch noch stolz darauf, daß sie im Ruf stand, politisch links zu sein, dachte Nehoda, und: Vielleicht falle ich negativ auf, wenn ich zu diesem Faschingsfest unmaskiert komme. Aber er mußte hingehen, versprach er sich doch einen Fingerzeig, wie er von Samarinda nach Tanjungredeb gelangen konnte.

Dann gab es noch die vielen überanstrengten Versuche, mit seinen Gedichten an die Öffentlichkeit zu dringen, sein bedenkenloser Weggang von der Frau und dem kleinen Mädchen und der rüde Nachmittag, an dem er seinen Vater endgültig im Stich ließ – Handlungen von verbrecherischer Hilflosigkeit, die ihm nichts einbrachten als alle paar Tage ein kindisches Tränengesicht.

Was sagte Marc Aurel? Alles dauert nur einen Tag, der

Mensch, der sich erinnert, und das Ding, an das er sich erinnert. Nehoda war fertig und fand, daß er im Spiegel recht ansehnlich wirkte. Vom Markt gellte die Sirene des Jeeps herauf. Er öffnete das Fenster und rief hinunter: »Ich bin schon da!«

Erwin, Richard und Lefti hatten sich als Piraten verkleidet, Schnauzbärte mit Augenbrauenstift dick unter die Nase gemalt.

»Wo habt ihr denn die Augenbrauenstifte her?« fragte Nehoda. Es war seine erste Frage auf Borneo.

»Unsere Frauen kommen nächste Woche hier an«, antwortete Richard.

Sie fuhren die Jalan Abul Hasan, die in die Jalan Agus Salim übergeht, hinauf und bogen links ab in die Jalan Kesuma Bangsa.

»Rechts, da ist der Sitz von dem Projekt der Deutschen. Da residiert der Doktor May«, sagte Lefti und deutete auf einen langgezogenen, einstöckigen Pavillon.

»Bappeda römisch eins«, stellte Erwin fest. Nehoda verstand nichts.

An einem Monument vorbei, das einen Dayak-Häuptling darstellt, der in die unbestimmte Ferne eines Landes weist, das einmal ihm gehört hatte, ging es rechts in die Jalan Pahlawan. Die Straße war still. Nur ein paar Kleinbusse, das einzige öffentliche Verkehrsmittel der Stadt, waren noch unterwegs.

»Wir nehmen uns so eine Karre meistens für den ganzen Tag«, sagte Lefti.

»Und die ganze Nacht«, fügte Richard hinzu.

»Katarameni Chora«, fluchte Lefti.

Sie fuhren durch das Tor des Gästehauses, in dem die Deutschen von der »Transmigration Area Development« wohnten. Das Gebäude mit seinen Lichtergirlanden schien sich im Takt rheinischer Karnevalslieder zu wiegen. Selbst in den Ölpalmen und in den Papayastauden ringsumher war ein Schunkeln.

»Da drüben ist Madam Suprayitno«, sagte Erwin und führte Nehoda zu einer kleinen dicken Frau, die sich mit einem schwankenden Kopfputz aus alten Spitzen vergrößert hatte und in einer birnengelben Robe steckte, die sicher schon in den Tagen der holländischen Kolonialherren altmodisch war.

»He is our friend from West-Germany«, sagte Erwin, und Madame Suprayitno streckte Nehoda so heftig ihren Handrücken entgegen, daß der ihn küßte. Die Sterne der südlichen Erdhälfte waren mit großer Pracht ausgerückt. Nehoda schwankte ein wenig, als er vom Handkuß aufblickte. Willi Schneiders Stimme sang »Man müßte nochmal zwanzig sein«. Beißender Rauch von Müllfeuern zog über die Terrasse. Das Lied und der Rauch machten ihn benommen.

»Madame Suprayitno schmeißt hier den ganzen Laden«, sagte Erwin. Die Frau neigte den Kopf und watschelte weg, stolz und still, ein Knabentraum in Gelb, ein monströses Entenkücken.

»Sie werden sich hier schon zurechtfinden«, sagte Erwin und setzte sich mit Piratenschritten ab in Richtung eines Haifischmauls aus Pappmaché, über dem ein Schild mit der ungelenken Aufschrift »Aus dem Seemannsgrab blühen keine Rosen« schwebte. Das Maul hatte Lefti und Richard bereits verschluckt.

Plötzlich war die Terrasse leer. Aus dem Inneren des Hauses drang Festlärm. Nehoda klammerte sich an die schmiedeeiserne Brüstung der Terrasse, schwankend in Gedanken, ob er sich in die brütende Borneonacht fallen lassen oder den Weg der Piraten durch den Papierhals des Fisches nehmen sollte, an dessen Ende der Projektleiter als Piratenkapitän verkleidet auf ihn warten würde, um ihm den Fingerzeig für den Rest der Reise nach Tanjungredeb zu geben. Es konnte nicht anders sein.

Zum Greifen nah ragte ein eiserner Fahnenmast aus der Tiefe herauf. Seine Spitze zeigte ungefähr auf den Haufen der Plejaden. Keine Fahne. Die Stahldrähte zum Hissen klapperten gegen den Mast. Nehoda nahm das Geräusch als Überredung, wie ihn die rote Tür des Feuerlöschers überredet hatte, wenigstens dieses eine Ziel ordentlich zu erreichen.

Drinnen saß Erwin an der Bar und spendierte Männern aus Kanada und Italien eine Runde.

»Wie heißen Sie eigentlich?«

»Ich heiße Franz«, sagte Nehoda und trank.

»Saufen können Sie ja.«

»Ich war mal bei einer Zeitung, da wird viel getrunken.«

»Das ist Giuseppe, das ist Italo, das sind John und Bob. Das ist Franz«, sagte Erwin.

Die Bar war mit Erinnerungen an Deutschland dekoriert: Bierdeckel, Wimpel, Reiseprospekte. Der Sohn von Frau Suprayitno machte den Keeper. Italo und Giuseppe wollten Land weiter im Norden ansehen, mit dessen Erschließung die Regierung in Jakarta eine italienische Firma beauftragt hatte. John und Bob waren Waldwirtschaftsexperten aus Ottawa.

»Was machen Sie in Samarinda«, fragte Bob.

»Ich will weiter ins Innere. Nach Tanjungredeb«, sagte Nehoda.

»Öl? Orchideen? Holz?«

»Ein Dichter, der hier vor hundert Jahren mit einem Dampfboot herumgefahren ist«, antwortete Nehoda. »Von Banjamarsin die Makassar-Straße hinauf und dann dreißig Meilen den Berau aufwärts bis Tanjungredeb.«

»Banjamarsin ist keine gute Stadt«, sagte Bob.

»Sie sind auf den Spuren von Joseph Conrad, nicht war?«

Italos verschattete Augen wurden plötzlich hell, und die dicke Nase stieß wißbegierig vorwärts.

»Kann man sagen.« Nehoda war kurz angebunden.

»Ich wußte gar nicht, daß der Ort zwischen den zwei Flüssen gefunden wurde«, sagte Italo.

Nehoda hörte den Zweifel. Er sagte: »Tanjungredeb ist 1951 von dem Holländer Haverschmidt als das Sambir in ›Almayers Wahn‹, das Samburan in ›Sieg‹ und das Patusan in ›Lord Jim‹ einwandfrei identifiziert worden. Er fand die Stelle von Tom Lingards und Almayers Haus. Er hat im Dschungel das Grab der beiden Söhne von Charles Olmeyer gefunden. Das ist ganz zweifelsfrei.«

Die knappe Auskunft sollte alle möglichen weiteren Fragen Italos im Keim ersticken. Um diesen Effekt zu verstärken, sang Nehoda das Lied »Wer soll das bezahlen?« sehr laut mit. So fiel er auf.

Dr. Bernhard May, der Leiter des Projekts, bahnte sich einen Weg durch die Maskierten. Italo sagte gerade: »Sie wissen aber gut Bescheid«, und Nehoda hatte versucht, das Thema Joseph Conrad mit dem Satz zu beenden: »Sie sprechen aber gut deutsch«, da war Dr. May an der Bar angekommen:

»Ein Gast?«

»Ich liebe die deutsche Literatur«, sagte Italo zu Nehoda.

Dr. May stellte sich vor, und Nehoda spürte Schweiß in den Innenflächen seiner Hände. So schnell habe ich also den Mann getroffen, der mir auf der letzten Etappe meiner Reise helfen wird, dachte er.

»Herr Nehoda will nach Tanjungredeb, wo Joseph Conrad vor hundert Jahren war. Kennen Sie Conrad, Dr. May?« Der Italiener läßt nicht locker, dachte Nehoda, am Ende will er mit, aber da täuscht er sich.

»Als Junge habe ich einmal ›Lord Jim‹ gelesen«, sagte Dr. May.

»Wissen Sie, wie man diesen Ort erreicht?« fragte Nehoda.

»Sind Sie Journalist?«

»Nein, nein, ich habe ganz private Interessen.«

»Dann sind Sie der Deutsche, den man uns aus Jakarta angekündigt hat.«

Angst stand in Nehodas Augen. Er hatte gehofft, auf Borneo alles weit hinter sich gelassen zu haben. Aber nun sprach man hier von Jakarta, als läge es um die Ecke, und hatte wahrscheinlich auch von seinem Betrug mit dem Flugticket längst erfahren.

Dr. May war ein schwerer freundlicher Mann.

»Auf den Spuren von Joseph Conrad, das ist wohl eine Art Hobby von Ihnen?« »Ja, das ist mein Hobby«, sagte Nehoda schnell.

»Kommen Sie mit, ich zeige Ihnen ein paar Leute, die auch ein ausgefallenes Hobby haben.«

Er packte Nehoda am Arm und steuerte ihn durch die Menge. Nehoda fühlte sich fürs erste gerettet. Pionieratmosphäre herrschte in dem Raum, in dem man sich sonst zum Fernsehen traf. Man gab sich wild und unbedenklich. Lauter Herren der Erde.

Nehoda dachte an die Männer, die auf Reklamebildern an Wildbächen oder hoch zu Roß abgebildet werden. Aber die wirkten schwul und geschminkt, während hier Täter zwischen einer überstandenen und einer bevorstehenden Gefahr eine Nacht lang feierten. Nehoda begann sich wohl zu fühlen. Dann sah er auch einheimische Frauen unter großen Blumenhüten und, von den Tanzenden immer wieder verdeckt, eine Europäerin, die sich um nichts zu kümmern schien.

Die Frau in der Sofaecke hatte ein eigentümlich schönes Gesicht. Unter dem blonden Haar, das über ihre Stirn fiel, wirkten ihre Augen starr und träge, während Mund und

Kinn von kapriziöser Lebhaftigkeit waren, als sei dieses Gesicht aus zwei verschiedenen zusammengesetzt.

»Das da drüben ist Frau Görge, unsere Lehrerin. Sie stammt aus Kiel und will uns bald wieder verlassen. Unsere Kinder sind sehr traurig darüber.« Er hat gemerkt, daß ich die Blonde angestarrt habe, dachte Nehoda und sagte schnell: »Sie sind hier wohl ganz autark.« Gleich hatte er den Gedanken an ein Techtelmechtel, wie er seine kurzen Affären zu nennen pflegte, aufgegeben. Schließlich bin ich bei Lehrerinnen noch nie gelandet, außerdem wirkt sie ironisch, dachte er.

»Das ist Elsa«, sagte Dr. May, »ohne sie läuft nichts im Projekt.« Elsa stammte aus der Nähe von Jakarta. Eine zierliche, hagere Frau mit einem erstaunlich großen Kopf.

»Kommen Sie zu mir, wenn Sie Hilfe brauchen«, sagte sie auf deutsch.

Dr. May schob Nehoda weiter. Vor einem spindeldürren Europäer, dessen vertrocknetes Aussehen von innen zu kommen schien, blieb er stehen. Unter der Last eines Tropenhelms und einer riesigen Sonnenbrille schien sein Kopf abzuknicken. »Das ist Herr Bäumler aus Ravensburg. Ein berühmter Orchideenjäger«, sagte Dr. May.

»Ist nicht mehr viel los mit mir«, krächzte Herr Bäumler schwäbisch und bedrückt, »Epiphyten habe ich mir versprochen, Epiphyten, Epiphyten, aber nichts, gar nichts.«

Dr. May drängte Nehoda wieder in die Richtung der Bar. »Er traut sich nicht in den Busch, deshalb«, flüsterte er ihm zu.

»Was sind Epiphyten?«

»Die wachsen auf Bäumen.«

»Daß man für so was die weite Reise macht!«

Richard, Erwin, Lefti und die beiden Kanadier knobelten mit Streichhölzern. Dr. May war plötzlich verschwunden. Der Ventilator an der Decke rührte Hitze, Lärm und Rauch um. Er hat nicht gesagt, wie man nach Tanjungredeb kommt, dachte Nehoda. Was machen sie hier für ein Geheimnis um den Ort? Er erinnerte sich an einen Faschingsball der Deutschen Journalisten Union von Nordrhein-Westfalen, als seine Frau sich mit einer Krone aus elektrischen Kerzen, die von einer Batterie in ihrer Handtasche gespeist wurden, als Luciabraut verkleidet hatte, während er unverkleidet geblieben war. Er war bereits betrunken angekommen und trank aus einer Flasche, die seine Brusttasche ausbeulte, weiter. Schon um elf Uhr fiel er vom Stuhl. Er war unter den Tisch gekrochen und hatte von dort aus fluchend und heulend seine Frau beschimpft, die »kaltschnäuzige Braut«, bis sie tränenüberströmt das Fest verließ. Nehoda bestellte einen doppelten Whisky.

»Und was machen Sie in dieser traurigen Gegend?« Der Mann neben ihm war Anfang dreißig, trug eine blitzende Brille und ein großkariertes Bubenhemd. Er schien stolz auf seinen Bart zu sein. Sieht aus wie ein Lurch, dachte Nehoda.

»Ich bin hier nur auf der Durchreise«, sagte Nehoda. »Und Sie?«

»Soll mich um die Fische kümmern. Mein Name ist Bock.«

»Experte für Fischerei, was?«

»Ich bin Fischer«, sagte Bock pikiert. »Die meinen, daß es hier wer weiß was für unbekannte Fischsorten gibt. Aber alles, was hier schwimmt, ist längst bekannt. Kennen Sie Axelrodt? Das ist ein Amerikaner, der dauernd bekannte Fische entdeckt und dann ihrem Namen ein ›axelrodtiensis‹ anhängt. So blöd bin ich nicht. Als ich in Persien war, da gab's Fische. Und bei uns am Walchensee haben wir inzwischen eine regelrechte Fischexplosion. Aber hier? Ich werde mich bald wieder nach Deutschland absetzen. Meine Frau erwartet unser erstes Kind. Da will ich natürlich dabeisein. Kennen Sie den? Ein Entwicklungshelfer rast mit seinem Jeep durch Afrika und überfährt aus Spaß einen Schwarzen, der am Straßenrand steht. Er verscharrt ihn an Ort und Stelle. Als er im Camp angekommen ist, fragt ihn der Projektleiter nach besonderen Vorkommnissen auf der Fahrt. Nein, Chef, nichts Besonderes, hab nur einen Schwarzen überfahren. War er tot? Klar, Chef, hab ihn ja selbst begraben, obwohl er dabei dauernd geschrien hat: Ich bin nicht tot, ich bin nicht tot. Aber Sie wissen ja, Chef, wie diese Schwarzen lügen.«

Bock lachte nicht, also lachte Nehoda auch nicht.

Er hatte bereits den dritten doppelten Whisky getrunken. Er spürte Zorn auf die blonde Lehrerin in der Sofaecke und hatte Lust, hinüberzugehen und sie mit einer Obszönität zu beleidigen.

»Vier«, sagte Lefti.

»Neun«, sagte Bob.

»Niemals«, sagte Erwin, »da sind höchstens drei Hölzer drin.«

Von der Terrasse war plötzlich Geschrei, der Lärm umfallender Stühle und splitternder Flaschen zu hören. Nehoda zwängte sich mit den anderen durch den Bauch des Pappfisches ins Freie.

Herabgerissene Dekorationen, ein brennender Korbsessel, eine umgestürzte Bank bildeten ein bedrohliches Szenarium, in dessen Mitte eine Gruppe junger Männer stand, noch dunkler in der Dunkelheit. Ihre Windjacken glitzerten im Sternenlicht in verschiedenen Seidenfarben. Einer, dessen Gesichtszüge – die geschürzte Oberlippe, die bleckenden Zähne, die spitzen Jochbeine – blanken Haß ausdrückten, hielt eine brennende Fackel in der Hand, die er in das Pappmaul des Fisches werfen wollte. Das würde ein schönes Feuer geben, dachte Nehoda: »Aus dem Seemannsgrab blühen keine Rosen« in hellen Flammen.

Dr. May redete leise auf den Mann mit der Fackel ein. Die anderen standen erstarrt. Diese Verhandlung würde über Angriff oder Rückzug entscheiden. Nehoda hatte keine Angst. Die Aggressivität dieser Eingeborenen schien ihm ein Zeichen dafür zu sein, daß er seinem Ziel nahe war. Nichts kann mich aufhalten, dachte er.

Erwin war hinter ihn getreten. »Ich habe die Polizei angerufen«, flüsterte er. Die verkleideten Festgäste standen dicht gedrängt.

Der Orchideenjäger zischte: »In die Fresse, in die Fresse.« Das Grammophon spielte »Wenn das Wasser im Rhein goldener Wein wär«. Ein Polizeiauto fuhr langsam und mit abgeblendetem Licht auf die Terrasse. Dr. May sprach mit den vier Polizisten, dann sprach der Fackelmann mit ihnen. Die Polizisten gingen ein paar Schritte abseits und warteten.

»Warum tun die denn nichts?« wollte die blonde Lehrerin wissen.

»Das sind Söhne reicher Leute aus Samarinda«, sagte Erwin, »schauen Sie sich doch mal die Motorräder und den Sportwagen an.«

»Den mit der Fackel kenne ich«, sagte Lefti, »der schmeißt im ›Ramayana‹ immer mit Geld um sich.«

»Und jetzt schmeißt er gleich eine Fackel«, stellte der Orchideenjäger fest.

Dr. May kam von der Verhandlung zurück. »Nicht provozieren«, sagte er ruhig, »ich habe ihnen versprochen, daß wir keine Musik mehr spielen werden.«

»Das geht doch nicht, Fasching ohne Musik!« flüsterte Frau Suprayitno.

»Stellen Sie sofort die Musik ab.« Dr. May war unerbittlich.

Sie watschelte, bis obenhin angefüllt mit Ekel gegen ihre Landsleute, ins Haus und stellte das Grammophon ab. Verächtlich warf der Mann die Fackel über die Brüstung der Terrasse ins Dunkel. Die jungen Leute machten sich davon. Die Polizisten folgten ihnen. Die meisten Festgäste verkrochen sich in die Autos und fuhren heim in ihre Bungalows. Es war erst Mitternacht.

Nur Dr. May, der Orchideenjäger, die Lehrerin, Erwin, Richard, Italo, Giuseppe, Lefti und Nehoda waren übriggeblieben und hockten an der Bar.

»Sie wollten das Haus anzünden«, sagte Dr. May.

Er schien nicht mehr zu wissen, was er in diesem Land sollte.

»Diese korrupten Polizisten.« Lefti trank aus der Whiskyflasche. Die Nachtstille der südlichen Welthälfte hatte die Walzerklänge der nördlichen Welthälfte vertrieben.

»Vorgestern nacht flogen Steine in mein Fenster«, sagte Dr. May.

»Borneo ist verrottet«, stellte der Orchideenjäger fest.

»Sie sind empört, weil ein weißer Autofahrer einfach in eine Gruppe ihrer Landsleute, die auf der Straße saßen, hineingefahren ist. Es ist nichts passiert, aber sie sind empört.« Dr. May war zu Tode betrübt. Der Einsneunzig-Mann sah Nehoda an, als erwartete er gerade von dem Neuankömmling eine Antwort auf die Frage, wie die Eingeborenen den Sinn seiner Arbeit begreifen könnten und wie er es anstellen sollte, daß Weiße nicht mehr als die Herren der Welt auftreten. Lefti und Nehoda hatten die Flasche gemeinsam ausgetrunken.

»Das ist alles wie im griechischen Drama«, sagte Lefti.

»Verraten Sie mir lieber, wie ich nach Tanjungredeb komme!« Der Whisky und die Aschermittwochsstimmung machten Nehoda allmählich wütend. Was interessieren mich die Probleme, die diese Täter mit dem Kanakenpack haben, dachte er. Richard, Erwin, Italo und Giuseppe knobelten unbeirrbar mit ihren Streichhölzern.

»Elf«, sagte Erwin.

»Sind Sie ein Versager wie Lord Jim, daß es Sie in den Busch treibt?« wollte Italo wissen.

»Mischen Sie sich nicht in Sachen ein, von denen Sie

nichts verstehen«, sagte Nehoda, nahm eins von Italos Streichhölzern und zerbrach es.

»Ein schreckliches Land.« Die Lehrerin schloß die Augen.

»Am Donnerstag fährt die ›Leili‹ dorthin. Das ist das blaue Schiff im Hafen. Zwei Tage und zwei Nächte. Es ist kein Vergnügen, aber das war es für Ihren Conrad wohl auch nicht, außerdem ist die Fahrt billig. Kaufen Sie sich schon morgen eine Fahrkarte. Diese Dampfer sind immer voll wie Sardinenbüchsen. Manchmal gehen sie unter. Können Sie schwimmen?« Dr. May hatte wie nach langem inneren Kampf gesprochen. Jetzt lächelte er.

»Danke«, sagte Nehoda, »mit der ›Leili‹ also.« Dann wandte er sich zur Lehrerin und sagte, indem er die Worte bedeutungsvoll in die Länge zog: »Verrückt bin ich nicht.«

»Geben Sie mir Bescheid, wenn Sie dort Orchideen sehen«, sagte der Orchideenjäger.

II

»Hello Mistärr, where you are come from?« Nehoda hatte das »Ramayana« verlassen und ging die Reihe der Goldaufkäufer entlang zum Ufer des Mahakam. Er trug wieder das T-Shirt mit der Aufschrift »Do it« und fühlte sich sicher. Der Ruf war aus einer Gruppe Halbwüchsiger gekommen, die kastanienbraune Schuluniformen und weiße Hemden trugen, deren Kragen ausnahmslos ordentlich über die Revers der Jacken geschlagen waren.

Die Faschingsnacht war im dumpfen Schweigen der letzten Gäste zu Ende gegangen. Die drei Ingenieure hatten Nehoda zum Hotel gefahren. Heute abend sollte er mit ihnen ins »Indah« gehen, dort koche die chinesische Mama selbst. Schließlich müsse man seinen Aufbruch nach Tanjungredeb feiern. Obwohl die Hitze so lastend war, daß sie Nehoda auf Hirn und Herz drückte, zogen die wenigen Wolken sehr schnell nach Norden. Er entdeckte in ihnen die Formen malaiischer Praus.

Je näher er zum Hafen kam, um so dichter wurde der Gestank aus faulenden Früchten, Exkrementen und etwas undefinierbarem Dritten. Er kam an einen schmalen Kanal, über dem Obstverkäufer auf wackligen Gerüsten hockten und alles ins Wasser fallen ließen, was nicht zu verkaufen war.

Immer wieder waren es die alten Frauen, die Nehoda faszinierten und die er in der Menge der Käufer suchte. Dort stand eine aufrecht und zierlich, das Haar straff nach hinten gekämmt und von einem winzigen Knoten gebunden, knapp das kurze Jäckchen, penibel gewickelt der Sarong. Sie schienen durch all die Schreie und Gerüche zu schweben. Ernst prüften sie jede Frucht und entschlossen sich nur selten zum Kauf. Noch nie hatte eine dieser Frauen den Kopf nach dem Fremden gewendet. Unberührt waren sie durch die Mutterschaft geschritten, und nun schienen sie angekommen in einer neuen Mädchenhaftigkeit, die das Greisenalter für immer konserviert.

In der Jalan Sudirman stand Nehoda plötzlich vor einem Haus und meinte, eins von solcher Schönheit habe er noch nie gesehen. Zwei Holzstufen führten vom Gehsteig auf eine schmale Veranda, die zur Straße hin von einem kunstvoll gedrechselten Geländer begrenzt wurde. Ein in breiten Streifen grün-weiß gemustertes Sonnensegel fiel über die ganze Breite des Hauses von seinem Dach bis auf das Geländer herab und verhüllte das Innere. Ein gewöhnliches Wohnhaus. Kühl, grün und an seinen Konturen elfenbeinfarben stand es da in der Mittagsglut, umgeben von einer unsichtbaren Grenze. Nehoda stellte sich das Innere großräumig, leer, dielenknarrend und nach Zimt duftend vor und sehnte sich danach, erhaben und still wie dieses Haus zu sein.

Er hatte das Gefühl der Einsamkeit verloren. Genug hatte er es unterdrückt, dann war er von ihm geschüttelt worden, schließlich hatte er es einfach zugelassen. Nun, knapp zwanzig Stunden vor seiner Abfahrt, war aller Unrat, der sich zwischen dem kleinmütigen Nehoda aus Europa und dem Traum von einem Nehoda im stillen Herzen Borneos angesammelt hatte, verschwunden. Alles erschien ihm nah. Er fühlte sich in einem Niemandsland, das ihm lauter Kostbarkeiten zeigte: die zitternden Goldwaagen in den Vitrinen, die greisen Mädchen, das Zimthaus.

Nehoda bog von der Jalan Sudirman ab und kam ein paar Schritte weiter in die Jalan Galah Mada, die zum Hafen führte. Unbewegt und breit wie eine Meerenge lag der Fluß da. Am anderen Ufer gleißten zwei Moscheen im bleiernen Licht. Aufgeregte, hastige Menschen überfüllten die Anlegestellen der Dampfer, die darauf warteten, unter schwerer Last in Richtung Ujung Pandang, nach Donggala oder nach Tarakan abzulegen.

Am äußersten Ende des Hafens, der nur ein Schlammufer war, über das brüchige Holzstege zu den Schiffen führten, fand Nehoda ein Schild mit der Aufschrift »Berau«. Es baumelte verwaschen an einem Draht zwischen getünchten Schuppen und bildete so das Tor zu Nehodas ersehntem Ziel. Dahinter führte eine schmale Brücke hinaus zum Fluß: An ihrem Ende lag die »Leili«, ein langer, blaßblauer Kahn, an dessen Heck schlaff die indonesische Fahne hing.

Er hatte ein Zwischen- und ein Oberdeck und am Bug einen Aufbau, der wie ein windschiefer Schuppen aussah. Er wurde gerade mit bunt gestrichenen Tonnen beladen. Wahrscheinlich irgendein Sprengstoff, dachte Nehoda. Er ging über die Brücke zu einer kleinen Basthütte. Darin saß ein Malaie mit einer schweißfleckigen Kapitänsmütze.

»Saya mau Ticket Berau«, sagte Nehoda, und das war fast sein ganzer indonesischer Wortschatz. Er zahlte 450 Rupien.

»Tanjungredeb?« fragte Nehoda, um sich zu vergewissern, daß das Schiff wirklich den Berau hinauf bis zu Almayers Dorf am Zusammenfluß von Kelai und Segah fahren würde.

»Ya«, sagte der Mann und signalisierte mit den Fingern die Abfahrtszeit: sieben Uhr. Sie war wohl nach der Anzahl seiner Finger festgesetzt worden, denn mehr hatte er nicht.

Nehoda betrachtete noch einmal das Schiff, das er bereits »meine Leili« nannte, und ging zurück in das erdrückende Gewühl Samarindas. Wie ein Amulett spürte er den gefalteten Fahrschein in seiner Faust.

Die lange Wanderung durch die Stadt hatte Nehoda erschöpft. Ein Schwindel ergriff ihn. Er blieb stehen und atmete tief, bis das Schwindelgefühl verging. Dann hatte er keine Lust, ins »Ramayana« zurückzukehren. Er konnte die Mädchen, deren Schwatzen und Girren er in der vergangenen Nacht durch die dünnen Wände seines Zimmers belauscht hatte, jetzt nicht sehen. In der Jalan Diponegoro fand er einen Warong, eine Art Kramladen, in dem auch Getränke und kleine Speisen angeboten wurden. Zur Straße hin war er offen. Die grün-weiße Markise glich der Sonnenblende des Zimthauses. Am Eingang stand ein gläserner Kasten, vollgestopft mit Zuckerzeug in leuchtenden Chemiefarben, dahinter eine Fruchtpresse aus Gußeisen, die wie eine gewaltige Nähmaschine aussah. Der Besitzer des Ladens bediente gerade eine schöne junge Frau. Sie trug ein knöchellanges sandfarbenes Gewand, dessen spitzer Ausschnitt mit einer bestickten Borte geschmückt war. Der Besitzer füllte mit einer Emaillekelle Soto-Suppe in eine Porzellanschale. Die Frau senkte die Augen, als schäme sie sich ihres offenbaren Hungers.

Er setzte sich an einen Tisch, bestellte eine Flasche chinesisches Lagerbier und eine Packung Lucky Strike. Von Kindern umgeben trank er in großen Schlucken das Bier und rauchte in tiefen Zügen. Er lächelte der Frau mit der Suppe zu, und sie lächelte zurück.

Hinter der Schattengrenze, die Straße wie einen überbelichteten Film vor sich und mit dem Fahrschein in der Tasche, war er der souveräne Herr seiner Pläne. Er wendete den Kopf hierhin und dorthin und betrachtete alles, als habe er hier sein Leben verbracht und als sei er zufrieden darüber, daß sich alles am angestammten Platz befand. In der Häuserzeile gegenüber blitzten die Scheiben eines tiefrot lackierten Ladens für Brautkleider wie das Innere eines Tabernakels.

Rasch hatte das Bier einen beseligenden Nebel in seinem Kopf erzeugt, und zwei Stimmen fingen, zuerst undeutlich, dann immer klarer an, unter Nehodas Hirnschale ein Gespräch zu führen.

Die eine Stimme sagte, daß er die weite Reise auf der Flucht vor seinen Fehlschlägen mache, während die andere von seiner Liebe zu Joseph Conrad sprach. »Was liegt an einem Namen, Schatten?« hielt die erste Stimme mit dem Satz des Dichters dagegen. Ein Name könne wie das Zauberwort in einem Märchen sein und alles verwandeln, erwiderte die andere. »Illusionen, nichts als Illusionen«, sagte darauf die erste Stimme. »Saving illusions«, zitierte die zweite Stimme den Dichter …

So ging es eine Weile fort, bis Nehoda mit dem Handrücken über seine Augen fuhr. Es muß in Samarinda viele Christen geben, dachte er, sonst wäre ein Laden mit Brautkleidern nicht rentabel.

Er ging schnell die wenigen Schritte zum »Ramayana«. Der Monsunregen türmte schon seine Nachmittagswolken in dunklen chromatischen Farben hoch hinauf. Als er an dem Laden vorbeikam, sah er, daß darin keine Brautkleider, sondern üppige Ballroben ausgestellt waren. Es war das erste Mal auf seiner Reise, daß er laut lachte.

Er freute sich darauf, bis zum Abendessen auf dem Bett zu liegen und aus den Stockflecken an den Wänden Figuren zu deuten. Aber Richard und Erwin saßen schon an der Bar, umringt von den kichernden Mädchen Erwin sagte gerade auf deutsch: »Nun gieß dem guten Onkel Erwin das Bierglas mal richtig voll, du armes Hurenkind, aber mit Schaum, mit einer Blume.« Das Mädchen strahlte ihn an und bemühte sich, das Bierglas bis zum äußersten Rand und ohne das geringste Bläschen zu füllen.

»Sie kapieren's nicht, sie werden es nie kapieren, die armen Hurenkinder«, sagte Erwin.

»Setzen Sie sich zu uns«, rief Richard, »wir gehen dann zusammen ins ›Indah‹.« Nehoda gehorchte. Morgen würde das alles weit hinter ihm liegen.

»Wo ist Lefti?« Der Grieche war ihm der liebste von den dreien. Seine unwirsche Art gefiel ihm. Ein anderes Mädchen goß aus einer großen Flasche Bier in ein Glas, bis es schaumlos randvoll war, und stellte es vor Nehoda. Erwin seufzte. Das Mädchen legte ihre Hand vertrauensselig auf Nehodas Unterarm.

»Lefti ist mit dem Jeep in den Busch gefahren«, sagte Richard, »er baut uns eine Hütte. Nächste Woche fangen wir mit den Vermessungen an.«

»Haben Sie schon mal im Urwald eine Straße vermessen, ohne einen einzigen Fixpunkt zu haben?« Erwin war ziemlich betrunken.

»Wir warten hier auf Elsa und einen Mann aus Dortmund, der heute angekommen ist«, sagte Richard, als wollte er das Benehmen seines Freundes erklären.

»Tuan Jesus«, sagte das Mädchen, das sich um Erwin kümmerte, und zupfte prustend vor Vergnügen seinen Bart.

»Die sind ganz scharf auf Haare, weil die Männer hier glatt sind«, sagte Richard in seiner erklärenden Art.

»Was will der Mann aus Dortmund hier?« fragte Nehoda.

»Er heißt Netzenheim und will seine Firma ins Spiel bringen, wenn der Hafen gebaut wird«, antwortete Richard.

Nun erzählte Erwins Mädchen unter Tränen eine längere Geschichte. Sie handelte wohl von ihrem Leben, denn auch die anderen Mädchen standen still und ernst auf ihren Plätzen, als würde die indonesische Nationalhymne gespielt.

»Sie heißt Bibit«, übersetzte Erwin, »sie hat zwei Kinder. Der Vater von denen hat sich mit dem Motorrad totgefahren. Der Rest ist Scheiße.«

Nehoda trank einen Whisky »ohne alles«. Draußen wurde es dunkel. Plötzlich wußte er, daß dieser Abend kein gutes Ende nehmen würde.

»Bei dem Unfall hat es ihm einen Arm fast abgerissen. Daran ist er verblutet«, übersetzte Erwin. Dann sagte er zu Bibit auf deutsch: »Weißt du, mir geht es nämlich auch nicht gut, weil ich mit meinem Freund Lefti, der in eurem Scheißurwald eine Hütte baut, keinen Funkkontakt gekriegt habe.«

Da lachte Bibit, zog Erwin am Bart und schrie: »Tuan Jesus! Tuan Jesus!«

»Tuan heißt Herr«, sagte Richard.

Als Nehoda seinen zweiten Doppelten »ohne alles« trank, kam Elsa mit Herrn Netzenheim im Gefolge. Sein weit über den Gürtel hängender Bauch steckte in einem weißen Hemd, auf das in der Höhe der Leber die Initialen O. N. gestickt waren. Wird wohl Oskar Netzenheim heißen, dachte Nehoda. Oskar schwitzte aus seinen winzigen Augen. Elsa hatte sich eine Vanilleblüte ins Haar gesteckt und die Augenhöhlen zwischen Lid und Braue silbern geschminkt. So wirkte der Kopf noch größer. Man konnte leicht erkennen, daß Oskar Netzenheim ihr imponieren wollte.

»Dann können wir ja«, sagte Erwin, rutschte vom Barhokker und stolzierte zur Tür. Dort hob er segnend die Hand und sagte: »Bleibt sauber, ihr süßen Nutten«, und ging hinaus. Die anderen folgten. Sie gingen die Jalan Panglima Butar und dann die Jalan Mulawapman hinunter. Das Taxi, das die beiden Ingenieure für den ganzen Abend gemietet hatten, fuhr im Schrittempo neben ihnen her.

Oskar Netzenheim erzählte Elsa, daß er Taucher sei. »Ich bin schon auf fünfzig Meter abgestiegen. Ganz schöner Druck da unten.« Der Alkohol verengte Nehodas Blick, so daß er nur noch hassenswerte Details sah. Er sah, wie Netzenheims Hand, einen Zufall imitierend, immer wieder versuchte, auf Elsas Schulter zu liegen, und sie sich dann noch schmaler machte, als sie ohnehin schon war. Vor dem »Indah« saß eine Horde schwanzloser Katzen. »Die kriegen wir gleich serviert«, sagte Netzenheim und meckerte im Falsett.

Die Ingenieure besetzten einen großen runden Tisch in der Mitte des Lokals, das auf dem Weg zwischen Bretterverhau und gemauertem Haus stehengeblieben war. Eine Industrielampe hing niedrig darüber und beleuchtete ihn, als würde darauf ein verbotenes Glücksspiel gespielt.

»Gibt es hier Moskitos?« Netzenheim wischte mit der Hand durch die Luft. »Natürlich gibt es hier Moskitos. Da kommen sie an wie die Tiefflieger. Werde gleich mal ein paar Pillen einwerfen.«

»Ich habe hier noch nie so ein Biest gesehen. Du, Richard?« Auch Richard hatte in Samarinda noch nie Moskitos gesehen, aber Netzenheim schrie: »Da, da sind schon wieder zwei!«

Nehoda bestellte Froschschenkel in dunkler Sojasoße und gebackene Hummerschwänze.

»Wir bestellen alle etwas anderes, dann können wir tauschen«, schrie Netzenheim. Nehoda haßte es, etwas von anderer Leute Teller zu essen.

»Ich tausche mit niemandem«, sagte er.

»Wohl zum erstenmal in den Tropen, was?« Netzenheim sah Nehoda nicht an, als er von einem neuen Wortschwall schier zerbarst, den er vorher als »schönes Tischgespräch« angekündigt hatte. »An der Elfenbeinküste hat mich mal was gestochen, das ist bis auf den Knochen geeitert. Schauen Sie sich dieses Loch an!« Er zeigte das Loch. Er hatte rote Haare an den Beinen.

»Ekelhaft«, sagte Erwin. Elsa hatte nicht hingesehen.

»Schöne Gegend hier, hätte ich nicht gedacht. Werde morgen gleich mal ein bißchen abdrücken. Aber an der Elfenbeinküste, da war es erst mal schön. Bei freiem Wohnen und freiem Wagen habe ich viertausend Mark im Monat verbraucht. Stellen Sie sich das mal vor. Aber alles first class. Da waren meistens Franzosen, die hatten immer Champagner im Frigidaire.«

Nehoda spürte in seinem Kopf etwas Klebriges. Ich muß mich zusammennehmen, damit ich nicht wieder von Sinnen komme wie in Bangkok, dachte er.

»Will mich mal hier umsehen, was zu machen ist. Sie werden es nicht glauben, aber ich habe schon die Liste mit den acht Anbietern für den Hafen. Die kennen Sie bestimmt noch nicht. Ich bin sicher, daß wir auf der short list landen.«

»Hoffentlich geht es Ihnen gut«, sagte Nehoda unvermittelt zu Elsa.

»Nicht so gut.« »Aus Liebe?«

»Zu meinem Vater, ja.«

»Ist er krank?«

»Sehr krank.«

»Krebs?«

»Ja, aber er will es nicht wahrhaben.« Ihre Finger waren spitz wie Bleistifte. Netzenheim warf schwitzend seine Sätze durch die Gegend: »Wird hier viel gestohlen?« Die Ingenieure sahen sich an. »In Dortmund wurde mir mal ein Mantel geklaut«, sagte Erwin.

Elsa sprach schnell: »Ich stamme aus Sukabumbi. Meine Mutter kommt aus Sumatra. Mein Vater war Polizist. Er hatte vor fünfzehn Jahren einen mental breakdown. Danach ließ er sich vorzeitig pensionieren. Er ist erst sechzig Jahre alt, sieht aber aus wie ein Greis. In der Lunge sind schon Metastasen. Er ist an der neuen Generation kaputtgegangen. Zu viel Ehrgeiz, zu viel Korruption für ihn. Er war immer honett. Jetzt ist er todkrank und verbittert. Niemand kann ihm helfen. Die Ärzte in Jakarta haben gesagt, er muß sich operieren lassen, aber er hat sich geweigert. Er ist zu einem Dorfdoktor in Cibadak gegangen. Der war früher auch Polizist. Der hat mit ihm Magie gemacht. Mein Vater sagt, daß es ihm von Tag zu Tag besser geht. Niemand kann ihm helfen.«

»Malaria ist eine teuflische Sache«, verkündete Oskar Netzenheim.

»Habe ich keine Angst vor«, sagte Erwin, schwer gebeugt unter der Bürde seines Suffs. Die Speisen standen unberührt zwischen ihnen.

»Ich nehme ja das neue Fansida«, schrie Netzenheim, »aber da sind Sulfonamide drin, und die sind schlecht für die Frauen, wo ich mit meiner gerade dabei bin, einen anzusetzen.«

»Was machen Sie?« Nehodas Wut war kalt und leise.

»Wir sind gerade dran, einen Junior auf Kiel zu legen«, sagte Oskar Netzenheim. Erwin lachte. Elsa staunte. Soweit reichte ihr Deutsch nicht.

Jetzt schrie Nehoda: »Sie ekelhafte Sau, Sie ekelhaftes deutsches Schwein! Haben Sie nicht bemerkt, daß eine Dame an diesem Tisch sitzt? Ist Ihre Moral derartig verklebt, daß Sie nicht mehr unterscheiden können, ob Sie sich unter Schweinen oder unter Menschen befinden? Haben Sie noch nie ein Buch gelesen? Von Tolstoi oder von Conrad? Das war ein Mann. Er hat sich nicht der Verwilderung preisgegeben!«

»Laß ihn doch, Franz«, sagte Erwin, »er ist nicht so wie du.« Diese Vertraulichkeit reizte Nehoda aufs neue. »Ich habe mit Ihnen allen nichts zu schaffen. Ich folge meinem

Stern, unter dem der Fluß fließt, der mich sicher an mein Ziel bringen wird. Diese Frau steht unter meinem persönlichen Schutz. Wenn Sie sie noch einmal berühren, schlage ich Sie zusammen, daß Sie aussehen wie Tomatenmark.«

»Na, na«, sagte Erwin.

»Nichts mit na, na«, schrie Nehoda und preßte alle seine Herzensempfindungen in einen Satz:

»Nur im Abenteuer ist man ein guter Mensch.« Und dann sagte er noch den Satz: »Sonst wäre ja nichts mehr da!«

»Alles Theater! Kommen Sie doch mal auf den Punkt!« brüllte Netzenheim.

Doch Nehoda war erschöpft und trauerte seiner verrauchten Wut nach. »Das war es denn ja wohl«, sagte Netzenheim und stand auf, vor seinem Dortmunder Hängebauch die unberührten Speisen. Elsa war verwirrt. Sie hatte den Eindruck, daß ein Streit um Tolstoi entbrannt war. Plötzlich fühlte Nehoda ums Herz herum einen stechenden Schmerz, wie er ihn noch nie gespürt hatte, und seine Angst vor der Fremdartigkeit des Schmerzes verstärkte ihn noch. Er fiel und rollte unter den Tisch. Er hörte Elsas Schrei. Dann war der Schmerz so schnell vergangen, wie er gekommen war, und Nehoda sagte sich, daß er zu alt geworden war, um sich solche Ausbrüche leisten zu können.

»Das kommt davon, wenn man schon am Nachmittag mit dem Saufen anfängt«, sagte Erwin.

Elsa zog Nehoda am Arm. Er stand auf und ging zur Tür. Elsa folgte ihm.

»Ich begleite Sie bis zum ›Ramayana‹«, sagte sie.

Er hörte noch, wie Oskar Netzenheim zu den beiden Ingenieuren sagte: »Daß sich die Deutschen im Ausland nicht benehmen können.« Draußen war der Monsunregen niedergegangen. Ein paar junge Männer, die von der Straße aus den schreienden Nehoda beobachtet hatten, folgten ihnen eine Zeitlang, verschwanden dann aber in einer Gasse.

Vor dem »Ramayana« nahm Elsa Nehodas Hand und preßte ihre rechte Wange gegen sie.

»Kommen Sie nach Samarinda zurück, wenn Sie am Berau waren?«

Nehoda antwortete nicht. Er wollte künftig nur noch das Nötigste sprechen.

»Maaf«, sagte Elsa und lief schnell die Straße hinunter. Nehoda beobachtete die trippelnde Person, in deren Haar die Vanilleblüte wippte, bis sie den regenglitzernden Bereich der Straßenlaternen verlassen hatte und im Dunkeln verschwunden war.

»Leb wohl, Tochter«, sagte Nehoda.

Ohne sich auszukleiden fiel er aufs Bett. Gelächter der Mädchen in den angrenzenden Räumen.

III

Die himmelblaue »Leili« fuhr schnell den Fluß hinab. Als sie an dem Dorf Anggana vorbeikam – wie eine ertrunkene Operettenkulisse lag es da in der frühen Morgensonne –, hing über ihr eine Wolke, die die Form von Conrads »Vidar« hatte, und auf ihr saßen die beiden ungleichen Helden, Kapitän Tom Lingard und der Händler Kaspar Almayer. Sie beugten sich über die Reling aus Watte und betrachteten Nehoda, der auf dem Oberdeck der »Leili« saß und die einheimischen Passagiere, die Kistenungetüme, Vogelkäfige und Tonnenstapel beträchtlich überragte. Er hatte unter dem Sonnensegel keinen Platz bekommen können. Er war der einzige Weiße an Bord.

Die Wolke »Vidar« war auf einem bestimmten Grad nördlicher Höhe und auf einem ebensolchen südlicher Breite. Von ihrer gerühmten und verewigten Erhabenheit aus war die »Leili« nur das abgerissene Holzstück eines himmelblauen Spielzeugs, das der Mahakam in die Celebes-See hinausspülte. Kapitän Lingard sah Almayer an, und beide schüttelten im gleichen Takt die Köpfe.

»Na ja, ist ja schon gut«, sagte Lingard, streckte die Arme über den Kopf und räkelte die Schultern. »Weiß Gott, ich wünschte, es käme endlich Wind auf, damit wir hier wegkommen. Ich hab's ziemlich eilig, Shaw.«

Almayer, der sich in den langen Jahren ihrer gemeinsamen Fahrt daran gewöhnt hatte, daß der Kapitän ihn mit dem Namen eines besonders geliebten Steuermanns aus der Zeit seiner Affäre mit Mrs. Travers ansprach, gab die erwartete Replik, während er einen sehnsüchtigen Blick auf den Mann riskierte, der sich auf einem lackierten Stück Holz den Fluß hinuntertreiben ließ.

»Was Sie nicht sagen, Sir!« rief er aus. »Ich habe doch noch nie einen richtiggehenden Seemann gekannt, der's nicht eilig hatte, wenn er in so einer verfluchten Flaute steckt. Wenn Wind aufkommt …«

»War heute morgen überhaupt Wind?«

»Das nicht gerade, Herr Kapitän, doch wir sind während der ganzen Zeit weitergekommen. Das Land voraus scheint uns jetzt näher zu sein.«

»Sabar subur, Raja Laut«, sagte Almayer, was ungefähr so viel heißt wie »Geduld trägt Früchte, König des Meeres«. Er hatte Lingard mit dem Ehrennamen angesprochen, den ihm die Malaien vor hundert Jahren verliehen hatten, und Lingard genoß diesen Namen. Trotzdem sagte er: »Eine häßliche Sprache.«

»Eine Sprache wie jede andere, Kapitän.«

Da traf sie etwas vorderlicher Wind. Kapitän Lingard lauschte, lächelte schwach und murmelte: »Hänschen, armes Hänschen …«, und verfiel dann wieder der ungeheuren Stille der Welt. Bald war die Wolke mit Kurs auf Tanjung

Giringgiring hinter dem nördlichen Horizont verschwunden.

»Dem Traum folgen und nochmals dem Traum folgen und so usque ad finem.« Ein Satz Conrads. Nehoda murmelte ihn vor sich hin, als sei er die Zeile eines Gebets. Er wollte nicht mehr unter der Hitze und Nässe der Luft leiden, er wollte lieber wie ein Fleck auf einem Bild erscheinen, dessen Linien und Farben sich mit der Schnelligkeit des Flusses zeigten und deutbar wurden. Die Ebbe des Meeres riß den Fluß immer heftiger an sich.

Nehoda hatte keinen Proviant mit auf die Reise genommen. Ein Fehler. Aber bevor seine Laune den Sturz von der triumphalen Höhe seiner Vision auf den Boden seiner ungeordneten Bedürfnisse machen konnte, sah er, daß es im Zwischendeck der »Leili« einen Warong gab, an dem man sich mit dem Nötigsten versorgen konnte. Sogar Bier und den teefarbenen, nach einer unbekannten Blütensorte schmekkenden Whisky aus China konnte man dort kaufen.

Zwei Tage und zwei Nächte würde die Fahrt dauern, hatte Dr. May gesagt. Nehoda wollte erst am späten Nachmittag zum Warong hinuntersteigen, um sich die Zeit mit ein paar ausgedachten Höhepunkten zu verkürzen.

Die bleigrünen Hügelketten zu beiden Seiten des Flusses sanken allmählich herab. An manchen Stellen hatten Bagger breite Schneisen aus dem Busch herausgerissen, die rötlich und glitschig aussahen, als hätten riesige Schnecken ihre Schleimspur gezogen.

Plötzlich war ein Raunen hinter den flachen Hügeln, die den Mahakam zu einer letzten Biegung zwangen. Es war das Meer, das Nehoda spürte, und die Freude, gleich einen offenen Horizont vor sich zu haben.

Schon bog die »Leili« um die letzte Biegung, und als hätte eine Riesenhand mit einem Ruck einen Vorhang herabgerissen, lag da das Meer, geschmeidig glitzernd an seiner Küste, fast berührt von den Schatten der tief herabgebogenen Kokospalmen.

Während die »Leili« das gelbe Gemisch der Flußmündung verließ und nordwärts ins klare Wasser der Celebes-See stampfte, fielen von ihm Angst und Hoffnung ab.

FÜNF

I

Rauchfäden stiegen von den gerodeten Stellen im Urwald zwischen Balikpapan und Samarinda auf. Ich wußte, daß dort Leute von der Insel Celebes zu siedeln versuchten, die mit gebrechlichen Booten die Wasserstraße überquert hatten, um sich illegal ins einsame Borneo zu brennen. Man hatte mir in Jakarta erzählt, daß sie ein Problem darstellten. Ich mußte den Taxifahrer nicht nach ihnen fragen.

Der war ohnehin ein Verrückter, sonst hätte er unmöglich so losgelassen über diese Art Straße fahren können. Als ich am Flugplatz von Balikpapan den Preis mit ihm aushandelte, überraschte es mich nicht, daß er derselbe war, der ein paar Tage vorher »einen anderen Deutschen« chauffiert hatte. Ich war Nehoda auf den Fersen.

Was für ein Problem sollten diese Flüchtlinge vor ihren im Monsunregen triefenden Palmblätterhütten darstellen? Da hockten Hiobs längst nicht zufriedengestellte Brüder. Wer sonst? Eines Tages würde man sie einfangen und in die ungeliebte Heimat zurückverfrachten. Ein, zwei Jahre später würde der Urwald die verbrannte Stelle mit seinem unermeßlich vor sich hin gebärenden Leib wieder überwachsen haben.

Der alte Ford pflügte die überschwemmte Straße. Der Wolkenbruch dieses Nachmittags fetzte an den Kronen der Palmen, die die höchsten meiner Reise waren. Aber die exotische Naturszene fesselte mich nicht. Im Gegenteil, je intensiver das Schauspiel hinter den tränenden Wagenfenstern wurde, um so inständiger beschwor meine Phantasie Bilder einer abgestorbenen Natur, einer baumlosen Zivilisation: den New Yorker Central-Park im Herbst, den ich nie gesehen hatte, die regennasse Steinschlucht einer Straße in Neapel, wo ich noch nie hingekommen war.

Ich sah diese Straße von flackernden Gaslaternen erleuchtet und konnte die verwehten Klänge eines entfernten Platzkonzertes hören, die sich immer entschiedener gegen das Übermaß der Vegetation um mich her durchsetzten.

Es war die Straße aus Conrads Novelle »Il Conde«, die ich herbeiträumte, aber ihr Held trug die besorgten Züge von Professor Johan Resink. Bebend stand er unter der Straßenlaterne, nah an seinem das schöne Gesicht des adligen Räubers, der die Spitze seines Messers gegen Resinks Brust stieß. Er war mitten in das »abscheuliche Abenteuer« geraten und spürte, wie sein gefährdetes Herz unter dem Messer regellose Sprünge machte, als tanzte es nach dem Walzer des Orchesters, dessen Konzert er eben verlassen hatte.

Ich witterte eine Chance, zurückzufinden zur Rolle des ungeteilten Betrachters, wie sie in »Il Conde« geschrieben steht: »Ich zweifle nicht, daß sein ganzes Leben korrekt war, wohlgeordnet und konventionell, durch kein heftiges Erleben zerrissen.«

Der verrückte Taxifahrer trieb den alten Ford die Flußböschung des Mahakam hinunter, und schnell hatte er einen Platz auf der Fähre gefunden. An der Reling stehend, sah ich den breiten Fluß hinauf bis zu einer buschbestandenen Biegung, hinter der er die Erdkugel hinabzustürzen schien. Ich war wirklich weit fort von meinem Teil der Welt. Und mein Gemüt, das ich so gern verschlossen hätte, öffnete sich wieder wie die Tür eines alten Schranks, die beharrlich aufging, obwohl man sie ebenso beharrlich zudrückte.

Die Abendsonne riß die Regenwolken auseinander und versilberte das bleierne Grün der Ufer, von denen sich das eine nicht wesentlich entfernte, während das andere kaum näher kam. Einen Augenblick war es mir, als sei die Stelle an der Reling, an der ich stand, mein endgültiger Platz geworden. Betrachtend befand ich mich, nichts weiter. »Manchmal trifft man auf Reisen auf solche einsamen Menschen, deren einzige Beschäftigung es scheint, auf das Unvermeidliche zu warten.« Franz Nehoda, du dramatisches Fatum. Sei dreimal verflucht! Die Fähre legte am anderen Ufer an.

Leergefegt lag die Terrasse des deutschen Gästehauses da. Bunte Luftschlangen hingen in der feuchten Abendhitze, ein Fischmaul aus Pappmaché zeigte den Rest einer von vielen Absätzen zertretenen Aufschrift: »... keine Rosen!« Unter einer Tischtennisplatte lag eine schwanzlose Katze wie tot.

Die geflochtenen Stahlschnüre schepperten an der Fahnenstange in einer Brise, die Konfettireste aufwirbelte und den ätzenden Qualm der Müllfeuer aus der Umgebung auf diese, über die Stadt Samarinda erhobene, Plattform trieb. Alles war so, als sei unvermutet das Weltende eingetreten. Die Reste der Karnevalsdekoration zeigten an, daß eine übertriebene Laune den Kollaps hervorgerufen hatte. Unsichtbare Kaurawas bewarfen einander mit Konfetti. Sie hatten das Land wieder für sich allein.

Auch der dünne Mann in seinem schlotternden Popelineanzug schien, wie er neben einem künstlichen Tümpel stand, in den die graue Zementfigur eines Knaben starrte, vom Schlag gerührt zu sein. Unbewegt blickte er über die zwischen Hügelketten gebreitete Stadt. Die flachen Häuser waren vom Rauch der Feuer ganz bedeckt, einzelne Palmwedel durchstießen den Dunst, und in den Kuppeln der kleinen Moscheen, die aussahen, als seien sie aus Stanniolpapier geknetet worden, blitzten die letzten Sonnenstrahlen dieses Tages. Der Mann rührte sich nicht. Ich ging auf ihn zu.

»Sie haben mich sicher erwartet.«

»Nein. Warum?« sagte er und wandte sich nicht um.

»Die Zentrale in Jakarta muß meinen Besuch angekündigt haben!«

»Ich bin hier auch nur Gast.« Erst jetzt erschrak ich darüber, daß er Deutscher war. In meiner Vorstellung trug Nehoda jedoch andere Kleider, hatte eine andere Statur und vor allem eine ganz andere Art zu sprechen, und deshalb war ich sicher, daß das noch nicht mein Mann war.

»Können Sie mir sagen, wo ich Dr. May finde?«

»Der wird hier irgendwann auftauchen.«

»Sind Sie Mitarbeiter des Projekts?«

»Das hätte mir noch gefehlt. Bäumler, Ravensburg, Orchideenjäger.« Er wandte sich um und gab mir die Hand. Seine Augen waren wasserblau vom In-die-Ferne-Blicken. »Und Sie sind sicher der Wirtschaftsattaché der Botschaft aus Jakarta.«

»Nein, nein«, sagte ich: »Ich bin aus privaten Gründen hier. Man wollte ein Zimmer für mich reservieren.«

»Da fragen Sie mal Madame Suprayitno. Aber für die ist gestern eine Welt zusammengebrochen. Warten Sie lieber auf Dr. May.« Er schien tief bekümmert.

»Früher soll es auf Borneo Orchideen in Massen gegeben haben. Wo sind sie hin?«

Der Orchideenjäger blickte mich an, als sei ich schuld am Verschwinden der Orchideen. »So, so«, sagte er, »aus privaten Gründen sind Sie hier. Gestern war auch einer aus privaten Gründen hier. Eine regelrechte Wallfahrt aus privaten Gründen.«

»Ich interessiere mich nicht für Orchideen.« Bäumler hatte das Interesse an dem Thema verloren. Er wies auf eine kleine Moschee auf der anderen Straßenseite.

»Passen Sie auf«, sagte er, »gleich geht da unten das Geschrei des Muezzin los. Aber das kommt von der Platte, und die hat einen Riß und hängt. Das geht schon seit Tagen so.« Tatsächlich ertönte laut und scharf der Gebetsruf und blieb sogleich bei einer Phrase stehen, die sich ständig wiederholte.

»Na, bitte«, sagte der Orchideenjäger zufrieden. »Was suchen Sie auf Borneo?«

»Ich bin aus literarischen Gründen hier«, sagte ich.

Im Haus klagte eine Frau: »Schrecklich Land! Schrecklich Land!«

»Ich sollte auch wieder lesen«, sagte Bäumler.

»Schrecklich Land, schrecklich Land!« klagte die Frau.

»Das ist Madame Suprayitno.« Bäumler ging ins Haus, und ich folgte ihm. Auch im Inneren gab es Figuren aus Zement, einen grauen Flamingo und eine graue Frau mit einem Krug auf dem Kopf. Madame Suprayitno, eine kleine dicke Malaiin in einem großblumigen Kattunkleid, schimpfte auf die kaputte Schallplatte in der Moschee und die »bösen Jungen«, die ein Faschingsfest gestört hätten. Ihr Deutsch klang nach der Gegend um Darmstadt.

»Madame ist die treueste Deutsche hier«, sagte Bäumler.

Die Zentrale in Jakarta hatte Wort gehalten. Ich war froh, mich auf dem harten Bett ausstrecken zu können. Über mir klebten Cecaks an der Decke. In allen Ritzen klebten sie stumpfköpfig, bleich und ekelhaft fleischlich.

Durch einen Vorhangspalt konnte ich eine eiserne Bank am Geländer der Terrasse erkennen, die zu der nun fast schwarzen Hügelkette am Horizont gerichtet war. Irgendwo hinter ihr ist der Äquator, dachte ich, und ein paar Kilometer über ihm fließt der Berau. An der Wand hing eine Karte von Borneo, auf der verschiedene Symbole das Vorkommen von Öl, Gas, Kohle, Diamanten, Gold und Orang-Utans markierten. Auch am Oberlauf des Berau prangte das Zeichen für Gold, an das Almayer, von allen verlacht, fest geglaubt hatte.

Sicher war auch Nehoda in diesem Haus gewesen, vielleicht hatte er sogar auf diesem Bett gelegen, die Karte betrachtet und die Cecaks verflucht. Das Zimmer hatte einen Kachelboden, dessen Anblick ein kühles Gefühl verschaffte.

Nicht übel dieses Zimmer, dachte ich, besser, viel besser als die staubigen Plüschkemenaten in Jakarta oder in Surabaya. Wie weit waren diese Städte schon hinter mir. Hatte es meinen Rudolf von der Bruderschaft der Gamelan-Spieler überhaupt gegeben? Eine unbestimmte Sehnsucht nach Frauen überkam mich, nach einer zufälligen Berührung, nach dem Geruch hinter ihren Ohren, nach einem anspielungsreichen Gespräch und einer Frauenhand auf meinem Arm. Mir gefiel die Bank auf der Terrasse, weil sie so unbesucht und leer in die Ferne starrte.

Jemand schlug mit der Faust gegen die Tür und schrie meinen Namen. Gleich war mein alter Partner, die Furcht, wieder da, die scheinbar friedlich in meinem Bauch geschlafen hatte, nun aber wie ein verstörter Affe in meinen Nakken sprang und sich festkrallte. Draußen stand, außer sich vor Aufregung, ein kleiner dunkelhäutiger Mann mit blau glänzendem Haar in einem zu großen kakaobraunen Anzug. Er zog an meiner Hand. Warum ich ihn nicht in seinem Büro besucht hätte, alles sei organisiert, ich würde mit dem Sekretär des Bupati Armeyns nach Tanjungredeb fliegen. Es war Razak Rahim, der Schüler des Mannes der freundlichen Frau Ciptor aus Bandung. Übermorgen früh um sieben sei es soweit. Ohne auf eine Antwort zu warten, rannte er zu seinem Jeep und raste davon.

Alle Hindernisse waren fort. Ich hätte mir die letzte Etappe ebensogut sparen können. Ich würde eben nicht die Zwillingsberge am Berau sehen, die Jerry Allen in ihrem Buch beschrieben hatte, und nicht auf der Landspitze mit dem Schattenbaum am Zusammenfluß von Kelai und Segah stehen. In zwei, drei Tagen könnte ich wieder in Europa sein. Jeden Freitag flog die Lufthansa von Jakarta nach Frankfurt, und heute war Mittwoch. Und von Singapur aus könnte ich täglich eine internationale Linie in die Bundesrepublik erreichen. Die Vorstellung, durch die Hallen des Frankfurter Flughafens zu gehen und ihre Farblosigkeit zu genießen, begeisterte mich.

Ich ging zu Madame Suprayitno in die Küche und kaufte einige Verzehrbons. Heimischer Ordnungssinn hatte in diesem Haus alles Lebensnotwendige geregelt. Danach setzte ich mich an die Bar und tauschte bei einem schönen Knaben, der sich als Madame Suprayitnos jüngstes Kind vorstellte, drei Bons gegen einen doppelten Whisky »ohne alles« und eine Flasche chinesisches Lagerbier ein.

Pramoedya hatte recht gehabt. Was Joseph Conrad anging, hatte ich eine These, aus der niemals eine Geschichte werden würde. Dazu fehlte mir die Lust aufs Abenteuer, auf die »dunklen, barbarischen Dinge«. Überhaupt fehlte mir jede Art von Tatendrang. Das ruhige Glück der Zahlenreihen, wie sie in der Gamelan-Musik erklangen, ja, das war ein helles und befriedigendes Glück. Was sollte ich mit Arjunas Tugenden anfangen, der ich fest in den Klauen der Kaurawas, der niederen Geister des »So wie es ist, ist es«, war.

Eine blonde Frau von Anfang Dreißig kam herein, grüßte, setzte sich drei Hocker von mir entfernt an die Theke und tauschte einen Bon gegen einen Campari Soda. Sie trug ein T-Shirt, Jeans und geflochtene Bastsandalen. Ich wünschte, daß sie einen fließenden Rock aus dunkelblauer Seide getragen hätte. Ihre Nase war ein wenig zu schwer, aber das waren auch ihre Augenlider und die Oberlippe, überhaupt hatten die Einzelheiten dieses Gesichts kein rechtes Verhältnis zum Ebenmaß von Stirn, Wangen und Kinn, eine seltsam zweiteilige Physiognomie.

»Sind Sie der Deutsche, der an den Berau will?«

»Weiß nicht mehr, ob ich der bin«, antwortete ich.

»Dafür, daß Sie es nicht wissen, sind Sie aber schon nah dran«, sagte sie. Sie zeigte keine Spur Mimik beim Sprechen.

»Das ist der Haken«, sagte ich. »Was meinen Sie, was ich machen soll?«

»Sie sind einer von der eitlen Sorte, nicht wahr?«

»Ja, es ist schrecklich«, sagte ich und stellte sie mir auf dem harten Bett in meinen Armen vor, über ihrem blonden Haar die Decke mit den Cecaks, die Jagd auf Spinnen machten.

»Dr. May wird gleich da sein.«

»Ich brauche ihn nicht mehr. Alles ist schon gelaufen.«

»Wie heißt der Dichter, auf dessen Spuren Sie sind?«

»Josef Teodor Konrad Nalecz Korzeniowski.«

»Den Namen habe ich noch nie gehört.«

»Er schrieb unter dem Namen Joseph Conrad.«

»Ach, diese Seefahrergeschichten, nicht wahr?«

»Ja, Seefahrergeschichten«, sagte ich und mochte sie nicht mehr. »Was erhoffen Sie sich von einem Besuch am Berau? Dort sieht es genauso verrottet aus wie hier.«

»Unsterblichkeit in den Gegenden der Wunder.« Ich wollte sie schockieren. »Den hohen Mut der Pioniere scheinen Sie nicht zu haben.«

»Ich unterrichte nur ihre Kinder«, sagte sie ernst. Es gab kein Gesprächsthema mehr. Wir starrten den schönen Knaben hinter der Theke an. Ich hätte mir den Nebel in meinem Hirn noch etwas dichter gewünscht, aber jetzt, da ich wußte, daß sie eine Lehrerin war, hatte ich keine Lust mehr auf Whisky. Mechanisch, ohne ihren Sinn zu begreifen, wiederholte ich im stillen die Frage: Warum kommst du dir immer bei irgend etwas ertappt vor? Gemessen am pädagogischen Ernst dieser Frau schien mir der Grund meiner Anwesenheit doppelt lächerlich, von meinem Bedürfnis nach einem Flirt ganz zu schweigen. »Da kommt Dr. May«, sagte die Lehrerin.

So jung hatte ich ihn mir nicht vorgestellt: ein großer bärtiger Mann, der Typ, dem Hindernisse Spaß machen. Ein hagerer Deutscher mit sonnenverbranntem Gesicht und leuchtenden Augen begleitete ihn. Er habe von Razak Rahim gehört, daß mein Flug nach Berau bereits organisiert sei. Rahim fungiere als Kontaktmann zwischen dem TAD-Projekt und dem Bupati von Samarinda. Man habe hier schon viele Gäste gehabt, zum Beispiel den hessischen Wirtschaftsminister und einen Schauspieler, aber jemanden, der die Spuren eines Dichters bis nach Kalimantan verfolgt, sehe er zum ersten Mal. Ob ich denn etwas mit dem anderen Deutschen – ich schüttelte heftig den Kopf – zu tun habe, der gestern gleichfalls in Richtung Tanjungredeb abgefahren sei. Der habe sich die abenteuerliche Route per Schiff ausgesucht, während ich bequem mit dem Flugzeug dorthin käme. Diesen Conrad müsse er bald einmal lesen.

Obwohl mich die selbstsichere Herzlichkeit dieses Hünen gleich für ihn einnahm, verletzte mich der Hinweis auf meinen bequemen Reiseweg. Diese dumpfen Täter, dachte ich, gleich würde ich noch hören müssen, daß es am schönsten sei, mit einer Machete in der Hand zu Fuß durch den Urwald zu gehen.

Dr. May stellte mir seinen Begleiter als Andreas Massing vor, der gerade von einem Besuch in einem »Dayak-Resettlement-Dorf« zurückgekommen sei und nach fünf Jahren Samarinda kurz vor der endgültigen Abreise in die Bundesrepublik stünde. Mit Christine Görge, »unserer Lehrerin«, hätte ich mich wohl schon bekannt gemacht.

»Bevor ich abhaue, gehe ich in Singapur zum Zahnarzt«, sagte Massing, »die chinesischen Zahnärzte sind die besten.«

Er hatte den dünnlippigen Charme der Asketen. Spät in der Nacht entdeckte ich dann den Reichtum an Verquert- und Gescheitheiten, über den dieser Mann verfügte.

»Die Chinesen verstehen sich eben schon sehr lang aufs Porzellan«, sagte Dr. May.

Auch Christine Görge schien durch das Etikett »unsere Lehrerin« verletzt zu sein, und um uns beide zu rächen und

Sensationelle Enthüllungen
Die definitive Brecht-Biografie

John Fuegi
Brecht & Co
Erscheint Ende '97
1200 Seiten
Subskriptionspreis DM 98,–
bis Juni '98, dann DM128,–
ISBN 3-434-50067-7

Peter Oswald
Ich bin Gott
Waslaw Nijinski
Die große Biografie über den Gott des Tanzes. 490 Seiten
DM 68,–/sFr 64,–/
öS 496,–
ISBN 3-434-50066-9

Bernd Neumann
Uwe Johnson – Studienausgabe
Gebunden mit Schutzumschlag, 996 Seiten
DM 39,80/sFr 38,80/
öS 291,–
ISBN 3-434-50082-0

WELTEN IM KOPF

Philosophie total. *Leicht verständliche Einführungen in das Werk der Denker der Gegenwart.*
Je Band DM/sFr 19,80/öS 145,–

Profile der Gegenwartsphilosophie
von **Ingeborg Breuer/Peter Leusch/Dieter Mersch**
Band 1 – Deutschland
ISBN 3-88022-367-X/TB 1045
Band 2 – Frankreich/Italien
ISBN 3-88022-368-8/TB 1046
Band 1 – England/USA
ISBN 3-88022-369-6/TB 1047

Adriana Cavarero
Platons Töchter
Weibliche Gestalten der antiken Philosophie
207 Seiten
DM/sFr 16,90/öS 123,–
ISBN 3-88022-443-9
TB 1075
Welten im Kopf Band 4

KRIMIS: BLUTROT, EISKALT.

Mickey Spillane
Die Rache ist mein
Rotbuch Krimi 1072
DM/sFr 19,80/öS 145,–
Töchter der Nacht
Rotbuch Krimi 1049
DM/sFr 16,90/öS 123,–
Ich – Der Richter
Rotbuch Krimi 1048
DM/sFr 16,90/öS 123,–

Thea Dorn
Berliner Aufklärung
Rotbuch Krimi 1048
DM/sFr 16,90/öS 123,–

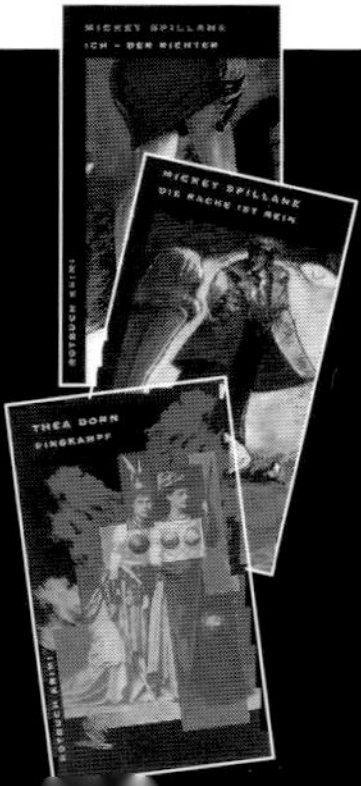

COMICS

Gerhard Seyfried
Let The Bad Times Roll
Der deutsche Star-Zeichner politischer Comics
DM/sFr 19,80/
öS 145,–

Ziska
Rascal & Lucille
DM/sFr 19,80/öS 145,–

Gilbert Shelton
Fan Dance
Neue Geschichten von Not quite Dead kongenial übersetzt von Harry Rowohlt
DM/sFr 19,80/öS 145,–

HEINER MÜLL

Werke
Kassette mit 7 Bänden
DM 98,–/sFr 91,–/
öS 715,–
ISBN 3-88022-743-8

Irische Erzähl

Patrick McCabe
Stadt an der Grenze
»Ein grandios geschri
Irland-Roman«, Buch
DM 36,–/sFr 35,–/
öS 263,–

William Trevor
Die Kinder von Dynmou
»William Trevor hat s
selbst übertroffen«, T
Times
DM 38,–/sFr 37,–/öS

Sören Kierkegaard
Werke
5 Bände, aus dem Dän
schen übersetzt, mit G
sar, Bibliographie und
einem Essay »Zum Ve
ständnis des Werkes«,
ausgegeben von Liselo
Richter
DM 78,–/sFr 73.–/öS 5
ISBN 3-434-4620-9

vielleicht doch noch eine Brücke zwischen ihr und mir zu bauen, fing ich eine Diskussion über den Sinn des Umsiedlungsprojektes an, von dem ich nicht die geringste Ahnung hatte, aber wenn Christine und mir schon tatenlose Beschaulichkeit vorgeworfen wurde, weil ich ein Flugreisender und sie eine Lehrerin war, dann wollte ich die Täter auf das Unmenschliche, dem herrschenden System Angepaßte ihres Tuns stoßen, damit sich an dieser Theke niemand wer weiß wie besonders vorkam. Der schöne Knabe hatte im Radio Benny Goodmans Klarinette mit »So easy to remember, so hard to forget« gefunden.

»Was nennen Sie eigentlich fortschrittlich daran, Tausende von Javanern in dieser verrotteten Gegend anzusiedeln, wo sie Tausende von Kilometern weit weg von der Heimat sind«, sagte ich.

Dr. May schaute mich an und staunte. Seine Freundlichkeit war so verwirrt, daß er wie bei einem Unrecht ertappt eine Erklärung abgab: »Wir haben nicht damit angefangen. Das waren die Holländer. Die Japaner machten die kartographischen Messungen.«

»Ausgerechnet die Japaner, die hier herumgebombt haben«, sagte ich und beobachtete Christine Görge.

»Früher wurde dieses Programm nur nach quantitativen Gesichtspunkten abgewickelt. Der Plan der indonesischen Regierung, die Bevölkerung von Java auszudünnen, ist längst fehlgeschlagen. Die wächst viel zu schnell. 1984 sollen hier zwölftausend Familien angesiedelt sein, das sind sechzigtausend Menschen, und die sind nicht einmal der Tropfen auf dem heißen Stein. Wir erschließen das Land und seine Resourcen. Der Siedler hat hier bessere Schulen und gesundheitliche Einrichtungen. Außerdem bekommt er zweieinhalb Hektar Boden im Grundbuch verbrieft. Wir bauen auch einen Hafen. Die großen Mengen, die die Regierung in Jakarta im Sinn hat, interessieren uns nicht, wir schaffen qualitativ gute Bedingungen für den einzelnen Siedler.«

»Wissen Sie überhaupt, wie die Leute denken? Haben Sie einen Ethnologen dabei?« Ich wollte mich durch seine freundliche Nachsicht von meiner Widersetzlichkeit nicht abbringen lassen, weil mir Christine Görges Schweigen zu bedeuten schien, daß sie auf meiner Seite war.

»Andreas kennt die Dayaks besser als seine eigenen Landsleute«, sagte Dr. May.

Mir lag schon die nächste Bosheit auf der Zunge: »Wahrscheinlich werden die ersten Siedlerväter noch dankbar für die Segnungen sein, die Sie hier vorbereiten, aber schon die Söhne werden nichts anderes als Motorräder im Kopf haben, mit denen sie in die Diskotheken und Bordelle Ihres neuen Hafens rasen können.«

»Sie können ja morgen mit nach Longsegar fliegen und mit dem Boot zu unserer Plantage fahren, damit Sie einen Eindruck von dem haben, was wir hier machen«, sagte Dr. May.

»Sie leisten doch nur der Ausbreitung der allgemeinen Ortlosigkeit Vorschub, damit der Mensch noch besser beherrschbar wird, als er es sowieso schon ist.« Ich wollte diesen Satz als Fazit verstanden wissen, hatte aber nicht mit Christine gerechnet.

»Seht ihr denn nicht, daß er ein Literat ist?« sagte sie. »Was bedeutet ihm diese Insel schon?«

»Ich habe verstanden«, sagte ich.

Massing hatte die ganze Zeit wie ein Hanswurst gelacht.

»Ich habe mich gern mit Ihnen unterhalten. Wir können Abwechslung gebrauchen.« Dr. May streckte mir seine Hand entgegen. »Gute Nacht. Fahren Sie morgen mit?«

»Natürlich«, sagte ich, denn ich war sicher, daß diese Täter sicher waren, daß ich kneifen würde. Der freundliche Hüne legte mir seine Hand auf die Schulter und ging.

»Der Wagen holt Sie um sieben ab.«

»Und übermorgen sind Sie dann in Ihrem heißersehnten Tanjungredeb«, sagte Christine Görge. Dann ging auch sie.

Massing lachte und schenkte uns zwei respektable Whiskys ein, ohne alles. Ihre Nacht sei ja bald vorbei, hatte Christine in der Tür gesagt. Der schöne Knabe saß rittlings auf einem Stuhl in einer Ecke der Bar und schlief, den Kopf auf den über der Lehne gekreuzten Armen. Es war weit nach Mitternacht. Das Radio rauschte. Massing erzählte, daß er in Frankfurt bei Adorno und Horkheimer studiert habe, und lachte wieder sein meckerndes Asketenlachen. May stamme aus Halle, habe in Heidelberg Volkswirtschaft studiert, aber eigentlich habe er Regisseur werden wollen.

Es sah aus wie ein Riß in der Wand, aber es waren winzige Ameisen, die eine Straße hinauf in die hölzerne Decke der Bar gebildet hatten. Zielstrebig. Vor ein paar Stunden war ich nahezu entschlossen gewesen, auf das Finale dieser Reise zu verzichten und umzukehren, und nun hatte ich die Teilnahme an einer Expedition zugesagt, die in keine der beiden Richtungen gehen würde, sondern nordwestlich zu Ölpalmen, Kaffee- und Kakaopflanzen. Der wirkliche Wille bleibt immer anonym, dachte ich.

»Christine Görge ist morgen mit von der Partie«, sagte Massing.

Er bestand darauf, daß ich auf einen besseren Whisky mit ihm in sein Haus kam. Der flache Pavillon zwischen blühenden Büschen wurde von zwei alten Männern bewacht, die wir im Schatten murmeln hörten. Im Inneren des Hauses gab es die fremdartigen Schnitzwerke der Dayaks. Alle Gegenstände schienen bereit zum Aufbruch. Massing schenkte mir drei seiner Aufsätze über das Stammeswesen und die Sultanate.

Die Gedanken, die ich Dr. May gegenüber geäußert hatte, seien ihm vertraut gewesen, deshalb habe er gelacht. Er sei sich der Widersprüche ihrer Arbeit bewußt, dennoch liebe er das Land und vor allem die Dayaks, die Gewißheit, bald wieder in der Bundesrepublik zu sein, stimme ihn nicht heiter.

Gegen vier Uhr morgens hatte er einen Wutanfall gegen die kechernden Cecaks an der Decke. Er warf mit Kissen und Büchern nach ihnen. Dann fuhr er mich zum Gästehaus zurück. Das eiserne Tor war verschlossen. Ich stieg auf die Kühlerhaube des Jeeps und von dort über das Tor.

»Grüßen Sie mir mein Dayak-Dorf«, sagte Massing.

II

»Ich mag dieses Land nicht«, sagte Christine Görge. Sie glich einer Schauspielerin, die am Drehort eines Tropenfilms nervös darauf wartet, ihre nächste Szene zu spielen. An meinen verquollenen Augen könne sie sehen, daß ich nur zwei Stunden geschlafen hätte. Massing mache keinen Unterschied zwischen Tag und Nacht.

Der einheimische Pilot steuerte das kleine weißrote Flugzeug mit dem TAD-Zeichen dicht über die Palmwipfel am Rand des Flugfeldes hinweg, obwohl es zuerst danach ausgesehen hatte, als ob ihm das niemals gelingen könnte, dann folgte er nah an den Wolken dem gelben, gewundenen Band des Wahau, einem nördlichen Nebenfluß des Mahakam. Mit dem Piloten und dem Copiloten waren wir zu fünft an Bord. Ein schmaler dunkler Mann in weißem Hemd, weißen Hosen und weißen Turnschuhen umklammerte die Bügel einer Stahlkassette auf seinen Knien. Mir mißfiel der Anblick der Kassette und der knochigen Hände, die sie festhielten.

»Ich hasse Borneo«, sagte Christine Görge. Das gekrauste Grün unter uns wurde dunkler, und seltener blinkten Hüttendächer daraus hervor. Sie wollte über ihre Abneigung gegen dieses Land reden, also sagte ich: »Warum sind Sie mitgekommen?«

»Sie sind ja auch mitgekommen.«

»Ich wollte mich nicht blamieren.«

»Mir wurde gesagt, wenn ich ihre Kinder unterrichte, sei es wichtig, das Land zu kennen. Aber wie soll man etwas kennenlernen, was man nicht mag. Diese kleinen aufdringlichen Menschen, diese stumpfe Sprache. Der Plural ist einfach die Verdoppelung des Singular, einen Konjunktiv gibt es nicht. Man wird hier ganz reduziert und starr.«

Sie hatte das blanke Gesicht mit den schweren Lidern der Landschaft zugewendet, die nun, da das Flugzeug eine Kurve flog, wie eine drohende Wand vor dem winzigen Fenster stand, und es schien, als ließe sie dieser Anblick wieder verstummen. Ich spürte, wie sie sich verschloß, und obwohl sie sich als Feindin dieses Landes ausgab, kam sie mir in ihrer Verschlossenheit merkwürdig verwandt mit ihm vor.

Wir landeten auf einer Rasenpiste nah am Flußufer. Entrindete Baumstämme, in die flache Kerben gehauen waren, führten zu einem Boot hinunter, ein langes, kaum körperbreites Vehikel, das wie eine große Erbsenschote aussah. An seinem Heck klebte ein winziger Außenbordmotor. Von oben sah es aus, als sei der Bootsführer nur ein großer Hut mit nackten Beinen daran. Eine Horde Kinder beobachtete uns ernst.

Die beiden Piloten, der Mann mit der Kassette und auch Christine balancierten geschickt hinab. Ich wußte, daß meine Wirbelsäule für diese Leistung noch nicht stabil genug war, also rutschte ich bäuchlings, wie ein Knabe auf einem Treppengeländer, hinterher. Kinder können gemein lachen, aber ich tat so, als sei diese Art der Fortbewegung ein Spaß, und deshalb lachte ich mit, und auch Christine lachte und sah einen Augenblick wie eine Geliebte aus.

Das Boot tuckerte gleichmäßig flußaufwärts. Der Pilot erklärte uns, daß die Reise jetzt gefährlich werde, denn Baumstämme, die sich mit Wasser vollgesogen hätten und deshalb unsichtbar knapp unter der Oberfläche schwimmen würden, könnten so ein leichtes Boot zum Kentern bringen. Erst gestern sei der Verwalter der Plantage, die wir besichtigen wollten, in den Fluß gefallen und nur mit Mühe gerettet worden. Der Mann mit der Kassette starrte ängstlich voraus. Die lehmige Flut des Wahau teilte sich geräuschlos unter dem Boot.

Es war ein Vorstoß in die Stille, und zum ersten Mal fühlte ich mich in diesem Teil der Welt, in dem ich mir bisher wie eine Fracht vorgekommen war, die verschoben wurde, selbst unterwegs, wollte selbst diesen Fluß hinauf, war erfüllt vom Erlebnis der bewegungslosen Zeit, die alles, was ich sah und spürte – die schwere nasse Luft, das undurchdringliche Laubwerk am Ufer, meine Hände auf den Rändern des Bootes, den Rücken der Frau vor mir, die Gerippe toter Bäume, die drohend aus dem Fluß ragten –, zu einem einzigen Bild verband, in das ich mir immer wieder wie einen Titel die Worte dachte: Der Mensch auf seinem Planeten. Ein einzelner Vogel brach kreischend aus dem Busch und machte einen dünnen Riß in die glänzende Haut der Erscheinungen.

Hellsichtigkeit hielt mich wach und begierig. Samodra, die vierte Tugend Arjunas, lenkte meine Blicke. Ich sah im Dorf Muarawahau die fetten Welse zu Füßen der beiden Dayaks und drei lachende Mädchen unter einem hohen Baum, hinter dem die ersten Monsunwolken dieses Tages violett aufzogen. Ich sah die beiden Plantagenarbeiter auf der Terrasse des Holzhauses hocken, sah, wie sie leer, stolz und verloren über die weite, gerodete Fläche im Urwald blickten, niedergedrückt und dennoch gewiß, in Erwartung der langen Zeit, an deren Ende es etwas zu ernten geben würde.

Sie hatten uns mit geübter Aufmerksamkeit empfangen.

Süßer Tee, gesottene Hühnerstückchen, ein fertiges Buch, in das ich meinen Namen wie eine Signatur schrieb. Fremder Besuch irritierte sie nicht. Die Plantage war Dr. Mays Prunkstück. Auch der Schauspieler und der Wirtschaftsminister hatten sich hier umgesehen. Dann begleiteten die beiden Arbeiter den Mann mit der Kassette zur Baustelle eines Holzhauses, von dem es schon schlanke Streben gab, die ein vollständiges Dach trugen. Christine und ich waren allein.

Wir sahen hinüber zum Dorf, in dem die Arbeiter mit ihren Frauen und Kindern wohnten. Im Staub plusterten Hühner die Federn. Die selige Todesruhe des Mittags. Ein einzelnes Kind wagte sich aus dem Schatten. Gleich hinter den Häusern erhob sich der Urwald wie ein Wall, überragt von mächtigen Palmen. Wir hatten uns, seitdem wir auf dem Fluß gefahren waren, nicht mehr angesehen. Auch jetzt hielt sie ihr Gesicht abgewendet, eine bleiche Gemme ohne Profil.

»Was ist schrecklich an diesem Land, Christine?«

Ich hatte keine Antwort erwartet, aber sie sagte: »Halb habe ich Angst vor ihm, nicht die Angst vor etwas, das man sehen könnte. Ich weiß es nicht. Es ist etwas Seltsames, etwas, das man nicht herausfindet, das von Anbeginn da war und zu groß und zu stark für uns alle ist. Das seine Zeit abwartet. Schauen Sie sich die Palmen dort drüben an. Sehen Sie nicht aus, als ob sie warten? Als ob sie –«

»Auf was? Auf was warten sie?«

»Sie warten«, sagte Christine.

Keine Zeit ging mehr verloren. Ich hätte mit dieser Frau unendlich lange zu den Palmen hinüberschauen können, neugierig darauf, was dieses Etwas sein mochte, das sie erwarteten. Die Frau spürte unsere Nähe und sagte, als würde sie sich schütteln: »Der Mann, den Sie morgen am Berau treffen werden, ist merkwürdig. Auf dem Fest hat er mich wie ein Ungeheuer angestarrt. Er scheint sehr verletzbar zu sein.«

Ich hatte Nehoda ganz vergessen. Plötzlich war da wieder das Gefühl, in Eile zu sein. Ich wußte keine Antwort, mir fiel nur ein, daß ich seit einiger Zeit aufgehört hatte, meine Malaria-Pillen zu schlucken.

Ich würde an diesen Ort fahren müssen. Die Konsequenz wollte gezogen sein. Der finstere Wolkenhimmel senkte sich tiefer, aber gehörte nicht mehr zur Welt, sondern war eine Bedrohung von fern her.

Die Männer kamen zurück. Wir fuhren mit dem Jeep zur Anlegestelle. Das Boot eilte den Fluß hinab. Die Stille war zerrissen, es herrschte nur noch die alte Lautlosigkeit, in die der Monsunregen brach. Der Fluß spritzte wie unter Schrotbeschuß auf. Die Ufer verschwammen hinter Wasserwänden. Augenblicklich waren wir durchnäßt. Ich sah vor mir Christines aufgeweichtes Zottelhaar und die sommersprossenübersäte Haut ihrer Schultern, die die nasse Bluse nicht mehr verbergen konnte.

Gern hätte ich sie in meinen Schoß gezogen, um ihre Stirn zu küssen, vom Regen eingehüllt. »Es ist herrlich«, schrie sie in den Lärm der Natur. Ihr Glück machte sie unberührbar.

In Longsegar, Massings geliebtem Dayak-Dorf, machten wir noch einmal Station. Die Sonne stach schon wieder herab. Ich konnte Massings Grüße nicht bestellen, denn kein Eingeborener ließ sich blicken. Die Häuser lagen verstreut und versteckt zwischen den Bananenstauden. Das Dorf sah aus, als wollten seine Bewohner nichts miteinander zu tun haben. Auf einer Wiese stand ein Fußballtor, an das eine Kuh gebunden war.

Der Pilot erklärte, daß man die Dayaks aus entfernten Gebieten hier ansiedele, um sie am »heißen« Roden des Urwalds zu hindern. Auch wolle man der Bildung vieler kleiner Dörfer entgegenwirken.

»Vor allem will man ihnen ihre kulturellen Eigenheiten

abgewöhnen«, sagte Christine. »Hier sitzen die Männer nicht mehr im Langhaus und palavern den ganzen Tag. Und das ist denen in Jakarta ganz recht, denn aus dem Palaver könnte Konspiration entstehen. So ein durcheinandergesiedelter Mischmasch ist viel leichter regierbar. Natürlich segelt das alles unter der Flagge bessere Bildungsmöglichkeiten und bessere Gesundheitsfürsorge. Als Sie gestern abend in der Bar loslegten, waren Sie gar nicht weit von der Wahrheit entfernt.«

»Ich traue meiner Art Wahrheit nicht besonders«, sagte ich.

Wir standen vor einem Haus, das wie ein überdachtes Schiff aussah, auf Pflöcken hoch über die gestampfte Erde gehoben, aber alles an ihm wirkte museumsordentlich und beispielhaft. Das Haus war in die Gegend gestellt worden und nicht aus ihr gewachsen. Auf seiner schmalen Veranda sah ich den kahlen Hinterkopf eines alten Mannes, dessen Ohrläppchen bis auf die Schultern herabhingen.

»Ich weiß nicht viel darüber, wie die Dayaks die Welt sehen«, sagte Christine, »Massing weiß fast alles. Aber es gefällt mir, daß sie den Himmel mit einem Hut vergleichen, der über der Erde schwebt, ohne daß sein Rand sie berührt.«

»Und was ist dazwischen?«

»Die Geister, alles, was sie beunruhigt. Das Abendrot, das Wetterleuchten und der Regenbogen, der den Geistern als Brücke dient.«

»Warum haben sie Menschenfleisch gegessen?«

»Um ihre Lebenskraft zu verdoppeln. Sie glauben an eine Kraft, die durch alle Dinge fließt und die das All zusammenhält. Wenn sie Menschenfleisch gegessen haben, dann erhöhten sie ihre Lebenskraft durch die Lebenskraft des anderen.«

»Hatte wahrscheinlich etwas mit Potenz zu tun«, sagte ich und biß mir auf die Zunge.

»Kein Dayak-Mädchen heiratete einen Mann, der ihr

nicht mindestens eine Kopftrophäe zu Füßen legte. Deshalb bewaffneten sich die heiratsfähigen Männer, überfielen die Dörfer anderer Stämme und kehrten mit den erbeuteten Köpfen in ihr Dorf zurück. Die Jungfrauen empfingen sie mit feierlichen Zeremonien.«

»Und das ist jetzt alles vorbei.«

»Kommen Sie, wir gehen in dieses Haus, vielleicht geben sie uns etwas zu essen«, sagte Christine und lief lachend davon.

Die anderen erwarteten uns am Boot. Wir setzten über den Wahau, stiegen am anderen Ufer die Böschung hinauf und erreichten im Laufschritt das Flugzeug auf der Wiese.

Kurz vor der Landung in Samarinda mußte der Pilot eine Gewitterfront durchfliegen. Da sah ich ihr Gesicht zum letzten Mal. Es flackerte auf und verlosch im Licht eines Blitzes. Wessen Kopf hätte ich ihr zu Füßen legen sollen?

In der Bar des TAD-Gästehauses erwartete mich Razak Rahim. Der Sekretär des Bupati von Tanjungredeb könne mich morgen nicht begleiten, sein Bruder habe einen Motorradunfall gehabt, und übrigens würde es überhaupt keinen Flug nach Tanjungredeb geben, weil die Maschine »ruzak« sei.

»Ruzak heißt kaputt«, sagte der schöne Knabe hinter der Theke.

Aus. Finito. Das hatte ich davon.

Razak Rahim schaute mich an wie ein kranker Affe. Sicher hatte er Angst vor seinem alten Lehrer in Bandung und vor dessen Frau, der freundlichen Frau Ciptor.

Das habe ich nun von meinem langen Zögern und von meiner Scham über den pathetischen Wunsch, dachte ich, das Schicksal hat mir die Quittung präsentiert. Nehoda war der Gewinner. Niemals würde ich ihn einholen können, wie ein Mal würde ich diese Niederlage lebenslang mit mir herumtragen.

Würde er einmal in einem deutschen Wirtshaus neben mir an der Theke stehen, er wäre ein beliebiger Mann, ich würde ihn nicht erkennen.

Plötzlich war Dr. May im Raum. Razak Rahim unterrichtete ihn flüsternd über das Desaster. Madame Suprayitnos schöner Sohn stellte unaufgefordert einen doppelten Whisky »ohne alles« vor mich hin.

»Da steckt doch noch etwas anderes dahinter.« Dr. May war wütend. »Was ist dieser Bupati für ein komischer Heiliger?«

»Ein schwieriger Mann, Dr. May«, sagte Razak Rahim leise.

»Vor was haben die denn Angst am Berau?«

»Weiß nicht, vielleicht Spione, weiß nicht.« Razak Rahim war plötzlich nicht mehr der freundliche Bundesgenosse des großen Dr. May. Er blickte unter sich und gab zu erkennen, daß er mit dem Mißtrauen des Bupati von Tanjungredeb völlig einverstanden war. »Er hat eben keine recommendation«, sagte er und fuhr, ohne aufzublicken, auf englisch fort: »This is a mysterious region, much more mysterious than the inhabitants know.«

»Ich will jetzt, daß er dorthin kommt«, sagte Dr. May.

»Eine recommendation kriegen Sie von mir, und morgen fliegen Sie mit den beiden Italienern. Die haben ein Flugzeug gechartert, um in dieselbe Gegend zu kommen. Das wäre doch gelacht.«

Der Mann war ein Wunder.

Tatsächlich flog ich am Nachmittag des nächsten Tages mit Italo Nadalin und Giuseppe Tiano aus Bologna in einem winzigen Flugzeug nach Norden. Sie hatten den Auftrag, ein Gebiet am Oberlauf des Segah zu inspizieren, das ihre italienische Firma trockenlegen sollte. Man würde mich auf einem Gelände in der Nähe von Tanjungredeb absetzen. Giuseppe Tiano wollte einige Zeit am Segah bleiben, um

Arbeiter anzuwerben und eine Unterkunft ausfindig zu machen. Italo Nadalin würde in zwei Tagen mit mir nach Samarinda zurückfliegen.

Betäubt hockte ich in der engen Kabine. Sinnlos hatten sich die indonesischen Worte »Tidak perlu«, die ungefähr den deutschen Satz »Das brauche ich nicht« bedeuten, in meinem Hirn festgesetzt. Nach den Wechselfällen der vergangenen Stunden fühlte ich mich dumpf wie ein Blindgeschlagener.

Der schwermütige Italo hatte meinen Zustand bemerkt. »Ich liebe die deutsche Literatur«, sagte er.

»Wenn der Motor aussetzt, kann man mit so einem kleinen Flugzeug immer noch sanft hinuntergleiten«, sagte Giuseppe. Er gab mir eine Flasche, die mit einer braunen Flüssigkeit gefüllt war. »Das ist Kaliumpermanganat«, sagte er, »davon müssen Sie ein paar Tropfen ins Wasser tun, bevor Sie sich waschen.«

»Nehmen Sie sich vor dem anderen Deutschen in acht«, sagte Italo, »wenn er merkt, daß auch Sie wegen Joseph Conrad da sind, wird er böse. Er will nichts hergeben. Nicht wahr, Giuseppe?«

»Ein unsympathischer Mensch.«

»Nein, nein, unsympathisch ist er nicht«, widersprach Italo.

Es wurde still im Flugzeug. Der Urwald unter uns glich dem Grund eines Korallenmeeres. Der Schatten des Flugzeugs schwamm durch die Riffe. Die beiden Italiener summten die Melodie von »Bandiera rossa«, und nach einer Weile summte ich mit.

EXKURS

Wasser bedeckte vor dreißig Millionen Jahren den ganzen Archipel. Erst am Ende des Miozäns tauchten die Inseln aus dem Meer auf. Vor der letzten Eiszeit waren sie noch durch Tiefebenen mit dem südasiatischen Festland verbunden gewesen. »Das Meer – spiegelblank, azurn, durchsichtig, glitzernd wie ein kostbarer Stein«, wie Conrad es in seiner Erzählung »Jugend« beschreibt, ist aus den schmelzenden Eisbergen entstanden. Die Rillen auf seinem Boden beweisen es. Sie wurden als die gewundenen Läufe überfluteter Flüsse erkannt.

Der polnische Seeman Josef Teodor Konrad Nalecz Korzeniowski war mit seinen vierundzwanzig Jahren genauso alt wie die gebrechliche Bark »Palestine«, an deren Bord er als Zweiter Steuermann mit Bestimmungshafen Bangkok zum ersten Mal in die östlichen Gewässer kam und das Meer als einen kostbaren Stein sah. Die Kohlenladung im Bauch der »Palestine« brannte. Das Schiff trug die goldene Aufschrift »Kämpfen oder untergehen«. Am 14. März explodierte das durch einen Schwelbrand entwickelte Kohlengas. Das Deck flog in die Luft, die Mannschaft mußte in die Boote. Das war in der Bangka-Straße, nachts um 23 Uhr.

»Eine hohe, klare Flamme, eine gewaltige und einsame Flamme wuchs aus dem Ozean, und von ihrer Spitze quoll der schwarze Rauch unablässig in den Himmel. Das Schiff brannte wütend, trauervoll und imposant wie ein Scheiterhaufen, der des Nachts entfacht wird, umgeben vom Meer, bewacht von den Sternen. Ein strahlender Tod war dem alten Schiff wie eine Gnade, wie ein Geschenk, wie eine Belohnung am Ende seiner mühseligen Tage beschieden. Die

Hingabe seines müden Geistes in die Obhut der Sterne und des Meeres war ergreifend wie der Anblick eines glorreichen Sieges.« So heißt es in »Jugend. Ein Bericht«. Und in dem Roman »Mit den Augen des Westens« stehen die beiden Sätze: »Man muß eins von beiden: brennen oder faulen. Wer möchte nicht lieber brennen?«

Ein loderndes Fanal beleuchtete Conrads Ankunft in der Java-See. Aber die Dramatik, die dieser, die ganze Existenz des jungen Polen entzündende Brand versprach, konnte der Schauplatz Archipel nicht halten, war er doch häufig einer der Flauten und Untiefen, der Verzagtheit und der Lähmung. Der Windstille der Natur entsprach oft die Lähmung im Herzen. Conrad, der in Europa nicht hatte verfaulen wollen, überstand auch diese Anfechtungen mit aufrechter Würde.

Vom Golf von Siam über die Java-See bis zu den Flußmündungen Ost-Borneos soll er der eleganteste Seeoffizier gewesen sein, und sicher war er auch der einsamste. Wir wissen nichts von einem Freund in dieser Zeit, bis er auf der Landspitze zwischen den Flüssen Kelai und Segah Almayer begegnete. Aber der war auch kein Freund, sondern insgesamt eine wütende, trauervolle und imposante Herausforderung.

Wer in Conrads Erinnerungsbuch »Über mich selbst« etwas von dem Geheimnis seines Autors entdecken will, wird enttäuscht sein. Er verbirgt sich auch hier, wo es um seine Person geht, denn »der Abstieg von Weinen und Lachen zu Kichern und Plärren ist leicht vollzogen«.

In der Passage freilich, in der er seine Begegnungen mit dem holländischen Händler Almayer – das muß im August 1887 gewesen sein – schildert, läßt er seinen Emotionen freien Lauf und hält diesem Mann, den er »für das Erscheinen von bis heute vierzehn Büchern verantwortlich« macht, eine emphatische, ans Schattenreich gerichtete Rede: »Du kamst zu mir, allen Ansehens beraubt durch das hämische Lächeln und das respektlose Geschwätz aller Wanderkrämer des Archipels. Dein Name gehörte den Winden: Er schwebte sozusagen nackt über den Äquatorialgewässern. Ich habe diesen ungeehrten Namen in den königlichen Mantel der Tropen gehüllt, habe versucht, in seinen dumpfen Klang das Leid aller Vaterschaft zu legen – Taten, die du nicht von mir gefordert hast –, doch vergiß nicht: Die Mühe und der Schmerz waren mein. In deinem irdischen Leben hast du um mich gespukt, Almayer. Bedenke, daß du dir damit eine große Freiheit herausnahmst.«

Erst 1951 gelang es Mijnheer Haverschmidt, dem Direktor der holländischen Kohlemine bei Teluk Bajar, das ein paar Kilometer westlich von Tanjungredeb am Segah liegt, Almayers wirklichen Namen den Winden zu entreißen.

»Die Zahl der Gänse, die er unter widrigen klimatischen Bedingungen ins Leben gerufen hatte, war erheblich größer als vierzehn. Ich kann mit Gewißheit sagen, daß die Zahl der Bücher niemals die Zahl der Gänse übertreffen wird; doch geht mein Ehrgeiz auch nicht ganz in diese Richtung; und welcher Kummer auch immer das Schreiben mir verursacht haben mag, Almayers habe ich nie anders als freundlich gedacht.«

Nein, die Ufer des Pantai, wie der Berau um 1880 hieß, waren sicher kein brauchbarer Ort für die Aufzucht von Gänsen, aber als Statisten für das Wahnreich dieses Händlers taugten sie ebensogut wie das Pony, das Conrad bei seiner ersten Fahrt auf der »Vidar« flußaufwärts anlieferte. Almayer lebte in diesem Reich zwischen allen Interessen. Er siedelte auf der Grenze zwischen zwei Sultanaten, deren wechselvolle Beziehungen den Berau-Distrikt bis an die Schwelle unserer Tage geprägt haben. Die Spaltung war sein Lebenselement.

Archäologen fanden erste Menschenspuren auf Borneo, die bis in die mittlere Altsteinzeit zurückreichen, als ein außerordentlich seetüchtiges Volk Sendboten nach China und Indien schickte. Um die Zeitenwende besiedelten die Hindus die drittgrößte Insel der Welt. Im 15. Jahrhundert kamen die Chinesen, und ein Jahrhundert später die ersten Weißen. Das Tagebuch eines gewissen Antonio Pigafetta, eines Gefährten Magellans, nennt den Namen Borneo. Der Pfeffer lockte Ende des 16. und Anfang des 17. Jahrhunderts spanische, portugiesische und holländische, schließlich auch englische Kauffahrer an. Sie gründeten die ersten Handelsstationen.

Nur die holländische Ostindienkompanie fuhr ziemlich achtlos an der Insel vorbei und überließ englischen Abenteurern die Gegend. Einer der ersten, der an den Ufern von Conrads Fluß gestorben ist, war George McKenzie Morgan, der am 22. Oktober 1851 im Alter von 25 Jahren aus dem Leben schied, wie ein Grabstein auf dem Friedhof von Gunung Tabur, den Conrad gewiß gelesen hat, berichtet. Dort heißt es weiter: »Er war der erste europäische Kaufmann, der sich in Brow niederließ. Abberufen aus diesem Leben in jungen Jahren, zum tiefen Kummer seiner Verwandten, zum Bedauern seiner heidnischen Freunde und Nachbarn, deren Wertschätzung und Vertrauen er sich erwarb. Dieser Stein ist seinem Andenken gewidmet von seinem tief betrübten Onkel, G. P. King.«

Dieser George Peacock King war ein Vorläufer des Sir James, der zusammen mit Kapitän William Lingard die Kontur für Conrads »Tom Lingard« abgab. King hatte sich in der Nähe von Samarinda in einem auf Strand gesetzten Schiff niedergelassen, das er zur Verteidigung gegen die Piraten als Festung ausbaute. 1848 richtete er seinem Neffen George am Berau eine Filiale ein.

Er war nicht der erste Weiße in Samarinda. 1825 töteten

Kopfjäger den Franzosen Charles Müller, weil sie dessen Hautfarbe entsetzte. In Kuching hatte der Engländer James Brooke eine Art Idealstaat gegründet, um diesen Teil der malaiischen Welt vor Ausplünderung und Verfall zu schützen. In sein Tagebuch schrieb er: »Die ersten westlichen Reisenden fanden die Eingeborenen des Archipels reich und mächtig vor. Sie hatten stabile Regierungen und unterhielten einen blühenden Handel mit allen Teilen der Welt. Der raubgierige Europäer hat sie auf ihren gegenwärtigen Stand heruntergebracht.«

Conrad widmete dem Andenken Brookes in seinem Roman »Die Rettung« die Sätze: »Fast noch in unserer Zeit hat es ein Beispiel dafür gegeben – einen echten Abenteurer, was die Treue, mit der er seinem Impuls folgte, anbelangt –, ein Mann hoher Gesinnung des Geistes und mit reinem Herzen, der das Fundament eines blühenden Staatswesens auf den Ideen der Gerechtigkeit und des Mitleids errichtete. Ritterlich erkannte er die Ansprüche der Unterworfenen an.«

Der Sultan von Sarawak machte Brooke zum Radscha, und die Regierung in London adelte ihn. Er war der erste von drei weißen Radschas, die über das Dschungelreich von 1841 bis 1946 herrschten, die Jahre im Zweiten Weltkrieg ausgenommen, als das Land von den Japanern besetzt war. Conrad verehrte Sir James.

Aber nicht nur ihn. Da gab es noch jenen Kapitän William Lingard, der nicht wie Sir James zu denen gehörte, die »Vorteile an Geburt, Stellung, Intelligenz besaßen, die aber sein Mitgefühl mit dem Volk der See und der Wälder teilten, das er so gut verstand und in sein Herz geschlossen hatte«. Die Holländer hielten Lingard für einen Freibeuter, aber die Malaien sahen in ihm ihren Beschützer. Er verteidigte sie gegen die Piratenhorden der Illanuns, Lanuns, Sulu oder Bajaus.

Lingard pflegte in Singapur von seinem Fluß auf Borneo zu erzählen. Die Ansiedlung am Berau wurde von Piraten gegründet, die mit ihren flachen Booten leicht die Flußläufe hinaufkamen und im sumpfigen Urwald ideale Verstecke fanden. Sie vertrieben die Dayaks ins Landesinnere, besiedelten die Mündung und gründeten Dynastien, deren Vertreter das Schicksal des Charles Olmeyer alias Kaspar Almayer bestimmten und deren Nachfahren noch heute in Gunung Tabur am Segah und in Sambaliung leben, das an der Stelle liegt, an der sich der Segah mit dem Kelai zum Berau vereinigt. Die Grenze zwischen den beiden Sultanaten teilte den Ort Tanjungredeb.

Die Teilung war das Ergebnis einer Revolution, der ein fünfzigjähriger blutiger Bürgerkrieg folgte. Wie es dazu kam, schildert Jerry Allen in ihrem Buch »Joseph Conrad – Die Jahre zur See« so: »Radscha Alam, der Sohn eines Sulu-Prinzen und der Enkel des sechsten Sultans von Berau, empörte sich gegen den regierenden siebten Sultan, Sjech Abedien, und forderte die Unabhängigkeit des Distrikts Sambaliung. Er gab den Sulu-Piraten, die von Celebes herüberkamen, Schutzgarantien, was die holländische Regierung dazu bewog, ihn für drei Jahre nach Makassar ins Exil zu schicken. Nach Berau zurückgekehrt, setzte Radscha Alam seinen Kampf mit dem Erfolg fort, daß Sambaliung im Jahre 1844 zum selbständigen Staat erklärt wurde.

Der restliche Teil des ehemaligen Sultanats Berau wurde zu dem Staat Gunung Tabur erklärt. Die beiden neu gegründeten Staaten lagen, durch den Fluß getrennt, einander gegenüber, und ihre Grenzlinie teilte die Ortschaft Berau in zwei Hälften.«

Die Bajaus, die auch See-Zigeuner genannt wurden, sind die bedeutendste Piraten-Gruppe, die am Berau Asyl gefunden hatte. Heute leben sie friedlich auf den Inseln im Fluß, während die Sulus und Lanuns das Piratenhandwerk nie ganz aufgegeben haben. Noch 1963 wurden vor der Nordküste Borneos sechzig Piratenboote aufgebracht.

Babalatchi, der Berater des Sultans in »Almayers Wahn«, war einer von ihnen. »Die alten Zeiten waren die besten«, sagt er dort. »Ich selbst bin noch mit den Lanun-Männern gesegelt und habe in der Nacht schlafende Schiffe mit weißen Segeln geentert. Das war noch, bevor ein weißer Radscha in Kuching regierte. Damals kämpften wir gegen unsereinen und waren glücklich. Heute kämpfen wir gegen euch und können nur sterben.« Seine Gefechte gegen die Piraten hatte Kapitän Lingard den Ehrentitel ›Radscha Laut«, »König der See«, eingebracht.

Er war schon ein alter Mann mit weißen Haaren, als Conrad ihn in Singapur in »Charles Emmerson's Tiffin Rooms« kennenlernte. In seinem zweiten Roman »Der Verdammte der Inseln« schreibt er über Lingards Gelächter, daß es dröhnte und rollte. Dort heißt es: »In dem großen Billardsaal pflegten schwitzende Männer in dünnen baumwollenen Unterhemden das Spiel zu unterbrechen und, das Queue in der Hand, eine Weile in Richtung der offenen Fenster zu lauschen, woraufhin sie einander mit feuchten Gesichtern bedeutungsvoll zunickten und raunten: ›Der alte Bursche redet wieder über seinen Fluß.‹«

Lingard war dreißig Jahre alt, als er zum ersten Mal den Berau hinauffuhr und vom Sultan von Gunung Tabur freundlich aufgenommen wurde. 1860 richtete er dort eine Handelsstation ein. 1862 heiratete er Carolina Olmeyer, eine Cousine von Charles Olmeyer, die ihn auf seinen Fahrten begleitete und bei den im Archipel berühmten Gefechten mit den Piraten und der Rettung des auf Grund gelaufenen holländischen Dampfschiffes »Reteh« dabei war. Diese letzte Tat brachte ihm durch Erlaß des niederländischen Königs Wilhelm III. vom 6. Februar 1869 die Ritterwürde ein. Der sonst redselige Lingard hat diese Ehrung nie erwähnt, ein

Umstand, den Conrad beeindruckt haben mag, verzichtete doch auch er, als ihm 1924 für seine literarischen Verdienste die Ritterwürde angetragen wurde, auf diese Auszeichnung.

Als Lingard 1870 eine Reise nach England machte, setzte er seinen angeheirateten Verwandten Charles Olmeyer, einen ledigen Mann von zweiundzwanzig Jahren, als Verwalter seiner Niederlassung am Berau ein, der dort schlecht gelaunt, trauervoll und wütend den großen Rest seines Lebens hinbrachte.

Damals hatte Lingards Glück seinen Zenit bereits überschritten.

Er hatte Schiffe verloren, verkaufen oder verpfänden müssen, ein anderes, mit dem Olmeyer nach Berau gekommen war, verfaulte im Uferschlamm des Flusses. 1880 holte Lingard auch seinen Neffen James in diese weltverlorene Gegend, »wo die Nemesis, verstohlen auf der Lauer liegend, die Rasse der Eroberer verfolgt und ereilt«. Conrad hatte Charles und James im August 1887 zum ersten Mal getroffen, als er mit der »Vidar« den Berau hinaufdampfte.

Lingard, der in den neunziger Jahren starb, war ein Friedensstifter an einem Ort der größten Einsamkeit und Zerrissenheit. Unter einer Glocke aus Trance und unbestimmter Erwartung wurde das Leben von den Konflikten zwischen den beiden Sultanaten bestimmt. Olmeyer war in den Traum von einem El Dorado an den Oberläufen der Flüsse versunken, in einen Traum am Ende der Welt.

Zu Conrads Zeiten lebten vier Europäer in diesem Flußdorf, die alle mehr oder weniger verwandelt in seinen Büchern auftauchen. Die Häuser von Lingard und Olmeyer zeichneten sich vor allen anderen durch ihre großen Veranden aus, von denen man weit über den Fluß blicken konnte, der an dieser Stelle eher einem trägen See ähnelt.

In einem trüben Seitenarm des Flusses, nicht weit von

Olmeyers Haus, moderte das Wrack des Schiffes, mit dem er angekommen war. Er benutzte es als Warenlager, und außerdem schlief ein alter russischer Trinker darin, mit dem Olmeyer bei Gin pur und umschwirrt von Myriaden von Insekten seine mürrischen und eitlen Ansichten über den Zustand der Welt erörterte. Lingards Monopol – der Handel drehte sich vor allem um Guttapercha, eine kautschukähnliche Masse, die aus dem Milchsaft bestimmter Bäume gewonnen wird – bröckelte. Die holländische Regierung kümmerte sich mehr um die Ausbeutung der reichen Kohlevorkommen am Berau – hinter Almayers Haus türmten sich schon die Halden –, und außerdem beherrschten die arabischen Händler Syed Abdulla und Syed Alwee die Religion. Weshalb sollte Olmeyer nicht untröstlich und zornig sein?

Er war 1848 in Surabaya auf Java geboren worden, wo er am 2. September 1900, fünf Jahre nach dem Erscheinen von »Almayers Wahn«, während einer Krebsoperation starb und auf dem Peneleh-Friedhof begraben wurde. Als Conrad ihm begegnete, war er ein großer, schwerer Mann mit dunkler Haut und einem dicken Schnurrbart, neununddreißig Jahre alt, mißvergnügt und arrogant.

1874 hatte er Johanna Marie Cornelia van Lieshout, die Tochter eines holländischen Offiziers und einer Eingeborenen aus Manado auf Celebes, geheiratet, die freilich nicht die Hexe war, wie Conrad sie beschrieben hat, und von Lingard auch nicht als Angehörige eines Piratenstammes geraubt worden war.

Die beiden hatten in den achtzehn Jahren ihrer Ehe elf Kinder. Cornelia starb bei der Geburt des elften und ließ Charles mit den anderen allein. Die meisten starben, bevor sie erwachsen waren. Der Ausbildung der überlebenden Kinder galt Olmeyers größte Sorge. Ihr opferte er das Vermögen, das er mit dem Guttapercha-Handel gemacht hatte.

Conrad hatte nur zwei von Olmeyers Kindern – den jüngsten Sohn und eine fünfjährige Tochter – kennengelernt. Das Mädchen erscheint in »Almayers Wahn« als Nina. Dieses spanische Wort für »kleines Mädchen« ist in die malaiische Sprache eingegangen. In »Der Verdammte der Inseln« beschreibt er sie »mit langem schwarzen Haar, das ihr bräunlich fahles Gesichtchen einrahmte, aus dem die großen schwarzen Augen mit kindlicher Feierlichkeit herausschauten«.

Der Sohn Willy, der in Samarinda ähnlich Handel trieb wie sein Vater am Berau, hatte Olmeyers Tagebuch lange Zeit in einem Safe aufbewahrt, bis es 1942 während der japanischen Invasion Borneos vernichtet wurde.

Aber Olmeyer handelt nicht nur mit Guttapercha, Bienenwachs und Rattanholz, er schmuggelte auch trotz der Verbote der Holländer Waffen, Vorderlader für die Dayaks, ins Landesinnere. Und die »Vidar« war an dem Waffengeschäft beteiligt, was ihre bevorzugte Behandlung am Berau erklärt.

In der Hoffnung, bei der Festlegung der holländisch-britischen Grenzen auf Borneo würde Berau unter britischen Einfluß kommen, hatte Olmeyer als Teilhaber der englischen Firma Lingard & Co. 1881 angefangen, ein Haus am Fluß zu bauen, das er später den Engländern zur Verfügung stellen wollte. Conrad in »Almayers Wahn«: »Die Aufregung, die die Niederlassung der Britischen Borneo-Gesellschaft auf der ganzen Insel hervorrief, ließ sogar das träge Leben am Pantai schneller fließen. Große Veränderungen wurden erwartet; man sprach von Annexion; die Araber wurden höflich. Almayer begann mit dem Bau seines neuen Hauses, das der Bequemlichkeit künftiger Ingenieure, Vertreter und Siedler der neuen Gesellschaft dienen sollte …«

Es kam anders. Als 1882 in London die Grenzen der Britischen Nord-Borneo-Gesellschaft ausgehandelt wurden, schlug man Berau der holländischen und nicht der britischen Zone zu. Und als holländische Marineangehörige einen Besuch dort machten, »wurde das halbfertige, zum Empfang der Engländer erbaute Haus durch den einstimmigen Beschluß fröhlicher Seeleute an einem feuchtfröhlichen Abend auf den Namen ›Almayers Wahn‹ getauft«.

Noch eine Gewißheit Olmeyers blieb leerer Wahn: Er hat seinen Goldschatz, von dem er sicher war, daß es ihn in den Flußbetten im Inneren gab, nie gefunden. Am 1. Dezember 1890 beantragte er zum letzten Mal Schürfrechte. In dem Antrag wird, so schrieb Professor Johan Resink 1960 in einem Aufsatz, »um die Genehmigung ersucht, mit dem Sultan von Sambaliung und/oder seinen Untertanen Verträge abzuschließen zu dem Zweck, nach Gold und anderen Mineralien zu schürfen«.

Außer Olmeyer und dem trinkfreudigen Russen, aus dem in »Der Verdammte der Inseln« ein rumänischer Orchideenjäger wurde, lebten zwei weitere Europäer am Berau: der Holländer Carel De Veer, aus dem der Willems in »Der Verdammte der Inseln« wurde und auf dessen Ankunft »Almayer seine sämtlichen Mißerfolge seither in chronologischer Reihenfolge« zurückführte, und Jim oder James Lingard, der Neffe von William Lingard, Conrads Vorbild für den berühmten »Lord Jim«.

Auch die Lebensspuren dieser beiden Männer sind erforscht und beschrieben worden. Sie führen nicht tiefer in sein Werk, in dem das Leben des Autors im Archipel zu einem erinnerten Geheimnis geworden ist, das sich weder spekulativ noch durch fleißiges Graben in Archiven erschließt. Aber die Indizien haben immer wieder die Phantasie der Leser beflügelt, die in der Gegenwelt der dunklen Gewässer die Antwort auf Fragen suchten, die sie sich in Worten nicht stellen konnten. Diese Spuren sind so ausgeprägt, daß sie zu Identifikationen verführen konnten, schienen doch die literarischen Gestalten plötzlich Existenz im Leben zu haben, was sie noch widersprüchlicher und erregender erscheinen ließ.

Obwohl es über ein halbes Jahrhundert gedauert hat, wurde auch das Geheimnis um den Ort zwischen den zwei Flüssen, um den Ort der Zwistigkeiten und der Wahnträume, gelüftet. Menschen aus allen Weltgegenden waren an den Nachforschungen beteiligt. Sie meinten, Conrads Fluß auf Sumatra, auf den Philippinen oder auf den Tigerinseln gefunden zu haben.

Schon 1937 war ein britischer Geschäftsreisender zufällig nach Berau gekommen und hatte seine Entdeckung in einer kleinen Zeitschrift mitgeteilt, aber sein Hinweis fand keine Beachtung. Zwei Jahre später kam Dr. John Gordan, Autor des Buches »Joseph Conrad, the Making of a Novelist«, nach Bulungan, einem Ort weiter nördlich von Berau, wo er auch die genaue Lage der Siedlung erfuhr, den Weg dorthin jedoch nicht fand.

Kurios, daß der holländische Autor Dr. Roelof Broersma in seiner wirtschaftswissenschaftlichen Arbeit »Handel en Bedrijf in Zuid-en Oost-Borneo« Conrad mit Berau bereits 1927 in Verbindung gebracht hatte. Eine Mitteilung ohne Folgen. Der Zweite Weltkrieg, als die Japaner Borneo besetzt hielten, unterbrach die Suche. 1946 nahm sie der englische Arzt Dr. J. G. Reed wieder auf. In Singapur traf er schließlich Mrs. C. C. Oehlers, die einzige Tochter Jim Lingards, Kapitän Lingards Neffen, den Conrad kennengelernt hatte. Sie erzählte von ihrem Geburtsort am gegabelten Fluß und nannte seinen Namen: Berau.

Dr. Reed schrieb an Mijnheer R. Haverschmidt, den Direktor der holländischen Kohlenmine, der zwar kaum etwas von Conrad gelesen hatte, sich aber rasch sachkundig machte und am 30. Juli 1951 an Dr. Reed zurückschrieb: »Ich fand mich hier auf der Veranda des Distriktverwalters in

Tanjungredeb als faszinierter Beobachter sitzen, genauso, als wäre ich der Zuschauer all der wunderbaren Geschehnisse, die Conrads Meisterhand vor meinen Augen heraufbeschwor.«

Dieses Haus stand an derselben Stelle, an der Kapitän Lingard sein Haus auf Pfählen errichtet hatte. 1904 kaufte es der Sultan von Gunung Tabur und benutzte es als Palast, in den dreißiger Jahren wurde es abgerissen. Das an derselben Stelle für den holländischen Distriktverwalter errichtete Gebäude wurde 1945, als der Ort während des Tarakan-Feldzuges bombardiert wurde, zerstört. Es wurde wieder aufgebaut und war der Schauplatz für den enthusiastischen Mijnheer Haverschmidt.

Den endgültigen Beweis, daß Berau Conrads Ort war, fand Haverschmidt auf einem verfallenen, fast vom Dschungel wieder in Besitz genommenen Friedhof bei Gunung Tabur. Dort entzifferte er auf einem Grabstein die Holländische Inschrift: »Hier rusten onze lievelinge Carel George geb. 29. Dec. 1874 overl. 4 Febr. 1876 Albert Eduard geb. 2 Jul. 1878 overl. 28. Nov. 1878 Hun dood betreuren wij des te meer daar wij alhier verlaten enzaam en zonder eeniger troost bevinden Charles Olmeyer Johanna Marie Cornelia geb. van Lieshout.« Er hatte das Grab der beiden früh verstorbenen Söhne Olmeyers gefunden.

Als er diese Entdeckung 1960 in einem Brief an Jerry Allen, deren Buch wohl das akribischste Kompendium der Suche nach Conrads Spuren ist, mitgeteilt hatte, war das Rätsel um das »Gebiet, das fern von hier und noch immer voller Geheimnis im Osten liegt, zwischen den tiefen Wassern zweier Ozeane«, endgültig gelöst.

Der Ort ist noch immer voller Geheimnis. Zwar steht »Almayers Folly« schon lange nicht mehr – es fiel demselben Luftangriff zum Opfer wie Lingards Haus –, zwar ist es nicht sicher, ob der Baum noch der javanische Schattenbaum ist, den der arabische Händler Syed Abdulla um die Jahrhundertwende angepflanzt hatte und so den heutigen Namen von Berau stiftete: Tanjungredeb, was auf malaiisch so viel wie »Landspitze Schattenbaum« heißt, aber auch der heutige Reisende scheint in dieser Gegend ins Zentrum einer Stille zu gelangen, die sich gleichsam von der Rückseite der Welt her ausbreitet.

Die Siedlung auf der Landspitze und ihre Umgebung hatten Conrad den Stoff für neun seiner Werke verschafft: für die Romane »Almayers Wahn«, »Der Verdammte der Inseln«, »Sieg«, »Lord Jim«, »Die Rettung« und die Erzählungen »Karain«, »Die Lagune«, »Das Ende vom Lied« und »Freya von den sieben Inseln«.

Am 5. Januar 1888 verließ Conrad in Singapur die »Vidar« für immer, »aus keinem Grunde, den ein vernünftiger Mensch gelten lassen würde, gab ich meine Arbeit auf – schmiß meine Stellung einfach hin – und verließ das Schiff, von dem man schlimmstenfalls sagen konnte, daß es ein Dampfschiff war und deshalb vielleicht nicht einen Anspruch auf jene unbedingte Treue hatte, die … Es war, als ob ich, ohne es zu wissen, ein Flüstern gehört oder irgend etwas gesehen hätte. Nun – vielleicht. Am Vortage war noch alles in schönster Ordnung gewesen, und am nächsten Tag war alles dahin – aller Glanz, alle Würze, alles Interesse, alle Zufriedenheit – einfach alles. Es war einer jener Augenblicke, wissen Sie.«

War es der Augenblick, in dem die neue Existenz als Schriftsteller zu locken begann, obwohl sie erst sechs Jahre später, nachdem Conrad mit der »Otago« sein erstes und letztes Schiff als Kapitän geführt hatte, ihren Anspruch durchsetzte? In einer Verstörung war sie plötzlich da und fing an, sich in Conrads Phantasie einzunisten: »diese ganze Gesellschaft von Leuten, die mir ins Ohr geflüstert und sich vor meinen Augen bewegt, die so viele Jahre mit mir zusammengelebt hatten«, wie er am 24. April 1894, am Tag, an dem er »Almayers Wahn« beendet hatte, an Marguerite Poradowska schrieb. In seiner letzten Existenz – seiner vierten nach den Jahren in Polen, in Frankreich und im Archipel – wird er sich selbst »eine Art von inspiriertem Humbug« nennen.

Der Schriftsteller Joseph Conrad war ein schweigsamer Mann. Wenn er schrieb, bat er, wie er es ausdrückte, seine »Erinnerungen um Beistand«. Die Erinnerungen, das waren keine willfährigen Gesellen, die sich an der Leine des Stils gängeln ließen. »Ich liebe die Arbeit nicht«, sagte er, »kein Mann tut das. Aber ich liebe, was in der Arbeit steckt: sich selbst zu finden.«

Sein Schreiben war auch ein Reisen, ebenso gefährdet wie das zur See, ebenso von Untiefen und dem Zustand der absoluten Bewegungslosigkeit bedroht. Was er erlebt hatte, half ihm in der vergrabenen Einsamkeit seiner literarischen Existenz nichts. Auch wer lediglich die erlebten Tatsachen in diesem Werk entschlüsselt, wie es mancher, von der Neugier auf Fakten geplagte Conrad-Forscher getan hat, wird zu seinem Ernst und seiner Würde nicht vordringen.

Conrad haßte es, ein Stilist genannt zu werden. Das Schreiben war etwas, das seine ganze Natur ergriff. Dreißig Zeilen am Tag bedeuteten einen guten Durchschnitt. Von der Reise mit der »Roi des Belges« den Kongo hinauf hatte er ein volles Tagebuch mitgebracht, in das er aber keinen Blick mehr warf, als er »Herz der Finsternis« schrieb. Da galt es, einen ganz anderen Fluß hinaufzukommen, auf dem die Landmarken der wirklichen Erlebnisse nicht helfen konnten. Sein Vorbild waren nicht London oder Stevenson, sondern Flaubert, an dessen »Salammbô« er sich orientierte, als er »Der Nigger vom Narcissus« schrieb.

Das Feld des Selbst, das der Schriftsteller und ehemalige Seefahrer entdecken wollte, »ist so weit, die Überraschungen sind so mannigfaltig, der ganze Gegenstand ist so voller nutzloser, aber merkwürdiger Hinweise auf das Walten verborgener Mächte, daß man dessen nicht leicht überdrüssig wird«, notierte er in »Über mich selbst«. Und dort steht auch der Satz: »Sein ist Schuld.« Das zentrale Thema seiner Bücher, die, wie es Albert J. Guerard in seinem Buch »Conrad, the Novelist« klar und schön ausdrückte, den »verzweifelten Versuch« darstellen, »etwas im Raum hinter sich zu lassen, was in der Zeit ständig mitreist«.

Dieser Autor hatte keinen Glauben an den stetig fortschreitenden Sinn der Geschichte. Aber er war ein tapferer Fatalist, der von Angesicht zu Angesicht mit der unbewegten Steinmaske Leben seine Kraft erprobte. »Es gibt allerdings auch Gefühle, und indem wir uns ihnen überlassen, entgehen wir zwar weder dem Tod noch dem Leiden, die unser allgemeines Los sind, aber wir werden fähig, sie in Frieden zu ertragen.«

Lange nach den Jahren auf See bestürzte Conrad seine Freunde immer wieder, weil er plötzlich in sich versank. Jean-Aubry hat diesen Zustand beschrieben: »Vergraben in sich selbst, auf den Beschauer wie erdrückt unter der Last seiner Erinnerungen wirkend, verharrte er manchmal in einem langen Schweigen. Ein Name, der in der Unterhaltung fiel, die Erwähnung einer Landschaft genügten, um ihn in tiefe Meditation sinken zu sehen, unfaßbar und durch nichts zu erreichen wie ein außer Sicht geratenes Schiff, und niemand vermochte es in solchen Augenblicken, das Schweigen zu brechen – nicht so sehr aus Respekt vor der Traumverlorenheit dieses großen Geistes, als vielmehr aus einer Art physischen Unvermögens, das einen buchstäblich so lange in Bann hielt, bis er wieder auftauchte wie ein Felsen, den die zurückweichende Flut freigibt.«

SECHS

Hier sind die Menschen viel scheuer als an den Orten, an die ich bisher gekommen bin, dachte ich, als ich auf der Mole von Tanjungredeb stand, ungefähr hundert Meter von der Stelle entfernt, an der »Almayers Folly« den japanischen Bomben zum Opfer gefallen war. Vom anderen Ufer des Segah, der träg wie Quecksilber auf die Landspitze mit dem großen Baum zukroch, schimmerten die Dächer von Gunung Tabur herüber. Der Fluß war angeschwollen und voller Wirbel, denn die Flut der Celebes-See drückte ins Landesinnere. Ich war tatsächlich angekommen.

Die Menschen sahen aus, als wollten sie etwas verbergen. Halb im Schlamm eine Kanals, dessen trübes Wasser die Reste des Schiffes, mit dem Olmeyer hierhergekommen war, endgültig verdaut hatte, stand ein Warong. Dunkle Gesichter, die dunkelsten meiner Reise, spähten hinter der Zeltplane, die den Laden gegen die Mole hin abschirmte, hervor. Wenn ich ihre Blicke erwiderte, wandten sie sich ab und löffelten hastig ihre Soto-Suppe. Wo mochte Nehoda sein?

Auf dem Deck eines kleinen gelben Steamers hockte ein Mann auf den Fersen und bürstete Rost von einem Eisenstück. Das machte ein singendes Geräusch, das einzige. Sirikat, ein Sumatraner aus Medan, der vor zehn Jahren nach Tanjungredeb gekommen war und hier ein Losmen, eine Herberge, betrieb, rief dem Mann auf dem Schiff etwas zu, der darauf unter Deck verschwand. Das Dampfboot hieß »Golden Seahorse«.

»No good place here, mister«, sagte Sirikat. Er hatte mit seinem verbeulten VW-Bus am Rande des kleinen Flugfeldes mitten im Busch gewartet und mich in sein »Losmen

Kartika« gebracht. Weiß der Himmel, woher er von meiner Ankunft wußte. Lange hatte ich dem Flugzeug der beiden Italiener nachgewinkt, und als es mit den Flügeln wackelnd hinter der letzten Palmenkette verschwunden war, schien es mir, als könne nur ein Wahnsinniger der Überzeugung sein, daß es dort jemals wieder auftauchen würde.

Die zehn Kilometer Fahrt durch den Urwald auf einem Schlammpfad war wie der Ritt auf einer bockigen Riesenschildkröte gewesen, hart, schleichend und grotesk. Doch bald blitzte das Wasser des Segah durch das Blattwerk, und als wir dem Flußlauf weiter folgten, überfielen mich Glücksschauer so übermächtig, daß ich hätte singen und jubeln können, überwältigt vom Dasein im magischen Gebiet.

Losmen ist eine Verballhornung des Wortes Lodgement, und Sirikats Losmen sah aus wie die Verballhornung jeder erdenklichen Vorstellung von Herberge. Als wir in den dunklen Flur getreten waren, zeigte er immer wieder auf die stockfleckigen Wände, die brüchige und glitschige Treppe, die zu Verschlägen im ersten Stock führte, von denen er mir einen mit einer hochtrabenden Fünf auf der Tür zuwies, und klagte in langgezogenen Lauten: »No money, Mister, no money!«

Jetzt stand er an der Mole und starrte mit zusammengepreßten Kinnladen auf die »Golden Seahorse«. Etwas erfüllte ihn mit unbändiger Wut. Meine unruhige Lust am Spekulieren entdeckte in seinem Zustand sogleich ein Geheimnis um Gold und Waffenschmuggel. Dafür schien mir auch die Sonnenbrille, die er auch jetzt nicht abnahm, da die Dämmerung mit dem Fluß herabfloß, ein Beweis zu sein.

Vielleicht hatten alle Versuche des Bupati Armeyns, meine Reise nach Tanjungredeb zu verhindern, mit der Anwesenheit dieses kleinen Eisenschiffes zu tun, vielleicht war es randvoll mit Waffen. Wie mochte es Nehoda ergangen sein? Die »Leili« lag blau und verwaist ein paar hundert Meter flußaufwärts an der Mole. Sirikat hatte auf meine Fragen nach »another German« nicht reagiert. »Dutch no good«, war seine Antwort gewesen. »I am no Dutch, ich bin Deutscher from West-Germany«, hatte ich gesagt. »Dutch no good people«, hatte er wiederholt.

Von Gunung Tabur aus steuerte ein schmales Langboot die Mole von Tanjungredeb an, auf Babalatchis, des unermüdlichen Nachrichtenjägers und Intriganten Route. In der späten Sonne blitzten die Heckwellen des Bootes hell und schienen einen Faden zwischen den Ufern zu spinnen. Schon beim Anflug hatte ich nach den Zwillingsbergen Ausschau gehalten, aber nichts entdeckt, was nach einem Berg mit gespaltenem Gipfel aussah. Und auch von hier aus – exakt aus Almayers Blickwinkel – war so ein Doppelberg nicht zu sehen, nur flache, mit gekraustem Buschwerk bewachsene Hügel, die den Fluß in weiten Schwüngen begleiteten.

Sirikat ging zu den beiden Männern, die ihr Boot festmachten, und sprach leise mit ihnen. Sie beachteten mich nicht, aber ich spürte, daß es um mich ging. Ich war mit der Atmosphäre der Bedrohung, die von dem konspirativen Trio ausging, völlig einverstanden. Auch die Dunkelheit, die die Landspitze nun fast völlig bedeckte und den Himmel licht erscheinen ließ, so daß die hohen Palmen wie mit Tusche darangemalt schienen, schreckte mich nicht, hatte ich doch etwas in dieser Art erwartet.

Ich war ruhig und wie aufgehoben in dieser Szenerie. Eine letzte Wolke in Altrosa segelte in Richtung Meer über den Himmel, dann war er bereit für den Auftritt der südlichen Sterne. Aus dem Warong blakte das Licht der Petroleumlampen. Im Sumpfkanal hinter mir begann das Geblöke der Frösche, die ich mir groß wie Igel vorstellte. Sirikat ließ die Männer stehen und kam zu mir.

»Go to losmen or see pasar?« sagte er. Ich wollte den Markt sehen und sagte: »See pasar.«

Wir stolperten in der Dunkelheit flußabwärts der Landspitze zu. An der Stelle von Lingards Haus stand ein größeres Gebäude, das mit seinen bunten Reklameaufschriften wie ein Lagerschuppen aussah. Davor ging rechts ab eine schmale Dorfstraße hinüber zur anderen Seite der Landspitze. Ich wußte, daß wir uns jetzt dem Ufer des Kelai näherten, der Tanjungredeb von Sambaliung, dem ehemaligen Sultanssitz des rebellischen Radscha Alam, trennt.

Plötzlich flammten überall elektrische Lichter auf. Die Innenräume der Hütten erbleichten von nackten Glühbirnen, hie und da glänzte der blaue Schein von Fernsehschirmen, an manchen Fassaden hingen bunte Lampen. Jetzt sah ich, daß unser Weg von Menschen gesäumt war, die uns unbewegt betrachteten. Die Stromsperre sei vorbei, erklärte Sirikat umständlich, wobei ich eine Weile nicht verstand, daß er mit »brake« Sperre meinte. Dann folgte ich ihm über einen Holzsteg zwischen zwei Hütten hinunter zum Fluß.

»Sambaliung«, sagte Sirikat und zeigte zum anderen Ufer.

Drüben war nicht mehr viel zu erkennen. Ein für diese Gegend großes Haus – die Form eines Daches wies den Schatten als Haus aus – mußte wohl der Sultanspalast sein. Zwei mächtige Kokospalmen flankierten ihn wie zur Wacht. Flußaufwärts konnte ich eine Reihe Hütten auf Pfählen dicht am Ufer sehen, in denen winzige Lichtpunkte blinkten, flußabwärts verlor sich der Kelai im Segah, und beide vermischten sich zu einem namenlosen Dunkel.

Sirikat wurde ungeduldig. Wie sollte er mein Interesse für dieses Schattenreich verstehen? Wir kamen auf einen kleinen Platz, auf dem ein Redner in einem blendend weißen Anzug mit harten, rollenden Lauten zu einer Menschenmenge sprach. Offenbar war er über eine Sache äußerst empört.

»Politics«, erklärte Sirikat.

Den Markt bildete eine Ansammlung wackliger Stände, die von riesigen Zeltplanen bedeckt und gehalten wurden. Im Inneren glühte er vom Licht rußender Petroleumlampen. Es sah aus, als habe eine Karawane hier ihr Nachtlager aufgeschlagen. Die üblichen gestaltlosen Plastikprodukte waren zwischen den kunstvoll geschichteten Früchtearrangements erbärmlich und schamlos ausgebreitet.

Die Händler priesen nichts an. Keine Spur von der aggressiven Lust, festzuhalten, anzubieten, aufzudrängen, die mich auf meiner Reise so oft angewidert hatte. Reglos standen sie da, als warteten sie auf das Ende aller Tage.

Verborgen unter allerlei Sirupflaschen und ein paar Flaschen »Oppenheimer Krötenbrunnen« entdeckte ich eine verstaubte Flasche Whisky der Marke »Johnny Walker« und kaufte sie. Zum ersten Mal verzog Sirikat seine Kinnladen zu einem Grinsen, und seine Augäpfel blitzten hinter der Sonnenbrille.

»I am a moslem«, sagte er und deutete auf die Flasche. »This is good, very, very good, but I am a moslem.« Den ganzen Weg zurück zum »Losmen Kartika« kicherte er.

Vor den Verschlägen im oberen Stock des Hauses gab es eine schmale Veranda mit einigen Rohrstühlen. Ich setzte mich, legte die Füße auf das Geländer, trank den Whisky aus der Flasche und roch meinen verdreckten Körper. Sirikat hatte auf zwei verrostete Tonnen, die neben einem über und über mit Töpfen und Tiegeln bedeckten Herd standen, gezeigt: »Washing.« Gleich dahinter war ein Verschlag mit einem betonierten Fleck, in dem sich ein Loch für die Notdurft befand. Ich hatte keine Lust auf die Prozedur mit dem Kaliumpermanganat und genoß es, mich zu riechen, im Kopf die dichter werdenden Alkoholnebel zu spüren und auf das Kreuz des Südens am tintigen Himmel zu blicken.

Da stand es, regelmäßig und schön, beschwichtigend und

segnend geneigt über das Dickicht dieses Erdteils. Jetzt hatte ich Almayers Blick zu eigen, an der äußersten Grenze der Mimikry. Wenn ich den Kopf ein wenig wendete, konnte ich auch den Haufen der Plejaden sehen, die ich vom ersten Tag an immer wieder wie eine Schutztruppe über mir gewußt hatte.

Vielleicht war Nehoda tiefer ins Landesinnere vorgedrungen, vielleicht suchte er die Kohlenmine des Axel Heyst, die Conrad in »Sieg« beschrieben hat. Heute war ich der einzige Europäer in Tanjungredeb gewesen, einen anderen hätte ich unmöglich übersehen können. Vielleicht hatte er die »Leili« gar nicht verlassen und lag krank unter Deck.

Eine einzelne Wolke legte sich bleich über die Mondsichel. Ich wollte von einer Atmosphäre, die barbarisch und nicht geheuer war, unberührt bleiben, denn jeden Gedanken an den Unbekannten begleitete eine Ahnung von Unglück und Verzweiflung.

»Tomorrow we must go to the police«, hatte Sirikat gesagt, als wir uns zur Nacht verabschiedeten. »Why?«

»They will see your recommendation.« Sein zusammengepreßter Mund machte klar, daß er von einer der ernstesten Sachen der Welt gesprochen hatte.

Die Wolke zerstob in kleinen Fetzen, als habe sie ein Sternenwind ergriffen. Im helleren Mondlicht sah ich unten auf der Straße Männer und Kinder, die schweigend zu mir heraufblickten. Ich machte mit der Hand eine unbestimmte Bewegung, sie rührten sich nicht. Als ich einen Schluck aus der Flasche nahm, hörte ich ein Gemurmel, in dem ich das Wort »bagus«, das so viel wie »groß«, »großartig«, »stattlich« bedeutet, zu erkennen meinte. Ich gab eine Vorstellung und bemühte mich deshalb um ein gewinnendes Lächeln, obwohl ich von dort unten sicher nur ein Schatten war. An der Holzdecke der Veranda jagte ein Cecak eine Zikade. Ich hatte gute Lust, meinen Zuschauern das Mondlied des alten

Claudius vorzusingen. Vielleicht würde ich mich ein paar Schlucke später trauen.

Wie ein Theaterzuschauer auf der Galerie, so saß ich auf Sirikats Veranda mitten in dem berühmten Ort und hatte überhaupt kein sensationelles Gefühl, eher eins der schwelgerischen Leere, das weder von Enttäuschung noch von Befriedigung getrübt wurde. Die Fernsehantennen, Motorräder, Reklameaufschriften und Plastikbottiche, die es natürlich auch hier gab, hatten mich nur einen Augenblick lang irritiert, dann war ich mit ihrer Existenz einverstanden und fand es lächerlich, daß eine begehrenswerte Sache in meiner Vorstellung immer rein und unzweifelhaft erschien. Es war auch in Ordnung, daß ich noch nichts gesehen hatte, was deutlich aus Lingards und Almayers Zeit in meine Gegenwart herüberreichte. Auch diese verborgene Landspitze war vom Krieg entdeckt worden, auch sie erlebte die Stunde Null, in der alles zerstört wurde, was einer anderen Zeitrechnung angehörte. Aber vielleicht war mein Einverständnis mit der enttäuschten Erwartung nur ein bequemer Trost, weil meine Sehnsucht nach dem Ziel von der Reise zu ihm erledigt worden war. Morgen würde ich versuchen, die Sultanspaläste auf den beiden der Landspitze gegenüberliegenden Ufern zu besichtigen. Doch vorher mußte ich zur Polizei, kein Grund zum Singen.

In der Küche unter mir hörte ich Sirikat mit seinem Vater streiten. Sirikat sprach in kurzen, bellenden Silben, denen der Vater hohe, näselnde Töne beimischte. Der alte Mann hatte gleich bei der Ankunft meine Aufmerksamkeit auf sich gezogen. Sein flinker, schlurfender Gang, die gelben aus den Höhlen quellenden Augen, die fleischige, übers Kinn wabbelnde Unterlippe gaben ihm das Aussehen eines heruntergekommenen Komikers, der nach längst vergessenen Erfolgen in Jakarta, Bangkok und Manila in dieser gottverlassenen Gegend untergetaucht war.

In der kurzen Zeit meiner Anwesenheit im Haus hatte er sich dreimal umgezogen. Zuerst erschien er im geblümten Sarong und fleckigen Netzhemd, kurz danach posierte er in kurzen Tennishosen und Dinnerjacket, schließlich tauchte er unvermittelt in ein Laken gehüllt auf, das er wie eine Toga um sich raffte. Er war stocktaub.

Als ich aufstand, um nach den beiden Streitenden zu sehen, verschwanden die Männer und Kinder ohne Hast in der Finsternis. Ich ging zur Treppe und sah den alten Mann im Flur auf dem Boden hocken und die Fußleiste der Wand hellgrün streichen. Er war nackt und ächzte. Sirikat stand über ihm und bellte auf ihn ein. Mein Leben lang war ich mir noch nicht so allein vorgekommen. Wie heftig hätte ich Nehoda umarmt, wäre er in diesem Augenblick aufgetaucht! Wir hätten den Whisky trinken und das Kreuz des Südens zusammen betrachten können.

»It's more fun to complete«, rief ich Vater und Sohn zu. Dann setzte ich mich wieder aufrecht in den Rohrstuhl, denn auch im Überschwang des Einsamkeitsgefühls achtete ich immer noch auf meine Wirbelsäule. Unten wurde es still. Die Nacht der südlichen Welthälfte war mein. Endlich hatte ich den gerichteten Blick verloren, die schwarze Hitze um mich her war die Metapher des blinden Seins, das ich mit Nehoda leicht hätte teilen können, denn auch er, den ich nie gesehen hatte, bedeutete eine dunkle, barbarische Verkörperung dieses Zustandes.

Ich erwachte im Morgennebel. Er hatte Palmen und Hütten zu einem einzigen Kokon versponnen. Die halbleere Whiskyflasche, die nur wenige Meter entfernt auf dem Geländer der Veranda stand, schwamm im Nebel. Schlurfende Schritte Unsichtbarer auf der Straße, Gezänk Sirikats in der Küche. Es war sechs Uhr morgens.

»Der tropische Tag begann kalt … Ich war gerade in einem fröstelnden Gähnen begriffen …«

Ich ging hinunter in die Küche. Sirikat brachte eine Kanne Kaffee und dicke süße Milch, dazu gebratene Langustenstücke und eine Pfeffersoße.

»We must go to the police«, sagte er.

Mein Körper krachte und ächzte inwendig von der Nacht im Stuhl und dem plötzlichen Überfall der Morgenkälte. Mein Schweiß roch nun nicht mehr so vertraut wie in der Nacht. Sirikat setzte die Sonnenbrille auf.

Er wisse nichts von einem Berg mit zwei Gipfeln, sagte er, vielleicht könne mir sein Bruder, Yoseph Andreas, Auskunft geben, denn der sei Polizist und komme weit in der Gegend herum.

Der Bruder erwartete uns in einem Jeep vor dem Haus. Er trug die kakaobraune messerscharf gebügelte Uniform, die mir ihrer Sauberkeit und Pedanterie wegen jedesmal aufs neue gefährlich vorkam. Sein Spargelkopf grinste das Grinsen seines Vaters.

»He is Christ«, sagte Sirikat und meckerte. »You can drink with him.« Auch Yoseph Andreas hatte noch nie etwas von einem Zwillingsberg gehört. Er erklärte mir aber, daß der Baum auf der Landspitze ein Pohon Kayu sei, und bot an, mich zu Prostituierten zu führen.

Das Polizeigebäude war eine einstöckige Kaserne mitten auf einem gerodeten Gelände. Der brutale Widerspruch zur Gegend der Wunder. Versengt und trostlos lag dieses Stück Land mit dem blinden Bauwerk da. Hier hob sich der Nebel nicht über einen glücklichen Tropentag, sondern über der weltweiten Szenerie der Aktenschränke, der lichtlosen Zellen und des erstickten Schluchzens.

»Bupatis house«, sagte Sirikat und wies auf einen weißen Bungalow etwas abseits, vor dem ein Mast mit der schlaffen Staatsfahne ragte. Daneben leuchtete ein hoch umzäunter Tennisplatz rot. Das Netz war zerrissen. Hier residierte also der mysteriöse Herr Armeyns, dem es nicht gelungen war, mich von diesem Ort fernzuhalten, dachte ich zufrieden.

Eine Horde Polizisten lungerte auf der Eingangstreppe, unverschämt glotzend. Der junge Polizeioffizier, in dessen Kammer wir endlich vordrangen, hatte schimmernde Puppenaugen, die zwischen meinem Paß und dem Brief von Dr. May hin und her wanderten. Auf seinem Schreibtisch lag ein Haufen Comics. Auf einem Titelbild erkannte ich einen zähnefletschenden Japaner in Uniform, der mit gezücktem Bajonett auf eine entblößte Frau losging.

»You are Dutch.«

»No, I come from West-Germany.«

»You are Dutch.«

»No, I am deutsch, not dutch.«

Puppenauge rauchte seine prasselnde Garam in einer Zigarettenspitze. »Deutsch is not dutch«, sagte ich noch einmal und brüllte dann fast: »I come from West-Germany!« Noch nie hatte ich so dringend auf meiner Herkunft bestanden.

»We need your fingerprints«, sagte Puppenauge. Eine Empörung mußte her, aber mir gelang nichts Eindrucksvolles. Andreas Yoseph drückte meine Finger einen nach dem anderen auf ein Stempelkissen.

»You cannot stay here«, sagte Puppenauge.

Ich erklärte ihm, daß ich schon morgen früh von einem Flugzeug wieder abgeholt würde, daß ich gar keine Lust hätte, mich aufzudrängen, wo ich unerwünscht sei, und noch einmal, daß ich aus Deutschland und nicht aus Holland käme.

»You must ask the Bupati«, sagte Puppenauge schließlich. Also machten Sirikat, der sichtlich stolz auf die Strenge seiner Polizeibehörde war, und ich uns auf den heißen Betonpfad hinüber zum Bungalow von Armeyns. Wir zogen die Schuhe aus und traten auf den kühlen Steinboden einer Vorhalle, bis uns ein Sekretär in ein großes, mit dottergelben Ledersesseln ausstaffiertes Wohnzimmer führte.

Armeyns war ein kleiner, schmaler Mann. Er stand mit dem Rücken zu uns und blickte durchs Fenster auf die Fahne seines Staates. Neben ihm hing die gewaltig vergrößerte und gerahmte Fotografie einer Katze, die von einer Schar zutraulicher Küken umgeben war.

Er wandte sich um, kam freundlich auf mich zu und gab mir die Hand. Seine Gesichtsfarbe ließ auf ein Leberleiden schließen, auf seiner Oberlippe sproß dünn wie ein Lidstrich die Andeutung eines Schnurrbarts. Er wies uns Plätze in den Sesseln an und schwieg, bis uns der Sekretär den kalten, süßen Tee brachte. Dann sprach er leise auf Sirikat ein.

Schließlich übersetzte mein Herbergswirt, wobei seine lakonischen Mitteilungen in keinem Verhältnis zur Suada des Bupati standen: Er habe mich in Jakarta nicht treffen wollen, weil er kein Englisch könne, es sei mir nicht gestattet zu fotografieren, im Distrikt Berau würden allein die Vorschriften des Bupati gelten, außerdem sei man mißtrauisch geworden, weil gestern ein Fremder angekommen sei, der sich nicht der Landessitte entsprechend benommen habe und den man deshalb ausweisen mußte. Dieser Fremde habe sich aber der Anordnung nicht gefügt und halte sich versteckt, seine Polizisten würden ihn aber bald aufstöbern. Was ich denn in Tanjungredeb wolle?

»I am a tourist«, sagte ich. »I want to visit the two palaces of the sultans.« Wieder hatte ich das Gefühl, daß der Argwohn dieses Mannes etwas mit der »Golden Seahorse« an der Mole zu tun hatte. Der Besuch der Sultanspaläste in Gunung Tabur und Sambaliung wurde mir jedoch erlaubt.

Armeyns stand auf. Wie denn der andere Fremde gegen die Landessitte verstoßen habe, wollte ich wissen. Wieder sprach der Bupati lange und, wie mir schien, amüsiert auf Sirikat ein.

»He sings in the night and laughs about the police«, übersetzte Sirikat.

Es war Mittag geworden. Mein Hemd klebte am Oberkörper, und auch meine Hose war zwischen den Oberschenkeln naß vor Schweiß. Der kleine Fotoapparat in der Hosentasche fühlte sich an wie eine Handgranate. Über den entfernten Bergen türmten sich die ersten Monsunwolken des Tages zu bombastischen Formationen, bald würden sie herunter zum Meer wandern und Tanjungredeb mit einem Wolkenbruch überschütten. Die Fahne bewegte sich schon in einer Vorahnung.

Nehoda war also schlecht dran. Wo mochte er sich verborgen halten? Er hatte sich hier nicht anders benommen als auf allen Stationen seiner Reise, aber hier zog seine Vorliebe für spektakuläre Auftritte mich hinein. Unabweisbar war die Tatsache, daß ich nun als Weißer aufgerufen war, dem anderen Weißen in seiner mißlichen Lage zu helfen. Ich fühlte Abscheu gegen Nehoda, der dabei war, mich in eine dramatische Situation zu drängen. Ich hatte gehofft, an Conrads Fluß jenseits aller Spektakel zu sein – in der ruhigen Anschauung jener Plätze, die seine Bücher rühmen.

Natürlich wußte ich, während ich Nehoda verwünschte, daß ich mich belog, denn seit meiner Ankunft war ich unruhig, angespannt und weit entfernt von einer ruhigen Anschauung der Dinge und Fakten. Auch ich konnte der Wahrheit jener Sätze aus »Sieg«, mit denen ich Menschen zu begegnen pflegte, die an mir einen Mangel an Haltung feststellten, nicht entgehen: »Ich mache mir nichts daraus, was die Leute sagen, und bin natürlich gegen alles immun. Vermutlich habe ich aber einigen Schaden angerichtet, indem ich mich dazu hinreißen ließ, zu handeln. Es ließ sich ganz harmlos an, aber jede Aktion ist nun einmal dazu angetan, Unheil zu stiften. Es ist verteufelt. Darum ist auch die Welt im ganzen so schlecht.«

Axel Heyst war »darüber hinweg«. Aber mir schien in dieser trügerischen Stille irgendeine alles entscheidende Tat noch bevorzustehen, erpreßt von einem anderen, der über Polizisten lachte und in der Nacht sang. Aufgebrochen war ich mit der handlichen These, daß in der Welt nichts los sei außer der Kleinigkeit ihres Untergangs, und angekommen war ich als zweiter Held einer dramatischen Szene, deren erster agierte, als sei der Mensch noch primär in seinen Elementen.

Andreas Yoseph raste in einem tarnfarbenen Jeep heran und wollte wissen, ob er mich jetzt zum Bordell fahren sollte. »Very clean.«

»Go away, go away!« schrie ich. Yoseph und Sirikat lachten.

»He is a christ, I am moslem«, sagte Sirikat und versicherte mir, als wollte er mich trösten, daß er sich sogleich um ein Motorboot kümmern würde, mit dem ich über die Flüsse zu den beiden Sultanspalästen fahren konnte. Als wir auf dem Segah zwischen Tanjungredeb und Gunung Tabur waren, brach der Regen nieder und spülte Wut und Verstörung fort.

Die Wassermassen schienen den Pohon Kayu, den Schattenbaum auf der Landspitze, zu gewaltiger Größe aufzuschwemmen, so daß er wie eine Wolke aussah, die sich auf einem Stamm niedergelassen hatte. Die »Golden Seahorse« lag nicht mehr an ihrem Platz. Auch die »Leili« war verschwunden. Vielleicht hatte Nehoda mit ihr entkommen können.

Der Palast von Gunung Tabur war ein Holzhaus mit einer kleinen Veranda davor. Die Ehrfurcht, mit der Sirikat das Wort »Palast« aussprach, ließ keinen Zweifel an der Würde des Gebäudes aufkommen. Doch erst im Inneren zeigte sich das Haus in seinem besonderen Glanz. In der Mitte des ersten Raums stand eine Reihe runder Tische, die mit gelben Tüchern bedeckt und von zwei Reihen bequemer Sessel flankiert wurden. Auf jedem Tisch ein Aschenbecher, in der

Ecke ein schwarzes Klavier, in der anderen Ecke ein zusammengerollter Baldachin, schwarze Holzplanken der Fußboden. Die Szenerie war wie das kühle Negativ des vor Hitze und Nässe dampfenden Draußen. Ein Konferenzraum für Gespenster.

In dieser Stille schien es mir durchaus wahrscheinlich zu sein, daß der Sultan mit seinen Beratern in den Sesseln saß und dem Seemann Korzeniowski zuhörte, wie er auf dem schwarzen Klavier polnische Volksweisen spielte.

Die Frau, die aus der dunklen Tiefe des angrenzenden Raums auf mich zukam, mochte um die fünzig Jahre alt sein. Sie ähnelte einer gediegenen Hausfrau aus Utrecht mehr als einer Malaiin am Berau.

Sirikat stellte sie mir als die Tochter des letzten Sultans, Maulana mit Namen, vor.

Sie kenne noch ein paar holländische Worte, übersetzte Sirikat. Die Holländer seien noble Leute gewesen. Sie führte mich zu Vitrinen im nächsten Raum, die Geschirr aus feinstem chinesischen Porzellan und Buddhastatuen bargen, die in einer, mir unbekannten, grotesken Manier ausgeführt waren. Sie wies auf vergilbte Fotografien an den Wänden, die ihren Vater unter dem gestickten Baldachin, umringt von Getreuen, zeigten.

Diese Frau bewegte sich in der Finsternis ihres Hauses wie im Exil. Sie schien nichts gemein zu haben mit dem gleißenden Licht über dem Fluß, dem trägen Tageslauf seiner Anwohner und mit der Fahne vor dem Bungalow des Bupati. Als hielten sie die Geister vornehmer Toten umfangen, stand sie vor mir, die Arme über dem weichen Busen verschränkt.

Die holländischen Besatzer hatten ihre Macht auf das komplizierte System der zahllosen rivalisierenden und koalierenden Sultanate im Archipel gegründet, die Zentralregierung in Jakarta dagegen hatte die Sultane entmachtet. Maulana war der Widerspruch gegen diesen Akt, der, nahm man ihre breite klare Stirn zum Beweis, nur einer der Kulturlosigkeit und Entwürdigung gewesen sein konnte.

»Maulana speaks the language of the Dutchs«, hatte Sirikat behauptet. Also machte ich, der kein einziges holländisches Wort kennt, einen Redeversuch, indem ich meine Sätze mit dem rheinischen Dialekt einfärbte. Ich sagte »wat« statt »was«, »dat« statt »das« und »jewaltisch« statt »gewaltig«, aber ich bekam nicht heraus, ob ihr Vater Maharaja Dindah und ihr Großvater Adju Kuning geheißen hatten, ob sie schon einmal etwas von dem britischen Seemann Korzeniowski gehört habe und wo der alte Sultanspalast gestanden hatte.

Sie blickte mich an, rührte sich nicht und war ganz und gar der kostbarste Einrichtungsgegenstand ihres Vaterhauses. Unbewegt repräsentierte sie eine Kaste, deren Verfall und Ende sie erlebt hatte, ohne von ihnen ergriffen worden zu sein. Der Moment, in dem sich der Tod schon zu Lebzeiten ankündigt, wenn etwas Glanzvolles stürzt und im Nu zu einem überflüssigen Dreck wird –, dieser Moment hatte Maulana nichts anhaben können. Plötzlich sagte sie leise und schnell ein paar malaiische Worte. Hatte sie doch verstanden, was ich wissen wollte?

Sirikat übersetzte: Der alte Palast sei von den Bomben der Japaner zerstört worden und mit ihm eine Fülle von Kostbarkeiten. Dieses Haus habe Maulanas Vater 1948 errichtet. Begierig, meinen Blick wenigstens über einen Gegenstand mit dem Blick Joseph Conrads zu kreuzen, wollte ich wissen, ob nicht irgendein Rest des alten Palastes noch existierte. Maulana wies ins Helle draußen.

»You can see the old cannons of the palace«, sagte Sirikat. Sie wollte, daß wir sie verließen. Irgendwann würde sie zwischen den kühlen Schatten ihres Vaterhauses sterben, lebenslänglich unvereint. Ich wunderte mich nicht darüber, daß ich mich beim Abschied vor ihr verneigte. Im verwilderten Garten lagen, von einem getünchten Zaun umfriedet, die alten Kanonenrohre. Ich zählte siebzehn Stück und blickte in ihre Mündungen, als seien sie tote Augen, die den Blick des toten Dichters bewahrten.

Das Motorboot kurvte schwungvoll um die Landspitze. Nun sah ich tief in beide Flüsse hinein. Der Kelai zur Linken schien aus einer noch geheimnisvolleren Ödnis zu kommen als der Segah zur Rechten. Der Schattenbaum zwischen ihnen war der loyale Friedensrichter ihrer Vereinigung.

Zum Sultanspalast von Sambaliung führte ein schmaler Pfad. Wir gingen durch ein Tor, das von zwei mit dünnen Streben verbundenen Holzpfosten gebildet wurde, deren Spitzen wie Knospen oder Phalli geschnitzt waren. Wäsche triefte von einer Leine. Hohe Kokospalmen, die breite Freitreppe und das gewaltige Satteldach des Palastes gaben dem Ort ein viel stattlicheres Aussehen, als es das vom wachsenden Vergessen bedrückte Gebäude in Gunung Tabur gehabt hatte. Kein Mensch zeigte sich.

Ich wandte mich um und sah, vom Tor des Palastes gerahmt, wieder den Schattenbaum, Wegmarke und Ziel einer nun gänzlich inhaltslosen Hoffnung. Es würde keine Ereignisse mehr geben, alle Ereignisse waren in seine Krone geflüchtet und in seinem Schatten verschwunden.

Kaum hatten Sirikat und ich den Fuß auf die erste Treppenstufe gesetzt, da stürzten aus den umliegenden Häusern Männer, Frauen und Kinder auf uns zu. Ein Überfall aus Begrüßungsfreude. Sie umringten uns und führten uns in die Vorhalle. Noch nie hatte ich einen Raum von so vollkommenem Ebenmaß betreten. Das Licht fiel durch Ornamente aus bunten Gläsern herein und spielte im Rhythmus der Palmen, die sich vor dem Haus in der Nachmittagsbrise wiegten, auf den Wänden und auf den schwarzen Dielen aus Tulu-Holz huschten Lichtflecke hin und her.

Durch ein breites Fenster konnte man in einen Innenhof sehen, in dem allerlei bizarre Pflanzen wucherten. Papageien hockten im Blattwerk, auf der hölzernen Treppe zum oberen Stockwerk turnte ein Nasenaffe.

Ein kleiner Greis, weißhaarig, mit einem Gesicht wie aus Leder, reichte mir die Hand, fast ohne mich zu berühren. Die anderen hielten sich respektvoll entfernt. Das sei der Enkel des letzten Sultans vom Sambaliung, sagte Sirikat Er wolle mich mit seinen Kindern und Kindeskindern begrüßen. Der Palast stamme aus dem Jahr 1938.

Als ich darum bat, den Innenhof besichtigen zu dürfen, schüttelte der Enkel des Sultans so heftig den Kopf, daß es wie Pergament knisterte. Er führte mich zu einem Sofa in der Mitte der Vorhalle. Wir setzten uns und schwiegen. Die Kinder und Kindeskinder betrachteten uns heiter und herausfordernd. Etwas vom rebellischen Geist des Radscha Alam, der 1844 das selbständige Sultanat Sambaliung durchgesetzt und dem Sultan von Gunung Tabur nur ein Restreich übriggelassen hatte, war hier noch lebendig.

Wahrscheinlich erwarteten die Nachfahren der mächtigen Sultane von einem Fremden, daß er keine Fragen stellt. Ich hätte gern etwas über die drei Söhne von Radscha Alam, Sultan Bongkokh, Sultan Mohammed Hadji Djalal Uddin und Sultan Mohammed Ashek Sharif Uddin, und über die Piraten, die Bajaus, Sulus und Lanuns, erfahren, aber ich spürte, daß meine Neugierde eine Lücke in der Herkunft des Enkels aufgedeckt hätte, von der auch ich wünschte, daß sie in der verschmitzten Schweigsamkeit des alten Mannes verborgen blieb. Also sagte ich kein Wort, und wir lächelten uns an.

Als ich meinen Fotoapparat hervorholte, um eine Aufnahme von ihm zu machen, bedeckte er sein Gesicht mit den Händen und redete empört auf Sirikat ein. Der Mann war ein Moslem, etwas Dümmeres hätte mir nicht einfallen können.

Sirikat schämte sich seines Gastes und drängte zum Aufbruch. Der Abschied war kühl. Niemand sah unserem Boot nach. Der Enkel des Sultans und seine Sippe waren in den flußaufwärts versteckten Häusern verschwunden. Leer und starr blickte der Palast auf den Fluß. Ich fotografierte ihn und bemühte mich, trotz des unruhigen Bootes ein symmetrisches Bild zu knipsen. Gegen das Verbot des Bupati hatte ich bereits einige Aufnahmen gemacht, und jedesmal hatte Sirikat seine Sonnenbrille abgenommen, als könne er ohne sie die Übertretung nicht sehen.

Als wir die Landspitze fast wieder erreicht hatten, sah ich am rechten Ufer des Kelai, verborgen im Schilf, eine Yacht vor Anker. Sie wirkte übertrieben elegant in dieser Gegend und erinnerte mich an das plötzliche Verschwinden der »Golden Seahorse« und an das Bild der Katze mit den Küken im Wohnzimmer von Armeyns. Mein Kopf war schwer geworden. Verdacht und Sorge regten sich.

Auf dem Rückweg zu Sirikats Losmen schmerzte mein Rückgrat von den harten Schlägen des Motorboots auf den Wellen. Ich stellte mir Nadalins Flugzeug vor, wie es morgen in der Dämmerung über die Palmwipfel herabschweben würde, um mich aufzunehmen, und zweifelte an seiner Ankunft.

Sirikats Vater saß barfuß in grasgrünen Schlotterhosen und mit nacktem, knotigem Oberkörper auf der Treppe der Herberge und legte eine Patience. Ein Speichelfaden reichte von der dicken Unterlippe bis zu den Karten.

Ich nahm eine große Flasche chinesisches Lagerbier mit in den Verschlag Nummer fünf. Elektrizität würde es erst in einer Stunde geben. Der Ventilator stand reglos auf dem kleinen Tisch neben dem Bett. Daneben gab es noch einen Kasten mit einem Aschenbecher darauf und einen Korbsessel, sonst war der Raum leer. Ich legte mich auf das Bett, trank das warme Bier, blickte zur Decke und wartete auf die

Cecaks, die bald zur abendlichen Jagd aus den Ritzen kommen mußten. Verschiedene Bilder schwammen im Berau dem Meer zu: Maulana hob ein weißes Spitzentuch von einer schwarzen Tulu-Frucht und wies mit dem Zeigefinger der anderen Hand darauf, wie es die Stifterfiguren auf mittelalterlichen Altarbildern tun; der betrunkene Russe bedrohte im Wrack neben »Almayer's Folly« einen Mann, den ich nicht kannte, mit einem blauen Messer, Sirikats Vater tauchte sein Gesicht in kochende Milch, bis es verschwunden war.

Ich hörte ein Schwirren und kleine, harte Schläge und erwachte davon. Die nackte Glühbirne an der Decke brannte, der Ventilator drehte sich klappernd, draußen summte der Generator. Wieder hatte sich eine Zikade in den Raum verirrt und sauste wie ein Geschoß von Wand zu Wand. Als sie zu Boden fiel, stand ich auf, zertrat das Insekt und ging auf die Veranda. Es war Nacht geworden. Auf dem Geländer stand die halbleere Whiskyflasche. Ich stieg die Treppe hinunter. Sirikat brachte einen Teller mit gebratenen Garnelen. Er setzte sich mir gegenüber und schaute mir beim Essen zu.

»Tomorrow in the morning you go with the aeroplane«, sagte er. »Six o'clock«, sagte ich.

»I will drive you with my car.«

»Terima kasih.«

»Will you come back sometimes?«

»Maybe. I don't know.«

»With your wife?«

»I don't know.«

»Maybe I will go back to Sumatra.« Er schien bekümmert.

»Medan?«

»My hometown.«

»What's about your brother?«

»He is a clown.«

»And your father?«

»He is crazy.«

»And what's about yourself?«

»I have no money, mister.«

Ich gab ihm das Doppelte der Summe, die er für das Essen und die beiden Übernachtungen verlangte, und stieg wieder zur Veranda hinauf, um ein paar Abschiedsblicke auf den Ort zu werfen, der ein offenbares Geheimnis geworden war, das ich erreicht, aber nicht erlangt hatte.

Ich mochte eine gute Stunde auf die Schemen der Dächer hinaus in die Nacht gestarrt haben, als ich, keine fünf Schritte entfernt, eine Bewegung ahnte. Der Mond stand hinter dem Haus, so daß nur die Straße bleich und hell dalag, während die Veranda in tiefer Dunkelheit blieb. An der Straßenkreuzung gegenüber warf eine Gruppe Bezak-Fahrer lange Schlagschatten.

»Nehmen Sie mich mit nach Hause«, sagte Franz Nehoda.

Im Mondlicht konnte ich die Schrift auf der Reklametafel lesen, unter der sich die Bezak-Fahrer versammelt hatten: »Canon«. Sirikat stritt in der Küche mit seinem Vater.

»Ich hätte hier gerne einen Menschen getötet«, sagte Nehoda, »aber ich fand nur müde Geschöpfe. Haben Sie es nicht bemerkt? Nur müde Geschöpfe.«

Die Johnny-Walker-Flasche auf dem Geländer gab einen schönen Schattenriß her, und wenn alles stimmte, was ich in Bangkok, Surabaya und Jakarta über Nehoda gehört hatte, würde er bald einen Schluck aus ihr verlangen. Dann würde ich seine Hand sehen, wie sie aus ihrem schwarzen Versteck ins Helle stieß. Er mußte auf der obersten Stufe der Treppe zur Veranda sein. Aber wie konnte er dorthin kommen, ohne von Sirikat bemerkt worden zu sein?

»Stellen Sie sich tot oder taubstumm?« sagte er.

»Wie haben Sie mich gefunden?«

Nehoda flüsterte: »Sie sind zu laut.« Ich hörte, wie er, ohne seine Unsichtbarkeit aufzugeben, einen Schritt näher trat.

»Darf ich einen Schluck Whisky haben?«

Eine ganz normale, ein wenig schmutzige Hand mit geschlitzten Fingernägeln holte die Flasche vom Geländer. Dann hörte ich ihn trinken.

»Ich bin nicht gut beieinander«, sagte er, und seine Hand stellte die Flasche wieder an ihren Platz.

Ich hatte das heftige Bedürfnis, auch einen Schluck aus ihr zu tun und dabei meine Hand mit seiner zu vergleichen, aber ich wußte nicht, ob er sehen konnte, daß ich vorher seinen Speichel vom Flaschenhals wischen würde. Also ließ ich es bleiben, denn alle Nachrichten, die ich von ihm hatte, deuteten auf einen leicht erregbaren Mann hin.

»Wie haben Sie mich gefunden?« Ich hörte, wie Sirikat sich schimpfend von seinem Vater verabschiedete. Nach einer Weile Zischeln war noch Gemurmel zu hören, dann war Stille unten. Die Schatten der Bezak-Fahrer wurden kürzer.

»Dieser Yoseph, der Bruder vom Wirt, dieser Polizist hat mich versteckt«, flüsterte Nehoda. »Haben Sie nicht bemerkt, daß er schwul ist? Korrupt und schwul.«

»Wo hat er Sie versteckt? Ich dachte schon, Sie seien längst nicht mehr hier.«

»In einem Bordell. Lauter Kinder, zart wie die Feigen. Dieser Yoseph ist ein perverses Schwein. Weil er Katholik ist wahrscheinlich.« Er nahm wieder einen Schluck aus der Flasche.

»Warum wollte man Sie ins Gefängnis stecken?«

»Weil ich einen von diesen Polizisten am Hemd gepackt habe. Hab' ihn gepackt und hab' ihm mitten ins Gesicht gelacht. Ich bin krank. Es ist das Herz oder etwas um das Herz herum. Ein müdes und verzagtes Volk.« Er seufzte. Es war nicht klar, ob er seine Landsleute oder die Bewohner Borneos meinte.

Nehoda schwieg. Er hatte eine Zigarette angezündet und schwieg. Er steckte tief in den Nachtschatten und schien wie ich zum Kreuz des Südens hinaufzublicken. Ich hoffte, daß er seinen Wunsch, mitgenommen zu werden, nicht wiederholen würde, denn aus der einmaligen Hilfe für einen Gefängnisinsassen oder einen Geistesgestörten kann leicht eine lebenslängliche Aufgabe entstehen. Zwar war Nehoda weder das eine noch das andere, sondern irgend etwas Barbarisches dazwischen, aber ich fühlte mich schon seit Jahren allen Aufgaben einer tätigen Verantwortung nicht mehr gewachsen. Natürlich würde er seinen Wunsch wiederholen. Nach einer Weile sagte er: »Manchmal trifft man auf Reisen auf solche einsamen Menschen, deren einzige Beschäftigung es scheint, auf das Unvermeidliche zu warten.«

»Das ist aus ›Il Conde‹, eine schöne Erzählung.«

»Eine Novelle«, sagte Nehoda. »Sind Sie auch wegen Joseph Conrad hier?«

»Halb und halb.«

Er schwieg wieder, verdrossen, wie mir schien. Einen verkniffenen Typ hatte Lefti ihn genannt und wohl recht gehabt mit dieser Bezeichnung.

So wie er meinen hatte ich nun auch seinen Wunsch durch meine geheime Teilhabe verdorben, und das mußte er erst einmal verdauen. Er nahm dazu mehrere Schlucke aus meiner Whiskyflasche. Dann hörte ich, wie ein Korbsessel knarrte. Er würde doch nicht auf mich zukommen! Nach allem, was ich über ihn wußte, neigte er zu spontanen Gewalttätigkeiten. Ich ärgerte mich, daß ich diese peinliche und überdies gefährliche Situation gesucht hatte. Da ließ er sich mit dem Seufzer, den ich schon kannte, in den Sessel fallen.

Stille.

»Haben Sie etwas gefunden, was Conrad noch gesehen haben könnte?«

»Haben Sie die Zwillingsberge gesehen?«

»Gibt's nicht. Leeres Stroh, was die da über ihn schreiben. Eine Hure hat mir erzählt, daß fünf Tagreisen ins Innere so ein Berg mit einer doppelten Spitze weit in der Ferne zu sehen ist. Wahrscheinlich hat Conrad von ihm gehört und ihn, weil er ein schönes Symbol ist, hierher verlegt. Und die Typen, die sich über ihn auslassen, ohne jemals hier gewesen zu sein, behaupten einfach, den gäbe es gleich um die Ecke.« Er hatte nun seinen Zorn an der Sekundärliteratur über seinen Lieblingsautor auslassen können und schien wieder ruhiger zu werden.

»Ein polnischer Fotograf war mal hier«, sagte ich boshaft.

»Meinetwegen. Ist mir doch egal. Haben Sie was gesehen?«

»Drüben in Gunung Tabur liegen noch die Kanonenrohre vom alten Sultanspalast. Die habe ich gesehen.«

»Tatsächlich!«

»Nicht so laut«, sagte ich.

»Die Kanonen also.«

»Nur die Rohre, schon ganz verrostet.«

»Immerhin, vielleicht hat er sie mal berührt. Oder Babalatchi.«

»Seien Sie nicht kindisch.«

»Davon verstehen Sie nichts. Was ist? Nehmen Sie mich mit? Yoseph hat mir gesagt, daß Sie heute morgen von einem Flugzeug abgeholt werden.«

»Das wird nicht leicht sein. Das Flugzeug ist besetzt.« Ich log, denn natürlich würde der Platz von Giuseppe Tiano frei sein, wie geschaffen für Nehoda. »Aber vielleicht haben wir Gegenwind, dann kann der Pilot das Mehrgewicht aussteuern«, setzte ich hinzu, um die Lüge zu mildern.

»Sie können mich nicht in diesem Urwald zurücklassen«, sagte Nehoda.

»Was haben Sie sich eigentlich von einem Aufenthalt hier versprochen?«

»Weiß nicht genau. Etwas Authentisches. So etwas wie Wahrheit, Kraft, ein gutes Abenteuer vielleicht. Fühlen Sie sich auf irgendeine Art authentisch?« Er sprach die schweren Wortbrocken aus, als wolle er sie wegwerfen. Offensichtlich wirkte der Whisky schon. »Ich verstehe Sie nicht«, sagte ich.

»Original, nicht aus zweiter Hand, tapfer und allein ohne Umwege, ohne vorher und nachher, dem Kosmos gegenüber und sonst nichts, tätig ohne Schuld. Können Sie noch etwas empfinden? Ich nicht. Alle Empfindungen sind irgendwohin verschwunden. Dabei bin ich doch nur – alle meine Empfindungen.«

»Wollten Sie deshalb jemanden umbringen?«

»Theoretisch schon, aber wütend war ich auch.«

»Wußten Sie, das Gogol nach Nazareth gefahren ist, weil er sich eine Wiedergeburt erhoffte? Und dann hat er sich dort gelangweilt wie auf einem russischen Bahnhof.«

»Gogol interessiert mich nicht.«

»Was suchen Sie dann hier?«

»Den Zusammenhang. Haben Sie das Buch von Ian Watt über Conrad gelesen?«

»Nur flüchtig, aber es scheint ziemlich feierlich zu sein.«

»Mag sein«, sagte Nehoda und stieß heftig den Zigarettenrauch aus. »Ich meine die Stelle, an der Watt den Satz von Unamuno zitiert: ›Wir leben in der Erinnerung und durch Erinnerung, und unser geistiges Leben ist im Grunde einfach die Anstrengung, unsere Erinnerung zu überstehen.‹ Erinnerung stellt den Zusammenhang her. Sie verwandelt die vergessenen Entwürfe unserer Selbst in Zukunft. Es ist lächerlich, hier zu sitzen, eine pathetische Spekulation. Aber sie ist wirklicher als die sogenannte Realität. Sie ist vor allem klarer.«

Nehoda hatte die Flasche leer getrunken. Die Sterne waren ein wenig bleicher geworden. Ich sah nicht zu dem Mann hin, obwohl ich jetzt mehr von ihm hätte erkennen können. Vielleicht wollte ich kein Bild von ihm mit mir herumtragen. Er stemmte seine Füße gegen das Geländer. Da sah ich deutsche Turnschuhe der Marke »Adidas«. Es war nicht mehr lang bis zum Morgen.

Ich sagte: »In Conrads Büchern geht es um den Kampf gegen die Naturmächte, aber dann sind es oft Flauten oder Untiefen, mit denen es seine Helden zu tun haben. Finden Sie nicht, daß das mit der Realität sehr viel zu tun hat?«

»Sie reden von Psychologie. Psychologie interessiert mich nicht.«

Ich spürte Nehodas Ärger.

»Kennen Sie die Bücher von Moser und Meyer?«

»Diese Schmieranten ...«

»Für Moser sind die Frauen bei Conrad sexuell aggressiv und die Männer impotent. Nur der Dschungel ist wirklich feminin. Die Väter begehren ihre Töchter inzestuös ...«

»Quark von Freud«, sagte Nehoda.

»Meyer geht noch weiter«, sagte ich, um ihn zu quälen. »Für ihn ist Conrad nur ein Bündel von Verdrängungen, Ängsten und Unzulänglichkeiten.«

»Das ist doch bloß Natur. Er hat auch diese Herausforderungen angenommen und bestanden. Schließlich gibt es seine Bücher.«

Hinter der Hügelkette stieg ein milchiges Licht auf, der frühe Nebel, in dem sich die letzten Mondstrahlen und die Dämmerung trafen.

»Haben Sie in der Bundesrepublik etwas verbrochen?«

»Sie sind auch einer von denen, die ständig den letzten Schlüssel für alles suchen«, sagte Nehoda. »Jetzt suchen Sie meine Lebenswunde, was?«

»Im Grunde sind Sie mir vollkommen gleichgültig.«

»Vielleicht habe ich etwas verbrochen. Nicht in diesem engen Sinn, verstehen Sie, nicht richtig kriminell, eher alltäglich. Wie man eben in dieser einzigen Heuchelei namens Europa Verbrechen begeht.«

Seit vielen Jahren hatte ich zum ersten Mal wieder tiefe Haßgefühle. Tatsächlich. Der Anblick dieser Turnschuhe, der unabweisbare Anspruch dieses Mannes auf Hilfe, seine dumpfe Feierlichkeit, all das machte mich haßerfüllt. Offenbar schien er entschlossen, mich in sein Lebensdrama zu zerren.

»Ich wollte immer arbeiten gegen die Verzweiflung, gegen das Grauen. In Westdeutschland war ich Reporter. Gerichtsprozesse.

Jedesmal hatte ich trouble mit den Redakteuren. Sie fanden meinen Stil nicht menschlich genug. Es machte mir nichts aus. Trouble, das war sozusagen mein Lebenselement. Dann kam der Fall Garic, ein Jugoslawe aus Dubrovnik. Ich stamme aus Böhmen. Er hatte seine Frau erstochen und sein jüngstes Kind. Die ältere Tochter fand man schwer verletzt. Dann hat er die Wohnung in Brand gesteckt. Sie wissen schon, die übliche Mischung: Arbeitslosigkeit, Alkohol, Eifersucht. Daß er die Wohnung angesteckt hat, brachte ihm lebenslänglich ein. Der Staatsanwalt hatte in der Brandstiftung einen Vorsatz entdeckt und auf Mord plädiert. Er hieß Ivo. Ich sage ›hieß‹, weil er durch meine Schuld tot ist. Jeden Tag war ich bei ihm im Gefängnis. Hab' auf ihn eingeredet wie auf ein krankes Schaf, daß er nicht gemordet, sondern im Affekt getötet hatte, daß er in die Revision gehen soll. Ich wollte ihn zwingen, sich zu wehren …«

Eines Tages habe man ihm dann gesagt, Garic sei in seiner Zelle erhängt aufgefunden worden. Auf einem an Nehoda gerichteten Zettel habe er darauf bestanden, mit seiner Schuld allein zu bleiben. Er sei ein Mörder und wolle büßen. Nehoda erzählte diese Geschichte monoton. Sie machte den tropischen Ort zu einer Kolonie deutschen Wesens.

Die Nacht zerfiel in die Einzelheiten ihrer letzten Stunde vor Sonnenaufgang. Die Giebel der Hütten, hie und da eine Fernsehantenne, die hoch aufgeschossenen Palmen lösten sich aus der Dunkelheit. Weit entfernt bewegte sich ein Lichtpunkt. Im Haus war es noch still.

Plötzlich griff er an seine Brust und stöhnte. Das sei wieder der unbekannte Schmerz, vor dem er sich immer gefürchtet habe, flüsterte er. Ich ging zu ihm, legte seinen Arm um meine Schulter, wobei ich es vermied, ihm ins Gesicht zu sehen, aber ich sah, daß er ein T-Shirt mit der Aufschrift »Do it« trug. Es kostete Mühe, den schweren Mann in den Verschlag Nummer fünf zu bringen, und mein Rücken schmerzte unter seinem Gewicht. Ich ließ ihn auf mein Bett fallen. »Das Herz«, stammelte er und verlor das Bewußtsein. Er roch nach Angstschweiß und Whisky.

Ich stopfte die wenigen Kleidungsstücke, die ich mitgenommen hatte, in die Reisetasche, ging auf die Veranda, schloß vorsichtig die Tür von Nummer fünf und stieg leise die Treppe hinab. Sirikats Vater schlief unter einer Flanelldecke mit Schottenmuster auf dem Boden des Flurs, Farbtopf und Pinsel neben sich.

Auf der Straße rüttelte ich einen Bezak-Fahrer wach, der in seinem Wagen eingeschlafen war. Er radelte mich die zehn Kilometer zum Flugfeld. Auf dem mit tiefen Löchern übersäten Weg drohte das Gefährt häufig umzukippen, und häufig mußte ich dem Mann, einem knochigen Moslem, schieben helfen. Die Sonne war aufgegangen, aber ihr Schein durchdrang die dichten Nebel nicht, die aus dem Urwald stiegen. Schrecklich war die Lautlosigkeit dieses dampfenden Dickichts. Der Fahrer wollte mit mir auf die Ankunft des Flugzeugs warten. Das duldete ich nicht, und schimpfend radelte er davon.

Ich stand allein auf dem Platz, und die Hoffnung, daß über den Palmenwipfeln ein Flugzeug mit einem Italiener darin auftauchen würde, schien vollkommen absurd zu sein. Aber plötzlich war es mit zitternden Tragflächen da. Ich hatte es nicht gehört. Der Nebel mußte sein Geräusch geschluckt haben.

Der Pilot landete geschickt, ließ die Maschine ausrollen, wendete und fuhr auf mich zu. Wenige Minuten später waren wir in der Luft. Ich sah nicht zurück.

Italo hatte mir lachend auf die Schulter geschlagen. Ob ich denn etwas aus Conrads Zeiten gefunden hatte, wollte er wissen. Nur ein paar Kanonenrohre gäbe es noch, alles andere sei wohl den Bombenangriffen der Japaner zum Opfer gefallen, antwortete ich. Ob ich denn dem anderen Deutschen begegnet sei? Ich winkte ab. Im Flugzeug war es zu laut für ein Gespräch. Italo sang »Bandiera rossa«. Auf dem leeren Platz hinter uns lagen ein paar Orchideen. Die habe er für Dr. Bäumler gepflückt, brüllte er.

Ich verbrachte noch einen Tag in Samarinda. Tagsüber lag ich am Swimming-pool des »Mesra«-Hotels, trank chinesisches Lagerbier und hatte keinen einzigen Gedanken. Ich sah einen riesigen schwarzen Schmetterling – handtellergroß jeder Flügel – über dem chlorfarbenen Wasser in der Luft taumeln und schließlich abstürzen, als sei er von Schönheit zu schwer gewesen, um fliegen zu können. Im Wasser treibend glich er einem Aschefetzen.

Am Abend an der Bar des TAD-Gästehauses sagte mir Dr. May, mein Besuch habe etwas Abwechslung in sein eintöniges Leben gebracht. Immerhin sei einmal über etwas anderes als nur über die Probleme des Arbeitstages gesprochen worden. Christine Görge saß in einer entfernten Ecke des Raums, blätterte in uralten Illustrierten aus Deutschland und beachtete mich nicht.

Am nächsten Tag fuhr ich mit Lefti in einem Jeep nach

Balikpapan, wo er einen Kleinlaster mit Allradantrieb kaufen wollte. Die Hütte im Urwald sei fertig, bald könne man mit den Vermessungsarbeiten für den Bau der Straße beginnen, erklärte er mir. Ob ich denn seiner Meinung sei, daß die griechische Tragödie schon die gesamte nachfolgende Literatur enthalte, wollte er wissen. Ich stimmte ihm vage zu. Mein Besuch sei in Ordnung gewesen, ich könne wiederkommen. Er heiße eigentlich Elephterios, sagte er zum Abschied.

Eine Stunde später saß ich im Flugzeug. Wieder glitzerte ein Schiff verloren in der weiten Java-See.

Nach der Landung in Jakarta fuhr ich mit einem blauen Taxi, von denen man mir gesagt hatte, daß sie die sichersten seien, ins Hotel »Sari Pacific«. Die Trümmer des Nachtclubs lagen immer noch auf der Straße. Ein paar Männer stocherten mit Eisenstangen in dem Schutt herum. Eine Gruppe Japaner in weißen Dinnerjacketts fotografierte die Szene. Im Hotel kaufte ich eine Zeitung, um etwas Neues über den Prozeß um den Brand auf der »Tamponas II« zu erfahren, aber ich fand keine Zeile. Es war Mittwoch, am Freitagabend würde ich nach Hause fliegen. Ich ging in den Imbißraum und aß eine Bratwurst mit Kartoffelbrei.

In den nächsten Tag schlief ich wie betäubt. Fast hätte ich die Verabredung mit dem Leiter des Goethe-Instituts und seinen beiden Mitarbeitern im Restaurant »Trio« versäumt. Ich rannte die Jalan Thamrin hinauf, vorbei an der ältlichen Prostituierten vor dem Sarinah-Gebäude, vorbei an der starren Sowjetfahne vor der Botschaft. Ich wollte diese Stadt hinter mich bringen. Es war mir, als hätte ich ein halbes Leben hier verbracht.

Nach dem Essen besuchten wir Professor Resink in seinem Haus, das hinter barrikadenartigen Absperrungen in tiefem Schatten lag. Ich erzählte von den Kanonenrohren, von Sirikats Vater, der wie Babalatchi ausgesehen hatte, von den beiden Sultanspalästen, von dem leeren Platz am Wassergraben, an dem Almayers Haus gestanden hatte. Ich versprach, ihm eine Fotografie von dem Ort zu schicken.

Überall in der dunklen Gelehrtenstube sah ich Bücher von dem Dichter, der unsere Bekanntschaft gestiftet hatte. Die Menetekel. Unsere zweite Begegnung war feinsinnig und höflich, aber den Zauber der ersten hatte sie nicht.

Den Abend schlug ich in der Bar des »Sari Pacific« tot. Ich war nervös und euphorisch, kopflos und aggressiv, ich trank zuviel. Nunung, die Sängerin, trat nicht auf. Eine schwere blonde Stewardeß von der Lufthansa erzählte mir ihr Leben. Wieder schlief ich bis weit in den nächsten Tag hinein.

Schon zwei Stunden vor dem Abflug der Maschine kam ich am Internationalen Flughafen von Jakarta an. Im Warteraum beobachtete ich einen Angehörigen der DDR-Botschaft, der nach Leipzig zur Frühjahrsmesse unterwegs war und von Frau und Kind Abschied nahm. Ihr Sächsisch klang wie eine Märchensprache. Als das Flugzeug zu einer Zwischenlandung in Singapur ansetzte, war es schon dunkel, und der Hafen glänzte von den lichterbekränzten Schiffen.

Auf dem Weg zum Transit-Raum ging vor mir ein alter griechischer Pope, der mit einem Stockschirm auf seine mit Tüten und Kartons überladene Haushälterin einschlug, bis sie eine Tasche fallen ließ. Flaschen zerbrachen, und roter Wein floß aus der Tasche über den Betonboden. Unter dem Gelächter der Passagiere heulte der Pope vor Wut.

In Bombay stieg ein junges deutsches Paar zu. Das Mädchen sah besorgt aus, denn dem Jungen, der wohl unter Drogenentzug oder an Malaria litt, ging es schlecht. Die Reisenden beobachteten mit bösen Blicken. Der Kopf ihres hohläugigen Freundes fiel immer wieder gegen ihre Schulter, sie bettete ihn in ihren Schoß. Er schien unter Atemnot zu leiden, sie besorgte Säfte und einen nassen Lappen, gab ihm Schluck um Schluck zu trinken und kühlte seine

Stirn. Sie untersuchte seine Mundhöhle und schalt ihn freundlich.

Der Pilot teilte mit, daß er einen Umweg nehmen müsse, da er das Gebiet des Krieges zwischen dem Irak und dem Iran nicht überfliegen dürfe. Der Junge war eingeschlafen, das Mädchen lächelte. Es wurde kalt im Flugzeug.

Die Stimme des Piloten weckte mich. Wir befänden uns über Graz und würden unsere Reisehöhe nun verlassen. Jetzt hatte uns die Sonne wieder eingeholt. Wie ein rotglühender Leib, der unaufhaltsam anschwoll, ging sie hinter dem Flugzeug auf und griff mit ihren Strahlen nach ihm. Als es tiefer sank und in den Wolken steckte, fühlte ich mich gerettet und begann, den anderen Mann zu vergessen. Ich war voller Vorfreude auf den alten Boden unter den Füßen.